虛構推理 短篇集

岩永琴子的純真

城平京

Invented inference
Short stories
Innocence of Kotoko Iwanaga
by Kyo Shirodaira

目錄

登場人物&事件介紹

岩永琴子——如西洋人偶般美麗的女性。然而因為外觀較實際年幼，看起來像個中學生。十一歲時遭遇神隱，被妖怪們奪走右眼與左腳變成單眼單足，因而成為了幫忙妖魔鬼怪們仲裁與解決爭執、接受商量的『智慧之神』，以及聯繫人類與妖魔的巫女。十五歲時遇到九郎而一見鍾情，強硬與他結下了情人關係。

櫻川九郎——與琴子就讀於同一所大學的研究生。因為祖母讓他吃下了能夠以性命為代價預言未來的妖怪「件」以及相傳吃了可以不死的「人魚」的肉，使得他擁有了決定未來的能力以及不死的身體。在妖魔鬼怪們眼中，九郎才是超越了怪異的怪異存在，因此對他相當害怕。雖然對待女友琴子的態度看似冷淡，不過或許他內心也是有在關心琴子的。

櫻川六花——九郎的堂姊，與其擁有相同能力的女性。為了某個目的與九郎和琴子站在敵對立場。

【鋼人七瀨】事件——寫真偶像手持鋼骨徘徊於街上的都市傳說。琴子與九郎藉由比尋求真相更艱難的「構築虛構推理」試圖將都市傳說還原為虛構故事。

第一話　雪女的窘境

殺人事件雖然對於相關人士來說是大事一件，但每天總會在什麼地方發生。因此就算登上新聞也多半不會引起什麼話題，不會有後續報導，逐漸成為過去的事情。所以如果想針對特定事件收集情報，通常都找不出什麼詳細內容。

岩永琴子正在櫻川九郎的公寓房間中使用電腦調查資料。不需要特地出門，只要待在男友房間中就能搜尋、閱覽必要情報雖是很便利的事情，然而對於幾乎沒有經驗過從前那種不便時代的岩永來說，其實並沒有什麼工作量減少的感覺。她甚至覺得這同樣是很花費心思勞力的事情，如果又遲遲找不到自己想要的情報就更不用說了。

結果就在這時，九郎一邊用除塵滾輪清掃房間，一邊帶著責備的態度探頭看向電腦螢幕。

「妳不乖乖寫報告在做什麼？又在看猥褻的網站嗎？」

岩永今天來到這位男友的房間，一方面也是為了請他幫忙處理大學的功課，不過現在似乎被他發現自己在做其他事情了。然而就算是岩永，也不會男友明明在身邊還無意義地上什麼猥褻網站。而且事實上她真的不是在看那種網站。

「太失禮了。我身為妖怪們的智慧之神，正在盡責調查資料呀。是雪女來找我商量事情，關於一位叫原田美春的三十歲女性在九月十二日晚上不知被什麼人打死的事件。」

大學的功課固然重要，不過岩永也必須為了別的事情收集情報才行。因此她搜尋了幾個新聞網站，將相關報導排列在畫面上。事件內容非常單純，沒有受到太大的關注。自然也找不到什麼後續報導。

「雪女為什麼會跟殺人事件扯上關係？如果是凍死就算了，但妳說是被打死的吧？」

雪女一如其名，是傳說中會使用冰雪或冷風害人的女性妖怪。九郎對於那樣的存在與打死人之間的組合感到奇怪，似乎認為那只是岩永為了不打報告而隨便亂講的藉口。這男人對待自己可愛的女朋友為什麼總要先擺出懷疑的態度呢？

岩永做出認真的表情，指向電腦螢幕。

「在這起事件中，警方有找到一位最有可能性的嫌疑犯，但雪女卻說那個人物在案發當時有不在場證明，不是兇手。因此來拜託我幫忙了。」

「明明有不在場證明卻被認為是最有可能性的嫌疑犯？」

「畢竟不在場證明的證人就是那位雪女，所以沒辦法向警方提出主張呀。」

九郎這下也總算理解岩永接到的委託有多棘手了。

夫妻、家族或存在利害關係的人物所提供的證詞，在搜查行動或法庭上不太容易受到信任，而像妖怪或幽靈等等無法用人間法律管束的存在所提供的證詞，同樣不會被相信。甚至在提出證詞後搞不好反而會加深警方對嫌犯的懷疑，也可能被認為精神不正常。

「既然如此，解決問題最快的方法就是妳去把真凶找出來讓警方逮捕了嗎？」

九郎也變得表情認真，注視排列在螢幕上的事件報導。

「狀況看起來是那樣沒錯，但我現在還沒有掌握充分的情報。」

岩永最近一陣子總是接到處理起來麻煩費神的案件，讓她在心境上不禁想抱怨，難道就不能偶爾來點閒情愜意的委託嗎？

關於事件內容與相關人物，雪女雖然有提供某種程度的情報，不過應該還是有必要跟成為嫌疑犯的人物直接見個面吧。

「被警方扣上嫌疑的人物，據說是一名叫室井昌幸的男子。」

室井昌幸第一次與雪女相遇是在十一年前，當他就讀大學三年級，還是二十一歲時候。

這天，昌幸與友人山崎隼人正一同翻越著一座積雪的冬季高山。這兩人是從高中時代就認識的至交，興趣同為登山，成為大學生之後一起爬過一座又一座難度很高的冬季荒山。而由於接下來兩人都必須開始認真投入於就職活動的緣故，為了不要留下遺憾，便決定在那之前，來挑戰兩人目前的實力能夠應付的範圍之中最難的一座山了。

一路上兩人都沒遭遇什麼大問題，順利來到山頂。而在下山路上，過了正午，當天候開始出現轉差的預兆時，走在前頭的昌幸被隼人從背後一推，當場自山脊摔了下去。一切都發生得太過突然，讓滾落積雪山坡的昌幸怎麼也無法理解朋友為何要做出這種事情。

他被推落的地點是高而險峻、入冬之後難以成群登爬的場所，派遣直升機或搬運重機械來救難也非常困難。剛才兩人走在山脊的時候也聊過，萬一不小心從這裡滑落下去，無論救難或搜索行動恐怕都要等到融雪之後的時期了。換言之，這裡是一旦摔落之後即便沒有當場喪命也依然不可能獲救的地點。

當半身埋在雪中的昌幸恢復意識的時候，周圍已經開始逐漸昏暗，也下起了雪。從雪勢判斷，恐怕很快就要颳起大風雪。

也許是厚雪成為緩衝墊，讓昌幸即使滾落將近二十公尺的高度，依然勉強保住了性命。登山包還背在背上，冰鎬也沒脫手。然而右臂和右腳都痛得難以順利行動，即使把糧食和緊急露宿用的裝備都捨棄應該也無法移動。而且就算有辦法移動，在這個狀況下也不知道該往哪個方向走才好。

要爬回被推落的山脊處未免太過勉強，但往下看也找不到附近有什麼山路，甚至連究竟有沒有人曾經來過這個地方都不知道。假設有什麼通往山腳的路徑，肯定也都被雪堵住了吧。如果只靠昌幸自己的力量，無論上下都難行。

雖然原本預定是明天傍晚會抵達山腳，不過糧食有多準備幾天的分量，也還有取暖用的燃料。但這些東西看來都派不上用場了。畢竟昌幸現在身體痛得無法移動，也難以就地挖雪洞或搭帳篷。如今只有被即將颳起的風雪埋沒，等著凍死的份。想必連晚上都撐不到吧。

假如下山的隼人向人通報朋友不小心滑落山谷，完全犯罪就能成立了。接獲通報的人即使要展開搜索也不可能馬上行動，就算等融雪之後找到昌幸的遺體，肯定也不會發現是隼人將他推落的證據。昌幸雖然想過要把隼人的犯行留在筆記中，但凍僵的手指難以握筆，連脫下手套都不容易。

在山中遇難的意外事故並非什麼稀奇事，昌幸的死也只會被歸為其中一樁而已。

就在他如此感到絕望，被雪埋得更深而吐出凍寒的氣息時，一名女性的身影忽然出現在他眼前。

「哦？還活著呀？」

站到正面低頭望向昌幸的女子，用感到有趣似的語氣如此說道。她看起來年約二十五歲上下，即使在不見日光的幽暗景色中，也能莫名清楚地看到她一頭烏溜溜的長髮飄逸的模樣。昌幸認為這大概是自己臨死之際產生的幻覺。

首先，在這種地方不可能會有女人把一頭長髮都暴露在外面。而且這女子不但沒有配備登山用的服裝與裝備，身上穿的甚至是一套全白的和服。連腰帶與木屐都是白的。從袖口露出的白皙雙手也什麼都沒戴，可以清楚看見修長的手指。然而她卻看起來一點都不覺得冷。從天而降的雪花都紛紛避開她的位置落到地面。她的眉毛與睫毛上同樣看不到白雪，也沒有凍結。

「看來你是被同伴推落下來的。竟然和那樣危險的人物一起爬到這種山上來，你會不會也太蠢了？」

沒想到連幻覺都在取笑自己，讓昌幸氣得忍不住回嘴：

「我可想不出有什麼被對方推下來的理由。他是我信賴的朋友啊。」

「瞧你現在這副德行還講得出那種話？」

這麼說也一點都沒錯。這幻覺可真是個討人厭的傢伙。

「妳到底是什麼？要說是我臨終前的幻覺也未免心腸太壞了。」

結果女子似乎感到傻眼地抬起下巴。

「最近的人類連雪女都不曉得嗎？虧我還打扮得頗有個樣子的說。」

昌幸的思緒不禁停頓一拍。「雪女」這名稱他的確聽過，是在民間故事中登場的妖怪。另外他只知道作家小泉八雲所撰寫的相關故事很出名，但自己從來沒有仔細閱讀過內容。

不過關於雪女是什麼樣的妖怪，昌幸也略知一二。印象中應該是會操弄風雪，將誤入冬季荒山的人凍死的存在。

昌幸稍微撐起自己的身體。就算對方是幻覺，像這樣被取笑卻都不反擊而默默等死也太令人不爽了。

「不，要說雪女的話，我印象中應該是更漂亮的美女啊。」

「喂，虧你在這種狀況下還能那樣耍嘴皮子。」

雪女用不太高興的語氣如此回應。昌幸對於自己成功擾亂了幻覺的情緒感到稍微滿足了。

「這種狀況又如何？反正這樣待下去我也很快會被凍死。那麼假使現在被雪女殺掉又有什麼差別？」

「你呀，都沒想過要向我求救嗎？」

「雪女是會殺人的存在吧？」

雪女頓時有如哀憐昌幸似地垂下肩膀。

「你的古典文學素養到哪兒去了？難道連小泉八雲的《雪女》都沒讀過？在那故事中的年輕男子可是被雪女救了一命喔？」

「我倒想問一個雪女為什麼會讀過小泉八雲的書哩。」

「雪女偶爾會喬裝成一般人到人類鄉里去走走呀。小泉八雲的書中也有提到這點。假如好奇人類是如何描寫我們，自然就會到陳列書卷的場所拿書來看看。你難道連圖書館都不曉得？」

竟然在教養與常識上被一個妖怪說教，這幻覺也未免太過諷刺了。

或許看到昌幸的表情實在充滿困惑的緣故，雪女這時微微一笑，優雅地揮了一下從和服袖口伸出來的白皙手臂。

結果四周一帶的雪忽然狂舞吹掃幾秒鐘後，圍著昌幸築起了厚厚的雪牆與天花板。原本把他身體埋掉將近一半的雪也消失無蹤，讓他好端端地坐到地面上。原來雪女只是輕輕一揮手臂，周圍的雪就自動聚集、凝固，形成一個圓頂狀的雪屋把昌幸收在其中。光是吹不到風、淋不到雪，就令人有種氣溫提升了十度左右的感覺。雪屋內的空間也大小適中，從前方的出入口可以看見外面降雪的景色。

昌幸這才開始驚訝懷疑眼前的一切可能並非幻覺。雖然寒意稍減是好事，但假如妖怪真的存在於世界上，是否在別的意義上應該感到恐怖？或許也因為這樣的想法，讓昌幸的表情似乎變得更加呆傻了。

站在雪屋外面一點也不在意寒冷的白衣女子這時得意說道：

「如此一來你總能撐過一晚了吧？雖然直接把你送去人類鄉里也是小事一樁，但如果掉落到這種地方的人物竟然不到入夜便現身在山腳，肯定會引起騷動。因此我到明日傍晚會再把你送下山，你就暫時留在這裡休息吧。」

既然有了遮風蔽雪的場所，最起碼可以保住一命。雖然右手右腳的疼痛程度感覺起來應該無法自行下山，不過這妖怪甚至表示會把昌幸送到山下的樣子。

「妳為何要救我？」

面對抱持戒心如此詢問的昌幸，雪女接著提出警告似地說道：

「等你平安下山後，應當好歹會去讀一下小泉八雲的書。所以為了避免誤會，我先跟你講清楚：我可不是因為看你長得俊美而救你的。你雖然五官還算端整，但屬於所謂長相嚇人的類型。表情很凶喔。」

被一個妖怪說長相嚇人雖然很過分，但昌幸平時就已經習慣被人講說臉很恐怖了，也無從反駁。再加上粗壯的體格，和所謂的俊美可說是完全相反的類型。

「至於我救你的理由，是因為如果發生山難，這座山就會被搜救隊之類吵得沸沸揚揚。而且為了防止今後再度發生意外，人類還會藉著進行開發的名義來破壞山林。與其那樣，偶爾出手救個人或許還比較好吧？」

雪女這時探頭看向昌幸的臉。

「另外，你身上可有帶錢？」

「多少有帶一些啦。畢竟下了山總需要用到。」

考慮到交通費與餐食費，昌幸還是有帶一定程度的錢在身上。

「那麼把一半交出來。假如身無分文，你下了山肯定也會傷腦筋，所以我就不要求全部了。而且透過實際的形式表達謝意，你在心情上也比較過意得去吧？」

若說是謝禮也還算講得通，不過昌幸依然忍不住疑惑歪頭。

「妖怪拿錢做什麼？」

「最近人類製作的酒食很美味，可是若沒錢也買不到吧？雖然我有能力偷偷拿走不被發現，但那樣事後可能引起騷動，甚至讓店家倒閉。貿然擾亂人世到頭來只會自掘墳墓，這道理必須遵守才行。然而身為妖物又不易獲得人類的金錢，頂多只能從遺落在山中的東西或死者的錢包稍稍拿一些來省著用，實際上並不太夠。因此像這種時候多少獲取一點利益也不為過吧？」

從剛才到現在這些話聽起來，這雪女該說是莫名通情達理嗎，或者說很注重適應人類社會？跟忽然會從背後把朋友推下山谷的人類比起來，她搞不好還比較懂倫理道德。

「妳都沒想過乾脆殺了我，把全部的錢都拿走嗎？」

昌幸姑且問了一下。畢竟那樣做肯定比較不費事，而且獲利也比較多才對。

結果雪女卻調侃他似地揚起嘴角。

「我現在就那麼做好嗎？」

「不，並不好。」

「嗯，那麼關於方才說我不夠美的事情，你可有意思道歉了？」

「別小看人類的想像力。人類靠想像力描繪出來的雪女可是比妳更有魅力、有氛圍啊。」

光從她為了獲得人類製作的美酒或食物而索取金錢的這點上來講，雪女該有的妖豔感覺便已蕩然無存了。

雪女這時瞇起眼睛。

「哼，我本來想說你要是敢講什麼言不由衷的恭維話就殺了你，結果你卻沒上當呀。」

「喂，妳別事到如今還設下那種莫名其妙的圈套好嗎？」

真是好險。不，自己明明幾分鐘前還抱著喪命的覺悟，現在卻因為相信了妖怪而開始產生想保命的心態。昌幸不禁蹙眉思索：以身為人類來講，這會不會是很危險的狀態？

雪女反倒露出開朗的表情，將手扠腰。

「我開個玩笑而已。你要平安待到明天喔。要是你自己凍死了，我也不會負責的。」她說著，就在昏暗的天色中倏地消失。

後來一整晚，昌幸都煩惱著一連串的經歷究竟是不是夢境或幻覺，但既然自己能活著如此思考事情，也就不得不接受這些並非夢幻的結論。雪女白皙的手臂輕輕一揮便築起的這座雪屋不但堅固又保溫，若只靠昌幸自己的手絕對造不出這樣出色的東西。

隔天，太陽升起，又準備西沉的時候，雪女再度現身。在天還亮時見到這景象，讓昌幸也不得不承認妖怪確實存在了。

雪女索取昌幸身上一半的金錢後，便輕輕鬆鬆把背著登山包的他扛起來，有如乘著風雪般升上天空。接著飛越樹林頂端，轉眼間來到山腳近處的樹蔭下。

讓昌幸靠在樹幹、自己也站到雪地上的雪女，這時用真的如妖怪般嚇人的眼神與聲色說道：

「我想你應該很清楚，不准把我的事情告訴包括你親族兄弟甚至妻小在內的任何人。只要你敢向人洩漏隻字片語，無論在何處我都會去殺了你。」

這句話雖然使昌幸再度感到全身發寒，不過要是自己乖乖順了雪女的意思表現得畏懼也讓人有點不爽，於是昌幸點頭回應：

「換句話說，當我想死的時候只要把妳的事情告訴別人就行了吧？」

「你好不容易可以獲救的，別把將來講得那麼黯淡呀。」

雪女頓時把手放在額頭上，表現得一副「救了這傢伙真的好嗎？」的態度，於是昌幸帶著苦笑重新回答：

「開玩笑的啦。我會保密。反正就算我說自己被雪女拯救，肯定也沒人會相信啊。」

雪女微微一笑，再度眨眼間從昌幸面前消失了。只剩下幾片雪花輕輕飄落。

昌幸在原地愣了好一段時間後，才把登山包重新背好，拖著腳、拄著冰鎬，緩緩走向幾百公尺前方的一棟民宅。

昌幸一現身於山腳，不出所料地引起了一場騷動。早已下山的隼人把昌幸摔落山谷的事情編造得對自己有利，而就在他受到周圍的人安慰下，與警方和地方辦事處的職員們討論事後該如何處理的時候，竟接獲了原本認為應該生存無望的當事人平安下山的消息。

剛開始大家還認為應該是搞錯人而沒有當真，然而當昌幸來到隼人面前，便真假立現了。隼人當場變得臉色蒼白、雙腳發軟，昌幸則是態度平靜地向在場的警察報告自己遭隼人推落山谷後雖然被埋到雪中，但後來奇蹟似地發現一條下山路徑才得以生還的事情。結果隼人就當場被警方逮捕了。

如果隼人稍微再冷靜一點，其實大可以主張昌幸只是自己誤以為遭人推落，而且單獨摔落在深山中才會一時精神錯亂，藉此逃脫罪名才對。

然而大概是因為昌幸明明摔落到無論怎麼想都不可能生還的場所，卻在隼人下山兩個小時後就現身於山腳，而且看起來還沒什麼嚴重的外傷，這樣的異常狀況使隼人一時無法對應了吧。當下便放棄辯解的隼人，據說在接受警方偵訊時也都回答得很老實的樣子。

至於昌幸後來則是被送進醫院，診斷出右臂與右腳有嚴重撞傷與凍傷，甚至還有幾處骨頭發現裂縫。大家雖然對於昌幸竟能夠在這種狀態下從那樣的場所自己一個人下山，感到又是佩服又是詭異，不過昌幸當然並沒有把雪女的事情講出來。

關於隼人犯行的理由，對昌幸來說是相當無聊的事情。

據說隼人接受訊問時供稱自己喜歡的一名女性暗戀昌幸，打算在他這次登山回來之後要主動告白，也拜託隼人能夠提供協助，使得隼人心生嫉妒。而且當隼人提起這件事情時，昌幸還表現出一副對那名女性完全沒有興趣的回應，成為決定性的關鍵讓隼人衝動之下出手了。昌幸聽完這段轉述後才回想起來，當他從山脊上被推落之前，隼人的確有提到一名好像在大學的同科系中很受歡迎的女性，而當時自己回應了一句「那是誰」。

換言之，整個動機總歸起來就是「一時鬼迷心竅」，但昌幸簡直無法相信自己竟然只因為這種程度的理由，就差點被高中以來的至交殺害。或者搞不好對於隼人來說昌幸根本不是什麼朋友，甚至不如那名女性。另外警察人員也向昌幸說明隼人在供述時提過，自己當時腦中閃過一個念頭，認為只要那名女性對昌幸的死感到悲傷時自己趁虛而入，或許就能順利與對方在一起了。

法庭最後對隼人的判決很輕，並得以緩刑。這似乎是考量到犯案過程中看不出計畫性，昌幸平安生還且沒有留下什麼嚴重的傷勢或後遺症，而且隼人家境富裕，給了昌幸一筆相當高額的賠償金，鄭重表現出反省態度的緣故。

昌幸自從在雪山的山腳告發隼人之後，便沒有再和對方見過面。對於對方家長提出的賠償金額也沒有多說什麼，直接收下。因為對方的律師為了在法庭上能夠比較有利，看起來如果昌幸不收下賠償金就會一直來訪說服的樣子，而且昌幸也不希望再跟隼人有更多的牽扯。畢竟再見到那位過去的朋友想必只會感到失落，得不到任何好處。

與此同時，昌幸也按照那位雪女所說，把小泉八雲撰寫的《雪女》好好讀了一遍。這位作者是一名歸化日籍的英國人，本名叫列夫卡迪奧·赫恩。是個文學家也是隨筆作家，以收集整理了日本傳說與民間傳聞的故事集聞名，而《雪女》便是其中一冊。

昌幸讀了發現，這內容給人一種好像在哪裡聽過的感覺。

某天晚上，一名老人與一名年輕男子從山上回家的途中，在準備渡河時遇上暴風雪，於是躲到近處一間小屋避難，卻在屋中遭到雪女襲擊。老人雖然被殺，但年輕男子由於相貌俊美而得救了。不過雪女警告他不准把自己的事情告訴任何人，否則就會把他殺掉。平安回家的男子後來與一位貌美的女性相遇並結婚，也生下小孩。然而就在經過十年多後，那位妻子讓男子不經意回想起雪女，於是有一天把雪女的事情告訴了妻子。結果沒想到妻子其實就是那位雪女，男子由於違背諾言差點遭到殺害。不過雪女想到還有兩人的孩子，最後沒有殺掉男子，而獨自消失了。

這雖然是一篇感覺符合日本人喜好的悲戀故事，不過當中也有一些令人在意的部分。例如男子竟然都沒發現自己的妻子就是那位雪女，而且既然是向雪女本人提起自己的事情，其實雪女也大可不必那麼死板地說那是違背約定洩漏祕密才對。

其實這故事中加入了一些小泉八雲的改編劇情，據說在日本並沒有完全符合這個內容的傳說。在多數的傳說中，雪女本來是會擄走人類小孩或者在雪中把人凍死的存在，被描述成像是山姥妖的一種。不過那樣感覺還比較有妖怪的樣子，反倒是和人類結婚生子的劇情，以民間傳說來講有些太過露骨現實了。

但不管怎麼說，昌幸見過了真正的雪女。這個世界上——至少在深山之中——原來還隱藏著不可思議的事情。昌幸將這樣的事實深深烙印在自己心中，並完全捨棄了登山的興趣。

大學畢業後，昌幸把隼人父母付給他的那筆賠償金當成資金創業了。畢竟是本來不屬於自己，自己也沒期望獲得的一筆錢，因此花起來不會感到心疼。雖然昌幸本身沒有什麼發明創新商品、專利或生意的頭腦，不過只要不固執於親自運用資金，願意大方把錢交給別人去使用，自然就能募集到具備這些能力的人才。

他與一群擁有靈感、技術與創意但沒有本錢創業的同輩們，以及個性上帶有匠人脾氣、除了自己想做的事情以外不想被雜務纏身的人才們攜手合作，交出了亮眼的成績。他們創立一間主要提供ＩＴ相關服務與程式軟體的公司，也由於搭上潮流，讓事業飛速成長。身為一名創業家，昌幸做得非常成功。

一方面也因為想要忘記過去而專注於工作的緣故，昌幸畢業之後的人生可以說非常順遂、非常充實。在二十九歲的時候結了婚，感覺將來安泰無虞。也累積了龐大的資產。

後來在三十二歲這年的五月初，昌幸時隔十一年回到從前與雪女相遇的那座山腳下的小鎮。在小鎮郊處租了一棟房子，開始過起獨居的生活。

這座山腳邊的小鎮由於不是什麼觀光地，人口不算多，交通上也不算方便。不過鎮上有超市與商店街，只要開車一小時也能到一棟規模還算大的商業設施。雖然偶有登山客，但由於附近一帶都是難度較高的山，小鎮並非經常被當成登山口利用，因此不算足以創造繁榮的程度。

對於搬來居住的昌幸來說，這裡也不是什麼令人懷念或感到舒適的小鎮。雖然跟住在都市時每天經營公司，天天與好幾個人見面、打好幾個小時電話、確認大量電子郵件，甚至讓手機的充電都來不及應付的那段日子相較起來，住在這裡的確感覺對身心比較好，但昌幸也不希望自己才三十二歲就過著這種退休式生活。

有一天昌幸為了去超市購物，在多雲的中午時候走到街上，結果竟看見了十一年前在山中救了他一命的那位雪女正走在路上吃著冰淇淋的身影。從顏色判斷，那大概是紅豆口味的冰淇淋。雖然以前有聽過雪女會下山到鎮上購買人類製作的食物，但昌幸萬萬沒想到自己才搬來這裡不到一個月就遇上了她，感到非常驚訝。

雪女或許也不想在鎮上太過醒目的緣故，身上穿的是一套勉強還算跟得上流行的洋裝。以前在山中相遇時，她曾說過『故意用像個雪女的模樣現身』之類的話，可見她在某種程度上應該能夠變換自己的打扮。畢竟是個妖怪，就算具備那樣的法術或妖術其實也沒什麼好奇怪的。另外，明明經過了十一年的歲月，雪女卻看起來彷彿在年齡上完全沒有變化。容貌依舊，白皙也依舊。

雖然正常來講應該要對這點感到恐怖才對，但既然是個妖怪朋友，表現得像個妖怪的樣子反而比較令人有種懷念的感覺。

昌幸不自禁笑了一下後，上前對似乎在考慮接下來要吃什麼而逛著周邊其他商店的雪女搭話：

「以前有一次我差點死在山上的時候，遇到了一位以為自己很漂亮的女性。」

雪女對忽然從旁攀談的昌幸露出不太歡迎的眼色，瞪了一段時間後，好像很快便察覺對方是誰了。昌幸則是不以為意，繼續說道：

「那女性自稱是雪女，而且實際上也透過妖力救了我一命。多虧如此，讓我現在能夠活在這裡。不過我偶爾還是會感到疑惑，那究竟是一場夢境還是現實。」

雪女握著手中的冰淇淋，頓時慌張似地把臉逼近昌幸眼前。

「等一下等一下！你呀，我不是說過要是敢洩漏給別人知道就殺了你嗎！」

「我現在只是跟當事人聊聊往事罷了。這樣不算洩漏給『別人』知道吧？」

昌幸理直氣壯地從容回應，但雪女卻用和從前一樣的同情語調說道：

「你難道還沒讀過小泉八雲的書？那故事中的男人即便如此依然算違背約定，讓雪女震怒了呀。」

「那是因為故事的男主角不曉得自己妻子就是雪女，所以就那位男子的角度來看，他並非在對雪女這妖怪講話，而是向『別人』洩漏了祕密。這樣要說他違反跟雪女之間的約定是可以通的。然而我現在是在知道妳就是當年那位雪女的前提下跟妳提起這件事，所以並沒有洩漏給『別人』知道啊。」

「那樣算是詭辯吧？」

雪女雖然一副不太能釋懷的樣子，但大概因為在意快要融化滴落的冰淇淋，而首先吃了冰後垂下肩膀。

「算了，也罷。不過真虧你能認出我是那時候的雪女呢。我的穿著打扮應該改變了不少才對吧？」

「但臉蛋和白皙的膚色沒有改變，我怎麼可能認不出來？」

「哦哦，意思說我的美貌藏不住呀。」

「不，也沒漂亮到需要特別提出來的程度喔。」

「要不要我現在就把你送到以前差點喪命的那地方去？」

其實那樣也不壞，但昌幸並不是抱著那種期待前來向雪女搭話的。

「反過來講也真虧妳認得出我來啊。從那件事情以後已經過了十一年，我的長相應該隨著年齡有所改變才對吧？」

「畢竟我最近記得自己救過的人類只有你一個。更何況我們這些妖類不是只看臉形認人。每個人散發的氣息和顏色不會那麼輕易就改變的。」

昌幸聽了也不禁想瞧瞧那究竟是怎樣的東西，不過話說那所謂的氣息或顏色是不是也有分什麼美醜淨汙呢？

為了不要妨礙到其他行人，兩人移動到路旁之後，昌幸這才切入正題：

「我一直以來都很在意自己沒有充分報答妳的救命之恩。現在我出了社會，也就有較多能夠自由使用的金錢了。要我買幾十根冰淇淋給妳吃也行喔。」

「這東西我也不用吃到幾十根呀。」

雪女一臉無趣地把冰淇淋吃進嘴巴後，思量了一下，似乎認為昌幸這提議不錯的樣子。

「最近我的確少有機會得到人類的錢，東西的價格也變貴了。而且雖然我多少理解人類社會的生活，但進入店家總還是會感到緊張。像什麼集點卡、優惠日或者今日三倍之類，人類的曆算我也不懂，總被搞得一頭霧水。但只要有你陪著一起進店，我就能慢慢挑選東西，也不會昏頭轉向了吧。」

「我這個月開始在鎮上郊處租了一間房子住，所以也可以不用在意其他人的目光輕鬆用餐喔。」

「哦？那麼你會做菜嗎？畢竟有些東西是剛煮好的最美味呀。而且既然在家煮，也能做些比較精緻講究的東西吧？」

「我去年離婚之後，廚藝已經提升到相當的程度囉。」

在這點上，昌幸很有自信。但相對地雪女卻再度用覺得奇怪的眼神看向他，啃起剩下的甜筒杯。

「你說離婚是怎麼回事？不，仔細看看你臉色好像也很差呢。」

「這是重度的對人不信任啦。十一年前我差點被好友殺掉的時候其實就有出現一些徵兆了，後來結婚的妻子搞外遇，還讓我又差一點被殺掉。到最後，我們去年六月離婚了。我大學畢業後創立的公司也在三個月前遭到同夥背叛，被一間大公司吸收合併，而身為老闆的我當然就失去了容身之處。被朋友、妻子和合作夥伴相繼背叛，又丟了工作，讓我變得無法相信人啦。現在可以像這樣推心置腹地吐吐苦水的對象，我頂多只能想到妖怪。所以我把身邊種種事物都盡可能處分掉之後，搬到這裡來住了。」

昌幸坦率吐露出自己的心聲。或許自己腦中也有某種念頭，認為被雪女指責自己違背約定而殺掉搞不好還能樂得輕鬆。

雪女頓時啞口無言似地皺起眉頭。

「既然這樣，你現在應該生活拮据吧？這樣的人我可沒辦法敲詐喔？」

她的發言還是跟十一年前一樣，非常通情達理。不過昌幸對她揮揮手：

「雖然丟了老闆的職位，但我個人的資產並沒有被搶走。那些錢至少足夠讓我過二十年不愁吃穿的生活，所以我想說就暫時在這地方當個家裡蹲，看看書、玩玩遊戲，放鬆一下身心。」

「你早說呀。這樣聽起來你反而生活很富足嘛。再說，你兩次差點被殺掉卻都能平安無事，可見你這個人非常幸運呢。」

「雖然有錢但無法信任別人的男人，若在民間故事中不就是最後會遭遇不幸下場的反派角色嗎？」

只要擁有足夠的資金，無論重新創業或學習新的技能都不算太難。然而無法相信他人就沒辦法經營事業，也難以在別人的指示下工作。

「真是可憐的傢伙。你現在根本不是顧著向我報恩的時候吧？」

雪女把冰淇淋全部吃進肚子中，揮揮手露出美豔的笑容。

「我想喝個美酒，也想吃吃看海產的魚呢。若能把這些東西擺到眼前，我最起碼可以當當你的聊天對象喔。」

「我現在剛好要去超市一趟。妳想買什麼就儘管放進購物籃吧。如果想吃什麼料理，我也會做給妳吃的。」

昌幸指著超市的方向踏出步伐。反正自己本來就是為了買東西才到街上來的，預定計畫並沒有改變。

而雪女也來到他身旁，與他同行了。

昌幸就這樣與雪女重逢，開始了交流。雖然不至於到每天見面的程度，不過雪女每個禮拜會有兩、三天晚上來訪，成為了兩人間的習慣。

昌幸租的是一間屋齡四十年、附庭院的兩層樓房子，若給四人家庭居住是大小剛好，但一人獨居就稍嫌安靜過頭了。不過有這麼大的空間也比較不容易被人從外面看到屋內的狀況，即使招待妖怪入內閒聊也不用擔心太多。

而且這地方位於小鎮的郊區，附近民房不多，就算在庭院烤肉也應該不會有人來抗議煙味，所以或許本來就不需要擔心太多吧。

然而相對地，如果有位相貌年輕的女性頻繁來訪這樣的家，也難保不會引起外人注意，這對於平常不會在人前現身的妖怪來說並非好事。所以雪女總是趁著入夜天黑之後，從二樓窗戶飛進屋內。假使窗戶沒開，只要有一點縫隙，她似乎就能隨著寒風一起進到裡面的樣子。也因為這樣，雪女來到昌幸家的模樣並沒有被外人看過。

即便是那樣的雪女，當昌幸出門買菜時依然會想要同行。據她表示，究竟要吃什麼東西，店裡有什麼食物，果然還是親自看、親自挑選比較有趣。如果不需要擔心費用問題就更不用說了。

然而要是經常一起出現在鎮上，被人記住長相的可能性就會很高。因此昌幸多半會在前往鎮外的大型購物中心買食材的時候才帶雪女同行。畢竟周圍人多應該就比較不會引起注意，只要昌幸稍微留意一點，也能防止雪女做出不像人類的行為。

雖然到鎮上的時候雪女總會穿洋裝，不過在昌幸家中就會變成以前在山中相遇時穿的那套白色和服。她似乎很講究雪女就該是這個模樣，而且覺得這種打扮比較輕鬆的樣子。

雪女會要求嘗試各種東西，但並不拘泥於高級品。雖然關於日本酒是主張吟釀酒最好，總會自己倒來喝得暢快，不過關於啤酒或葡萄酒，反而認為與其喝高檔貨不如喝多一點便宜貨比較合自己的性情。海產魚方面也是剛開始因為稀奇而挑選鮪魚、鯛魚或鰤魚的生魚片，但很快就吃膩而改選牛肉或豬肉，而且在嘗試高級肉品之前又把興趣轉到拉麵上了。

有一次她穿著白色的和服就想吃咖哩烏龍麵，害昌幸都忍不住慌張起來。然而也許是什麼妖怪的力量，讓那純白的布料上都沒沾到任何一點黃色汙漬。

到了夏天，雪女就要求想吃蕎麥涼麵或素麵搭配各種佐料，於是昌幸便切了生薑、生蔥、芝麻或秋葵等等東西給她配麵。雖然事到如今，昌幸才疑惑起雪女在這種盛夏季節跑出來走動會不會對身體造成影響而問了一下，結果對方當場傻眼地回應他如果那樣就會死，雪女的壽命不是連一年都不到了嗎？

兩人重逢後過了將近四個月，來到九月的某一天晚上八點前，雪女正一臉感到美味地品嘗著昌幸做的炸天婦羅。這是由於雪女對蔬菜的天婦羅產生興趣，要求今晚想吃吃看以天婦羅為主的菜色。於是昌幸還特地買了一個新的天婦羅炸鍋，現在把一道道炸好起鍋的天婦羅品項放到雪女面前的桌上。

「嗯，剛炸好這個熱呼呼的感覺實在太棒了。而且比起沾天婦羅醬，只沾鹽巴吃更美味呢。」

坐在椅子上的雪女用白皙的手指握筷，把裹上薄薄的麵衣炸到酥脆的甜椒夾入口中，心情愉悅地如此說道。

「明明是雪女卻講什麼熱呼呼的很棒，如果在民間故事中，可是有描述雪女因為地爐的火或是熱茶而融化的案例啊。」

「那是什麼時代的話了？描寫雪女和人類結婚生了好幾個小孩的故事大家都信了，怎麼可能只吃個天婦羅就融化嘛。」

雪女還是老樣子，嘲笑著昌幸的無知。而就在這時，昌幸對外觀上看起來和一般人類沒什麼差異的雪女問道：

「話說，街上是不是其實有很多像妳這樣的妖怪混在人群之中，只是大半的人類不曉得而已？」

雪女大概猜想到昌幸在恐懼是否有各種妖魔鬼怪氾濫於人世中，結果一臉愉快地把洋蔥天婦羅放進嘴巴。

「應該有吧。只不過和人類扯上關係很容易招惹麻煩事，所以想接近人類的存在並不多。雙方互不干涉才是最平靜的。怪異存在不一定都比人類強大，反倒是人類由於對自然的道理不抱恐懼與敬意，感覺更危險呀。」

「人類的恐怖之處，我也親身領教過了。那麼妳像這樣經常跑來找我，不會有問題嗎？」

雪女和昌幸之間的關係已經不只是「接近」的程度了。有時候雪女還會主張自己酒喝太多而要求留下來過夜，然後躺在客廳沙發上睡覺，到隔天早上甚至吃過早餐後才回去山中。

或許她本身也有自覺，頓時嘟起了嘴脣。

「同伴中的確有妖怪勸告我最好別這麼做。但也有妖怪反而覺得有誰待在人類近處可以多理解人類的事情。而我也有找公主大人商量過，問我這樣會不會過度利用你了。」

「公主大人？」

昌幸也把筷子伸向炸蝦天婦羅的同時，對這個不熟悉的稱呼回問了一聲。

「嗯，就是我們這些所謂妖怪、怪物、幽靈、魔物等存在的智慧之神。我們妖魔鬼怪之間偶爾也會發生爭執，或者遇上難以解決的問題。有時候也可能對人類的行為感到困擾，希望獲得解決。像這些時候，我們就會去拜託公主大人。雖然我只見過兩次面，但她光是在傳聞中的各種活躍表現與卓越智慧就讓人聽得不禁神往呢。」

見到雪女說得如此驕傲，昌幸也忍不住欽佩起來。

「既然會被妖怪敬為神，難道是什麼很特別的怪物嗎？」

「不，公主大人原本是個人類喔。」

這令人意外的回答讓昌幸頓時驚訝得張大嘴巴。

雪女又繼續說道：

「畢竟那工作也需要站在人類與妖魔鬼怪之間維護世間的秩序，因此身為人類的立場同樣不可或缺。而公主大人是由我們這些妖怪將她從人類變成神的。雖然當時的事情我並沒有參與，不過妖怪們將具備資質的人類小孩擄走後，拜託她成為我們的智慧之神。而她答應了請求，於是妖怪便挖掉她一邊眼睛，切斷她一隻腳，使她成為單眼單足之身。那孩子就這樣成為了我們的智慧之神。」

冷不防地聽到這樣一段血腥而充滿妖魔感覺的行徑，使昌幸慌了起來。

「居然拐走小孩又挖掉眼睛砍斷腳，未免太殘酷了吧？而且竟然是自己創造出一個神，簡直亂來。」

然而雪女對昌幸這種反應感到奇怪似地回應：

「如今還講這什麼話？人類不是也有供奉活祭品的風俗嗎？而且我聽說人類社會中自稱為神明或者把明明不是神的存在供奉為神的案例反而更多喔？」

這麼講也沒錯。雖然昌幸是後來才知道這些事，不過奪走單眼單足當成獻給神明的祭品，或者直接將那個人物本身視為神明的儀式其實在人類社會也存在。而且不僅限於新興宗教，將人類當成神明的宗教更是多得不勝枚舉。

即便如此，昌幸依然感到難以釋懷。

「但一個原本是人類的小孩有辦法管控妖怪們嗎？例如妖怪之中比較凶暴的傢伙，也可能不服從那位公主大人吧？就我的印象中，所謂的妖怪應該多半很粗野暴躁，會憑藉自己的怪異能力任性妄為吧？」

「的確啦，像我這樣懂得講人話又會思考事物的存在是很少。不過也正因為如此，我們更需要一個智慧之神。另外，公主大人確實除了智慧之外沒有其他突出的能力，但即便是擁有劈天破地之力的怪物，也會臣服於公主大人的睿智之下。這正是公主大人被形容為楚楚可憐又殘酷狠毒的理由。願意幫助公主大人的妖魔們也很多，因此就算有怪物暴動同樣能應付自如。」

人常說智慧有時能勝過武力，憑藉謀略擾亂大國、獲得勝利的英雄故事或賢者逸聞也不在少數。聽起來那位公主大人似乎能夠面對妖魔鬼怪發揮那樣的能力。但身為人類的小孩卻必須被捲入那樣波瀾萬丈的命運之中，肯定過得非常辛苦。

話說楚楚可憐卻又殘酷狠毒，這兩者應該是完全相反的形容吧？簡直令人一頭霧水。

「而且這幾年公主大人還交了個男朋友。」

「怎麼話題忽然變得俗氣起來啦？」

看來那位公主大人即使被妖怪奪走單眼單足，日子依然過得很正常。

「不過那男朋友是個很恐怖的傢伙。本來不應該讓他待在公主大人身邊的，但無奈公主大人非常中意那傢伙，我們也不得不認同了。而且反過來想想，把那樣的存在拉攏成為自己人的確也很可靠就是了。」

雪女雖然對那位公主大人的男友說出正面評價，不過聽起來她感到擔心的部分還比較多的樣子。

「竟然會被一個雪女講到那種地步，究竟是什麼怪物啊？」
「那同樣原本是個人類。然而吃過人魚的肉獲得了不死之身。」
雪女的口氣講得厭惡忌避，但對於昌幸來說驚訝的感情更勝一籌。
「吃了人魚肉會變得不老不死的傳說我也聽過，但原來真有那樣的人嗎？」
「而且據說那傢伙還吃了其他妖怪的肉，獲得更加驚人的力量。但我已經怕得不敢再多問了。雖然在人類眼中那似乎看起來只是個普通的男人，但對於我們妖魔來說，那簡直是用言語形容都很噁心的怪物呀。」
雪女即使沒有親眼見過那個人類，好像光聽傳聞就全身發抖的樣子。
「那堪稱是超越怪物的怪物。只要那傢伙在身邊，假設有什麼存在想加害公主大人也不可能得逞。所幸那傢伙非常順從公主大人，因此大家也說沒有必要過分感到害怕就是了。」
妖怪們的智慧之神，以及變成超越怪物的怪物並跟在智慧之神身邊的人類。沒想到當昌幸還打著領帶忙於出席股票投標、股東大會或董事會議的時候，世界上竟存在著如此奇幻妖異的事情。
「看來我不曉得的事情還多得像山一樣啊。」
雖然感到可怕，不過對於被辛酸的人際關係搞得身心俱疲的昌幸來說，這些過於脫離現實的事物聽起來反而有種爽快的感覺。
他接著拉回主題說道：

「那麼公主大人對於妳和我之間的交流是怎麼說的？」

「她說只要別引起人們注意，不要被對方過度利用就沒關係。稍微給人類一點好處也行，但不可以讓我們的力量對人世造成過大的影響。」

「講得很對。聽起來那位公主大人還頗正經的。」

「她還說要是出了什麼麻煩事就把那男人凍死後離開小鎮喔。畢竟如此一來被認為是自然死亡的可能性很高，就不會被當成事件調查了。」

「那解決方法也太粗暴了吧，公主大人？」

雖然雪女當場笑起來，似乎接受了那項提議，不過昌幸內心對智慧之神的評價倒是往下掉一階。

雪女接著打開昌幸給她的罐裝啤酒，一副也不算多感興趣地隨口問了一句：

「是說，你跟街坊鄰居們的交流如何？自從來到這個聚落後，除了我以外，你好像都沒有跟其他人往來吧？」

「我有交談過的對象頂多只有送包裹來的快遞送貨員，也只會在買菜的時候出門而已。附近鄰居們似乎都覺得我可怕而躲避我的樣子。畢竟我是個外來人，長相又凶，大家或許以為我是什麼不正經的人物吧。要是沒有妳，我恐怕會因為太少見人，連怎麼講話都忘記啦。」

「也說得太誇張了。剛才你不是又接到一通電話，交談得很正常嗎？對方是你以前的夥伴或部下之類的吧？是不是可惜你的才能，希望你回到職場去呀？」

至今為止也有過幾次當雪女在家的時候接到手機來電的狀況，所以大概讓她留下印象了吧。昌幸當初雖是被迫離職，但為了萬一過去的公司業務、客戶或當時沒有積極背叛昌幸的部下們遇上什麼問題時能夠進行最起碼的對應，昌幸並沒有更換自己的手機號碼。

「話雖如此，會打電話來的也只有一個人。而且內容都是發現以前工作交接上有什麼遺漏，或者工作業務上的聯絡罷了。雖然偶爾會談到我的近況或今後打算，但對方也知道我變得對人不信任而總是足不出戶的事情。剛才那通電話中的確有提到要不要開始新的工作，不過內心想必早就把我歸類到已經完蛋的人了吧。假如我還有人望，應該會有更多人聯絡我才對。」

對方雖然說如果昌幸打算另創事業肯定會有人願意追隨，而且自己也是其中之一，但就算那都是真心話，昌幸也無法相信到足以振奮自己朝未來邁進的程度。

雪女大概看出了他心中那樣的想法，有點調侃他似地搖一搖啤酒罐。

「只要最起碼有一個人，當你要東山再起的時候就能幫上忙啦。而且你現在的臉色也變得比以前有活力多了。在你解開心結之前，要我陪你多久都可以，反正我只要能盡情享受美味的食物就很滿足啦。不過，光是這樣我好像太占便宜了吧？」

雪女接著想到什麼好點子似地豎起手指。

「對了，你和前妻已經分開好一段日子了吧？要不要我當你消解夜晚寂寥的對象呀？」

這提議雖然聽起來很有魅力，但昌幸露出苦笑婉拒：

「妖怪的貞操觀念是怎麼回事？而且如果倚賴妳到那種地步，以我的現況來說也太沒出息了。」

「人說送到嘴邊還不吃是男人之恥喔？」

雪女不知究竟當真到什麼程度，對昌幸露出捉弄似的眼神。昌幸接著嘆了一口氣。

「妳也讓我稍微保住一點面子好嗎？現在的我就跟死人一樣，不是足以勝任妳對象的男人。而且那麼深入的關係，公主大人也不會許可吧？」

「她說過只要有避孕就沒關係喔。」

「那個公主大人果然不能信任吧？」

總覺得對方好像根本沒有傳授什麼正經的智慧。也許只是因為昌幸的腦袋太死板，不過既然叫公主大人應該就是個公主神，講什麼「避孕」之類的字眼真的好嗎？

至於雪女所說的智慧之神其實在『古事記』中也有記錄的事情，昌幸則是到好一陣子之後才知道了。

九月二十五日下午一點多，昌幸家來了兩名拜訪者。

當門鈴響起的時候，昌幸以為是他在雪女的要求下透過網路訂購的宅配鰻魚飯寄到而打開家門，卻沒想到站在門外的是身著西裝的中年男子與年輕男子。

面對反射性擺出警戒態度的昌幸，中年男子亮出警察證件，表示自己是C縣警局搜查一課的刑警，名叫古川。另一位較年輕的則說自己叫本田。C縣雖是隔壁縣，但從那裡的中心都市開車到這地方需要花上將近三個小時。那麼遠處的刑警竟然特地來訪，讓昌幸變得更加提高警戒了。然而相對地，古川卻有如閒話家常似地說道：

「原田美春女士，也就是去年和你離婚的女性遭人殺害的事情，請問你知道嗎？」

那是前妻結婚之前的本名，原來她離婚之後又恢復到原本的姓氏了——昌幸腦中莫名冷靜地想著這樣的事情。由於聽到太過異常的情報，讓昌幸驚訝得反而語氣平淡地回答：

「不，你說美春被殺了是怎麼回事？」

這內容很明顯不適合站在家門口交談，於是昌幸只能做好覺悟，讓那兩人進到家中。因為雪女都是晚上才會來，也不需要擔心被撞見的問題。

昌幸作夢也沒想到，為了這樁前妻遇害的事件，竟會受到之前提過那位公主大人的幫忙。

坐到客廳沙發後，刑警告訴昌幸就在這個月的十二日，禮拜一晚上，美春不知遭什麼人打死，到了隔天早上被正在慢跑的老人發現遺體倒在河岸邊的草叢中。

離婚後，美春居住在C縣的某市。十二日晚上七點半，她從工作的花店下班離開之後行蹤不明。據說她是自己一個人住在距離花店五百公尺左右的公寓中，平常都是靠走路上下班。發現遺體的河岸則位於從花店回公寓的方向，與花店隔了兩條路的路邊。美春當時究竟是被凶手強行帶到那個地方，還是被約到那地方碰面？雖然殺人現場毫無疑問就是那塊河岸邊沒錯，但關於案發經過則還不清楚的樣子。

美春當時是被人用鐵撬或扳手之類的鈍器反覆毆打頭部，手臂也有留下遮擋防禦的痕跡，可見是經過相當程度的抵抗之後遭到殺害的。從傷痕判斷最初是遭凶手從背後攻擊，但並沒有當場喪命或失去意識，於是轉身朝向凶手進行了抵抗。遺體被發現時滿臉是血，據說到了連容貌都難以辨別的程度。凶器至今尚未發現。

「我沒想到竟然發生了那樣的事情。畢竟我沒有訂閱報紙，也不太看電視。雖然會看看網路上的新聞網站，但不會詳細確認什麼殺人事件的報導。我和美春離婚之後一次都沒見過面，也沒有聯繫過。」

新聞網站由於標題字數有限，基本上不會把個人名字寫在上面。如果只是隨意瀏覽，當然很有可能沒注意到這件事。

「就連她原來在花店工作，而且還住在隔壁縣的事情，我都是現在才知道的。」

昌幸聽完刑警的話之後比起內心動搖，更首先察覺對方來訪究竟想問什麼。畢竟從一個已經離婚一年以上的前夫口中能夠問出來的情報，照理講應該很有限才對。

在美春的隨身物品中，像裝有現金的錢包、信用卡、貴重金屬、公寓鑰匙、手機以及身分證件等等都沒有被奪走。身上的衣服沒有凌亂的跡象，住家也沒有遭人入侵過的痕跡。因此警方決定循著熟人結怨的可能性進行調查。

古川說明到這邊，吊起眉梢。

「話說，關於當初你們離婚的理由，雖然表面上原因是美春女士的出軌問題，但實際上似乎是由於她曾試圖殺害你是吧？因為你當時沒報警所以並沒有演變成案件，不過在你開車出門前偷偷讓你喝下安眠藥的行為，已經充分算是殺人未遂了。」

昌幸這時朝掛在刑警背後牆上的月曆凝視一會後，靜靜地重新看向坐在對面沙發上的交談對象。

「為什麼你會知道那件事？」

昌幸於二十九歲的時候與美春相戀結婚，但是在三十一歲的時候差點被殺害。那是發生在三月的事情。當昌幸開車去上班的時候，他平常都會喝的能量飲料中被摻入了安眠藥。當天昌幸預定開高速公路直接前往客戶公司，而藥量剛好計算在當他開上高速公路的時候會發揮藥效。假如昌幸因此發生車禍身亡，只要前妻出面作證他由於工作繁忙導致睡眠不足，警方甚至不進行驗屍就會直接判斷為意外死亡的可能性非常高。

而昌幸當時之所以沒死，而且還查出是美春下藥，完全是幾項偶然重疊的結果。能量飲料平常都是在昌幸準備出門的時候由美春交給他，並且當場喝完後將空瓶交還給美春處理。然而當天就在昌幸喝飲料的時候手機響了，於是他一邊講電話一邊出門，不小心把瓶子帶到車上了。

雖然美春當時可能有叫他要交還空瓶，但由於電話中聯絡的事情以及與客戶見面的時間，讓昌幸頭也沒回地直接出門了。

電話中聯絡的內容使昌幸必須先到自己公司拿資料與樣品，沒有直接前往客戶公司。而且在進到公司的時候又接到客戶通知對方公司發生了一點問題，希望能夠更改見面的日子。後來過了十分鐘，昌幸忽然感受到強烈的睡意而躺到沙發上，過了許久才總算清醒。

覺得再怎麼說都太奇怪的昌幸，於是透過熟人介紹將留在車上的空瓶拿去化驗，便驗出了摻有安眠藥的事情。至於摻藥的人，最可疑的就是妻子。因此昌幸雖然半信半疑還是委託人調查自己的妻子，才發現她竟然有個情夫。

昌幸將化驗結果與外遇調查報告拿給美春看，對方便當場承認了自己的殺人未遂行為。據說是因為想保留昌幸的龐大財產又想跟情夫在一起，才會做出這樣的行為。

而對方很快就同意離婚，於是兩人省略了找律師商量的步驟直接向區公所提出離婚申請，讓一切事情都就此結束。昌幸從來沒有把離婚真相告訴過任何人，美春想必也不會把自身的犯罪經歷告訴別人才對。而且她說過這件事甚至對出軌對象也同樣保密。

然而古川沒有回答昌幸的疑問，反過來問道：

「請你先告訴我，你當時為何沒有報警？」

「美春雖然承認自己摻入安眠藥的事情，但假如她在法庭上否認，我也沒有足夠的證據能夠反駁。更何況，只是殺人未遂的程度也不會判到多重的刑罰。」

「哦哦，這麼說來你在學生時代也曾經差點被友人殺掉了。」

「所以我很清楚就算告她也是浪費力氣。而且對方好歹是我曾經愛過且結婚的妻子，當時埋頭於工作中，讓她心生出軌之意的我也有不對。雖然差點被殺，但所幸我最後一點傷都沒有。若把事情故意攤出來，只會讓事後變得更加尷尬難堪而已。」

如果驚動警方、告上法院，頂多只會把妻子對昌幸感到多麼不滿的事情公諸於世，對昌幸來說一點慰藉都沒有。

也不知道古川對昌幸的心境到底理解到什麼程度，他即使點點頭後又按照自己的步調繼續說道：

「話雖如此，不過出軌的事實依然存在，而且只要搬出自己能夠控告對方殺人未遂的立場，無論你提出任何條件，美春女士都只能同意離婚吧。然而當時你卻分給了美春女士相當金額的財產。明明你大可以不分一毛錢就直接離婚的。」

「畢竟權利只是權利。要是過於冷淡導致她反過來怨恨我，我也會傷腦筋啊。」

昌幸雖然沒有在撒謊，但實在看不出眼前這位中年刑警究竟在想什麼。

「的確有那樣的可能性沒錯。而且美春女士在離婚之後很快也被情夫提出分手，想必你分給她的財產對她經濟上幫了很大的忙吧。」

古川接著重新端正坐姿後，對沉默不語的昌幸表示：

「或許你一反外表給人的印象，其實是個心腸很好的人。然而美春女士卻不是那麼想的。她在自己家中藏了一封告發信，上面寫到『萬一自己哪天死於非命，那肯定是被你殺害的。請警方立刻逮捕你』之類的內容。而且信中也有提到她當年試圖殺害你卻失敗，最終導致兩人離婚的經過。要是沒有那封信，我們警方想必也無從得知你和美春女士之間真正的內情。畢竟她的朋友甚至連情夫的存在都不曉得的樣子。」

昌幸這才明白刑警今日來訪的理由之一，但依舊感到難以釋懷。

「不管美春在信中是怎麼寫的，我根本沒有要殺她的理由吧？」

面對無法理解的昌幸，刑警仔細說明起來：

「美春女士一直深切認為自己會遭受你報復。畢竟她試圖將你殺害並奪走你所有財產，會覺得自己被你怨恨也是很自然的。可是你不但沒有告她，只是辦個離婚就讓一切落幕。而且也沒有把真正的離婚理由告訴周圍的人，保住她的體面，甚至分給她相當金額的財產。心胸再寬大也該有個限度，這讓美春女士反而覺得恐怖，懷疑這些會不會是為了將來殺害自己而做的偽裝。」

這段過於誇張的猜疑讓昌幸感到啞口無言。

「美春女士在信中寫到，你肯定是為了即使殺掉她也不會受到懷疑，才故意假裝和平離婚。所以當周圍人問起離婚理由的時候，你也只會提到美春女士出軌的事情，對於殺人未遂的部分隻字不提。而且就像你剛才所說的，還表示自己也有不對的地方。」

「我可沒有那麼陰險，竟然花那麼多功夫跟時間去報復一個人啊。」

昌幸為了傳達自己現在鬱悶的心情，故意把態度表現出來，但古川刑警卻看起來不為所動的樣子。

「隔一段時間之後再出手殺害，能夠讓自己與被害人之間的關係顯得不深，進而使自己被排除在調查範圍之外，變得安全無虞。像這次如果沒有那封告發信，警方或許也會認為你的嫌疑很低吧。將這點納入計算而進行報復行動的人也是存在的。」

昌幸覺得假如自己有那樣的激情與執著，現在也不會過著這種有如脫離世俗的生活吧。但就算把這種話講出來肯定也沒什麼意義，於是他決定讓刑警繼續說下去了。

「學生時代差點把你殺害的那位朋友，似乎也早已離開人世了吧？就在山中那樁殺人未遂事件之後過了三年，遇到一場交通事故。」

「好像是那樣。我也只有聽到傳聞而已，不清楚詳情。那又有什麼問題嗎？」

古川始終沒有把注視著昌幸的視線移開。

「關於那起事故，警方姑且確認過，並沒有你參與其中的痕跡。周圍也沒有人懷疑你。然而當美春女士得知那件事情後，恐怕認為是你下的手，而對你抱有更深的危機感了吧，認為自己總有一天同樣會遭你報復。因此為了當自己萬一被殺的時候讓你也無法全身而退，她才會不惜告白自己的罪過，將那封信藏在自己家中。」

「難道警方相信那個內容嗎？」

如果是警方肯定會相信吧。假如沒有找到其他有可能的嫌疑人，想必更會對信中的內容追究到底。

古川接著又提出另一項讓昌幸的嫌疑變得更深的情報：

「在被殺的美春女士手掌上，有留下用簽字筆寫的文字。或許因為她喪命時握著拳頭，所以凶手才沒有察覺這點。雖然有時候會由於死後放鬆力氣而讓手掌打開，不過也有立刻僵硬而保持緊握的狀況。」

古川張開自己的左手，做出在上面寫字的動作。

「那些字看起來應該是被害人被帶到河岸邊的時候為了不讓凶手發現，沒看自己的手心急忙寫下的。在美春女士攜帶的手提包中雖然裝有幾項筆記工具，但並沒有發現簽字筆。推測可能是她寫到途中的時候不知掉到哪裡去了。」

依然張開著手心的古川這時稍微笑了一下。

「在她手掌上留下的文字讀起來是片假名的『マサユ』。而你的名字叫作『マサユキ（昌幸）』吧？可能是美春女士寫到途中差點要被凶手發現，所以只寫到這裡的。」

「如果只是寫到途中，下一個字未必就是『キ』吧？」

昌幸雖然板著臉如此回應，不過他自己也知道假如硬扯說那是『マサユメ（正夢，預知夢）』也沒什麼說服力。

古川嘴角微微一揚，點點頭。

「說得對。而且也可能其實想寫『コ』，但是下面那一橫寫得太長而變成『ユ』的。」

他接著一副忽然想到似地詢問：

「話說十二日晚上八點到十點這段時間，請問你人在什麼地方？」

這就是所謂的確認不在場證明吧。那大概就是美春的推測死亡時間。

昌幸稍微沉默了一下。畢竟他有必要整理思考，該如何回答那天的行動才不會被對方進一步調查又能說得過去。結果比較年輕的刑警這時拿出幾張照片放到桌上，古川則是指著那些照片說道：

「請你看一下。這是距離這裡最近的一間購物中心拍到的監視器畫面。日期是這個月四日。」

昌幸看到那些照片雖然憋住沒讓表情變化，但內心忍不住著急起來。沒想到那件事竟然會以這樣的形式成為對自己不利的證據，再怎麼說都太過出乎預料了。

古川也許看出了昌幸的動搖，面無表情地繼續說道：

「照片中可以看到你和一名可能是美春女士的女性走在一起。你剛才好像說過你們離婚之後一次都沒見過面吧？但會不會是你在犯案前幾天用友善的態度先與被害人見個面，殺人當天也用同樣的態度碰頭，試圖讓對方卸下心防的呢？」

照片中的確有一名身高長相都與美春很像的女性與昌幸走在一起。如果畫面解析度再高一些，應該就能知道那和美春是不同人物，然而靠這臺監視器的清晰程度要說是同一個人也不難相信。假如能夠知道美春同一時刻出現在別的地點，或許還可以證明照片中是不同人，但既然刑警會拿出照片，就表示這講法行不通吧。

昌幸只能斬釘截鐵地回答：

「這只是另一位和美春很像的熟人。」

「那麼請問是住在哪裡的什麼人呢？」

古川緊接著如此詢問，但昌幸無法回答。

結果兩位刑警有如事先講好似地同時從沙發起身。

「可以麻煩你跟我們到附近的警局一趟嗎？」

也就是所謂的任意同行，表示希望到警察局進行正式調查的意思。

昌幸雖然對於警方感到強烈的不信任，但如果拒絕只會讓自己的立場變得更差。於是他只好跟著從沙發起身了。

昌幸在當地警察局接受了長時間的偵訊調查，然而或許因為沒有足夠的證據或線索繼續逮捕，到天黑時總算獲得釋放。不過由於昌幸對自己的不在場證明以及監視器畫面中一起被拍到的女性都含糊其詞的緣故，最後只讓他的嫌疑不減反增。

當他回到家時已經過了晚上八點，還被擅自進到家中開啤酒配魚肉香腸吃的雪女抱怨了一句『連晚餐都不準備好是跑去做什麼』。

實在感到疲憊的昌幸，於是一邊準備用微波爐加熱就能吃的冷凍炸雞、炒飯、燒賣等等配上蔬菜沙拉，一邊把刑警來訪、前妻遭殺以及自己被視為嫌犯的事情都說明了一遍。

等到餐點端上桌的時候，就連雪女都表現出同情的反應，將啤酒罐放到桌上。

「人都死了還繼續給你添麻煩，真是個過分的女人呢。」

然而畢竟曾是昌幸的妻子，讓雪女有種複雜的心情，但並沒有特別改口。

她接著沉吟一下後……

「不過要說起來你也有問題呀。如果你有好好跟附近鄰居們交流，搞不好就有所謂的什麼『不在場證明』了。平常的點點滴滴就是會在這種關鍵的時候造成影響。」

她這麼說也很有道理，然而這次在那個不在場證明上也存在問題。

昌幸雖然稍微感到猶豫，但還是決定把這點說出來：

「其實我也不是沒有不在場證明。十二日的晚上八點左右就是十三天前，剛好是我跟妳吃天婦羅那天啊。」

雪女聽到他這麼說，彎起手指在腦中計算天數後，恍然大悟地敲了一下手心。

「哦哦，這麼說對呀。那天吃天婦羅又配酒，享受到深夜，我還留下來住了一晚到隔天早上才回去的。那麼你就不可能是凶手，這不是很清楚明瞭嗎？」

「話是這麼說，但總不可能讓一個雪女出面當不在場證明的證人吧？」

在討論警方會不會相信證詞之前，首先就難以預料會引起多大的騷動了。

「被問到有沒有不在場證明的時候，假如我立刻回答『沒有』倒還比較沒問題。但因為我一時覺得也不算是沒有，結果稍微沉思了一下。這反而加深了警方對我的懷疑。」

昌幸當時一方面也在猶豫即使要回答「沒有」，是不是也必須想個適切的謊言別讓警方察覺到雪女的存在。假如貿然謊稱自己只有一個人，搞不好會進一步被追問最近購買大量食品回家是不是在家中招待什麼人。昌幸腦中一時浮現這樣疑慮，到頭來造成了反效果。

不過雪女大概因為確定不是昌幸犯行而感到滿足，笑著向他保證：

「不管怎麼說你總是清白的，遲早能夠擺脫嫌疑吧。」

相對地，對昌幸來說卻還有讓他笑不出來的要素。

「可是監視攝影機拍到的影像反而讓我變得更加不利。由於那影像讓警方判斷我明顯在說謊，結果不管我再講什麼，他們都會懷疑了。」

「就是你說拍到你跟一名很像前妻的女人走在一起的照片？這種問題只要你告訴警察那個女人是誰不就解決了？既然走在一起就代表是你認識的人，有什麼好隱瞞的？這樣一來警方也會明白啦。」

雪女雖然講得輕鬆，但關於這點其實也存在同樣的問題。昌幸不斷猶豫該不該說出口，但最後還是認為不能不說而放棄遲疑了。

「照片中拍到跟我走在一起的女性就是妳啊。我不是有帶妳一起去逛過幾次購物中心的食品販賣區嗎？」

所以昌幸無法告訴警方那名女性是誰。居無定所，在人世又沒有戶籍的妖怪終究無法成為證人。

雪女頓時停下伸向啤酒罐的手，僵了一段時間。

「你離婚的前妻跟我長得很像？」

「如果站在一起就分得出來，不過還算挺像的。」

雖然雪女的外觀上比較年輕，但兩人還是相似到警方看影像會認錯的程度。

「為什麼你要跟一個長得像我的女人結婚啦？」

「我也不曉得。或許是當年埋在雪中抬頭仰望到的某個身影讓我深深難忘吧。」

昌幸本來絕不想把這種事講出口的，但也許現在精神過於疲憊，連找藉口敷衍都覺得累了。當年心生死亡的覺悟時所見到那個不屬於人類的白皙女性身影，無論昌幸如何遭遇背叛都不曾褪色。唯有那個身影從來沒有背叛過他。

雪女一時之間彷彿在後悔自己是不是不該多問似的，做出像用手抓空氣的動作。接著有如洩憤般抓起啤酒罐，把頭轉向與昌幸相反的方向灌了幾口。

「該怎麼說？這樣你的前妻也很可憐吧。她說不定一直有種自己被拿來跟誰比較的感覺呢。」

「我有在反省。所以她搞外遇我也無話可說，離婚時我也盡可能關照她。雖然她甚至想殺掉我那件事就太過分了。」

關於這點繼續講下去應該只會變得更尷尬，於是昌幸把話題拉回現況：

「總之就是因為這樣，我沒辦法向警方說明自己的不在場證明以及一起被拍到的女性究竟是誰的問題。然後由於無法說明的緣故，讓我的嫌疑變得更深了。簡直像是陷入什麼圈套一樣。」

雪女氣憤地握扁手中的罐子，甚至彷彿總算理解昌幸所面臨的困境似地把罐子凍結捏碎。

「明明只要我出面就能解決問題，現在卻因為辦不到這點，反而害你的處境變得更不利了嗎！喂，這沒問題吧？」
「我聽說警方一旦認定誰是凶手，就會甚至不惜偽造證據也要將那個人定罪。狀況可說對我非常不利。」
現在著實不是可以信任警方的狀態。萬一在這個家中搜出什麼犯案時使用的凶器或沾有血跡的衣服之類，肯定就難逃被逮捕的命運吧。而警方有可能真的搞這種伎倆。
在那之前，昌幸必須想想辦法。雖然自己如今對人生也沒有懷抱什麼希望，但如果就這樣被逮捕定罪，可能會讓雪女留下沒有必要的罪惡感。自己明明是為了報恩而來到這地方，假如最後卻導致那樣的下場只會顯得更加沒有出息。
「不過所幸我還有錢和時間。在變得無法自由行動之前，我要自己親手揪出真凶。如此一來就能證明自己的清白。除此以外也別無他法了吧。」
「你有什麼頭緒嗎？」
「總比一直關在家裡來得好。所以抱歉，我要暫時出門一陣子。無論酒和食物，家裡都還有一定分量的庫存。我也會留現金在這裡，妳隨便拿去用吧。」
昌幸準備立刻起身行動，但雪女卻趕緊按住他的肩膀。
「你等等你等等。現在你貿然行動，會不會反而更讓人懷疑？我明白你無法相信警察，但毫無頭緒之下單獨行動肯定只會失敗，而且警察一定也在監視你。」
正因為這樣，昌幸才會決定趁夜搶先行動。然而看在雪女眼中，這似乎是有勇無謀的行為。

「我也會幫忙你，所以你別什麼事都想自己一個人去做。我知道你是清白的，絕不會眼睜睜看你被抓走。」

雪女壓制著昌幸，讓原本白皙的臉頰變得更加蒼白，對他如此主張。然而妖怪不諳人世的道理，平常又居住在比人世單純的鬼怪世界中，想必也沒有什麼對於現實中的殺人事件或警察組織能夠發揮什麼效果的力量吧。

沉思半晌後，雪女敲了一下手心，臉上綻放出明亮的表情。

「對了，像這種時候就應該去仰賴公主大人的力量呀！她肯定能夠幫助你，甚至找出真凶！」

雖然雪女神采飛揚地如此表示，但這次卻換成昌幸感到擔心了。

「那才真的沒問題嗎？」

畢竟就傳聞中聽起來，那位公主大人的智慧好像不怎麼正經的樣子。

到最後昌幸決定聽從雪女的勸說，克制單獨行動。而妖怪似乎有他們獨自的聯絡管道，雪女接著為了把現況與面臨的難題告訴公主大人，叫來一隻外觀看起來像鳥類，可是無論腳部、翅膀、嘴喙與眼睛都不太像鳥的存在，專注對牠講了好一段話後又將牠送回天空。

而警方自從要昌幸任意同行的那天之後，出乎預料地並不怎麼跟他接觸，就算來找他也不會要求再到警局問話。不過每當他出門都會有種被人跟蹤的感覺，即使在家也會感受到周圍有人監視著。

警方的調查範圍後來似乎也擴展到昌幸以前在公司的相關人物，然而昌幸完全無法猜想那究竟會形成什麼樣的影響。警察雖然強烈懷疑昌幸，但又找不出足以逮捕他的決定性證據。而且由於昌幸在這樣的鄉下小鎮孤立生活，從附近鄰居口中也問不到多少情報，因此感覺警方似乎在期待昌幸會不會做出什麼莽撞行動的樣子。

如此看來，雪女當初制止他行動或許可說是正確的判斷。但相對地昌幸同樣一點進展都沒有，讓他一天比一天擔心：仰賴一個似乎是人類卻又站在與人類不同的立場，而且又搞不清楚真面目如何的公主大人會不會是個錯誤的決定？

到了警察來拜訪昌幸家的十天後，十月四日晚上，昌幸就像以前一樣被和服打扮的雪女抱著，帶往小鎮近處的一座深山中。

據說是公主大人特地遠道而來，願意親自與他們見面的樣子。昌幸雖然一時感到疑惑，就算要見面何必偏偏挑在山中？不過接著又想到與妖怪之神在人類居住的鄉里見面好像也有點奇怪，於是暫且把疑問吞回肚中，與飄盪著黑髮的雪女一起降落到漆黑的樹林中。

那是一處連通往山腳的路徑都沒有，頂多只有鳥獸會經過的封閉場所。假設就算有路可行，也必須登山兩個小時以上。因此必然地，除了月光以外沒有其他能夠照亮周圍的光，而且今天月亮又偏偏被雲層遮掩，要是沒有昌幸保險起見帶來的手電筒，肯定是一片漆黑吧。

然而在短短十公尺前方卻能看到一處微微發光又散發熱氣的場所。昌幸在雪女的帶路下走向那裡，結果來到一塊四周被樹木圍繞、地面露出岩石與土壤，剛好適合稍事休息的開闊空間。

這裡有好幾盞綻放青白光芒的鬼火飛舞在半空中，還有五隻左右的狸貓雙腳站立提著蠟燭燈籠，在本來應該完全漆黑的深山中照出這樣一處明亮的場所。

而在中央一塊裸露的岩石上坐著一名少女。不，要說是少女又讓人覺得她無論神情或散發出來的氛圍都很老成。大眼睛、小嘴巴、晶瑩剔透的肌膚，明明容貌如此稚氣，卻一點都沒有年幼的感覺。另外或許也因為她坐在一塊粗獷的灰色大岩石上，讓身材看起來非常嬌小。

少女頭戴一頂奶油色的貝雷帽，可能為了配合山中景象而穿著一套以自然的綠色與灰色為基礎、感覺應該很高級的上衣與裙子，呈現一種莫名像是精緻西洋人偶般的情調。仔細一看，還有一根紅色拐杖靠在岩石邊。整個畫面完全不像在深山中應該看到的景象。換成雪女站在那裡反而還比較不會顯得突兀。

而且那位有如西洋人偶的女孩竟然握一雙免洗筷，吃著端在手上的便利商店便當。是炸豬排便當。透明的蓋子放在一旁，還有一瓶在超市經常可以看到的瓶裝綠茶。雖然大部分景象都給人一種如夢似幻的感覺，但破壞那個感覺的俗氣東西卻又強烈主張著自己的存在。

昌幸由於眼前的情景而當場愣在原地，不過雪女倒是立刻走到女孩面前，跪下磕頭。

「公主大人，非常感謝您這次答應我的請求。」

「畢竟這就是我的職責，妳不用在意。」

女孩停下筷子落落大方地回應後，將筷子與炸豬排便當放到一旁，握起拐杖從岩石起身站到地面上，然後朝著昌幸的方向摘下貝雷帽。

「初次見面。我名叫岩永琴子，是一般稱為妖怪、鬼怪、怪物、幽靈、魔物等等存在的智慧之神。這次在雪女的拜託下，前來解決與你相關的事件。」

也許因為昌幸好歹是一名年長者的緣故，被妖怪們稱為智慧之神、公主大人的這名女孩用非常禮貌的語氣如此說道。結果昌幸也被影響，對她低頭鞠躬。

「我是室井昌幸。這次勞煩妳遠道而來了。」

即便自己的年紀比較大，但昌幸對於雪女如此恭敬對待的人物也無法表現出草率的態度。因此他就算心中依然感到難以信任，還是用禮貌的遣辭如此回應。

自稱岩永的女孩把貝雷帽重新戴回頭上後，指向一塊狸貓們不知何時滾動搬來的大石塊請昌幸就坐，並露出微笑。

「其實我本來也可以直接到你家登門拜訪，但如果有像我這樣顯眼的人到訪，之後可能引起周圍鄰居閒語，給你添上不必要的麻煩吧。這地方雖然有些涼，不過有狸貓怪與鬼火們幫忙點燈照明，稍微講一段時間的話應該沒什麼問題。」

用雙腳站立的公主大人果然身材非常嬌小，頂多只到昌幸的胸口高度。據說她被挖掉一邊眼睛，切斷一條腿，表示現在她現在應該裝著義眼與義肢吧。手上那把拐杖肯定也是因此帶在身邊的。不過昌幸看不出來究竟哪一邊才是人工物。

昌幸放下手電筒，在對方的邀請下坐到石塊上。他沒料到公主大人竟是這樣一個小女孩，而且實際見面後更有一種難以捉摸的感覺，讓他從剛才就感到無比震驚。不過為了鎮定自己的心情，他接著開口詢問：

「請問妳今日是獨自前來嗎？我聽說妳有位男朋友，他人在哪裡呢？」

這裡可是夜晚的深山之中。雖然似乎有妖怪們擔任岩永的隨從，但是讓這樣一個小女孩獨自前來也未免不太適切。既然是連怪物都恐懼的男朋友，應該會兼任保鏢一同過來才對。

結果坐回岩石上重新端起炸豬排便當的岩永，頓時露出不高興的表情。

「我當然有邀他一同過來，但他卻說什麼要到工地去打工，竟拒絕了我。」

「打工嗎？」

明明整體狀況給人一種脫離世俗、遠離人間的感覺，卻總是在某些部分消散這樣的氣氛。

岩永把一塊炸豬排放進口中，無處發洩怨憤似地繼續說道：

「比起可愛的女朋友，那個人竟然優先選擇深夜的隧道工程。當然畢竟他是個研究生，我也明白他需要錢。但我都說那點錢我會幫他出了，他卻都不聽。」

「研究生啊。」

沒想到超越怪物的怪物竟然是個窮苦學生，這世界實在令人無法理解。昌幸的心境變得比剛才更加混亂，而岩永則是揮著筷子回應：

「沒錯，明明我都說會關照他就業的，他卻還賴在大學裡。不過這學年度他好像總算有意願要畢業就是了。」

雖然見面地點選在深山之中，但無論這位公主大人或她的男朋友似乎都在人界過著普通的生活。光是她吃著用廉價材質的容器包裝的炸豬排便當，就已經讓神祕感打了好幾折。

岩永的抱怨還沒結束：

「就因為這樣，害我只好在近處的便利商店買便當和飲料，請妖怪們把我孤零零一個人送到這樣的深山中了。明明以前他還會親手做便當和熱呼呼的豬肉味噌湯給我帶上路的說。為什麼那男人現在卻讓我受這種罪，吃著涼掉的炸豬排呀。」

「在這種地方，炸豬排也難免會涼掉啊。」

為何自己會在這樣一處暗夜圍繞、鬼火飄舞的深山中，聽著一名女孩子抱怨心中的不滿呢？包括雪女也好，難道跟怪異相關的存在都對於吃食很講究嗎？就在昌幸感到更加失去現實感的時候，岩永臉上重新浮現笑容。

「不好意思，我太離題了。關於你的狀況以及這次事件的概略，我雖然都大致上確認過，但還是可以請你親自說明一下嗎？一方面也為了讓我能掌握你的為人。」

她如此表示的聲音聽起來很鋒利，彷彿也在告誡昌幸不許作假。看來這女孩不愧被稱為公主大人，果然是用普通的理論無法估量的存在。

昌幸擦拭額頭微微滲出的汗水，端正自己的坐姿開始說明對方所詢問的內容。

昌幸一方面由於曾經身為一名成功經營者的經驗，已經很習慣在眾人面前講話。然而在一群妖怪圍繞之中對一位外觀看起來像少女、像公主又像人偶的對象講話還是讓他心情上難以保持平靜。不過他還是將重點部分全部說明完後，窺探岩永的反應。

「又是個相當特殊的狀況呢。正因為雪女是證人，反倒讓你的嫌疑變得更深了。這或許也算是人類和怪異存在之間假如貿然扯上關係，就隨時可能遭遇意外危險的一樁範例呢。」

岩永表現得一副事不關己的樣子，用彷彿不認為問題重大的語氣如此說道。跪坐在地面上朝著岩永的雪女這時插嘴：

「正如剛才所描述，這男人明明是清白的，卻因為我的存在害他陷入了困窘的處境。雖然他相貌凶煞，但絕不是什麼壞人。懇請您幫幫他吧。」

「這並不是妳的錯。對吧，室井先生？」

岩永對態度拘謹恭敬的雪女溫柔安撫後，又向昌幸徵求認同。

「這是我欠缺德望所致。她並沒有錯。」

昌幸點頭回應。一切都是自己尋求與雪女之間的關係所招致的結果罷了。

岩永一臉滿意地吃著炸豬排便當裡的醃菜配料，並露出彷彿在評估對方的眼神看著昌幸。

「話雖如此，不過狀況成立得如此湊巧，反倒令人不太愉快呢。證人是雪女的不在場證明，以及拍攝得讓她會被誤認為前妻的監視器影像。結果你因此面臨絕境，簡直做作得有如什麼劇本的設定呀。說到底，一個人類會試圖和本來應當恐懼的妖怪變得親密，這行為本身就非常不自然吧？這樣難免會讓人想懷疑其中是否有什麼必然性，是否存在什麼重大的利益，不是嗎？」

昌幸雖然覺得對方懷疑的地方很奇怪而皺起眉頭，但還是決定靜靜聽下去。

「就算肯定了妖怪的存在，你的不在場證明真的可信嗎？妖怪與人類之間壽命不同，對時間的感覺也不一樣。妖怪首先不會使用什麼日曆，因此不一定像人類那樣會正確掌握今天是幾號。也有妖怪是依循陰曆行動，不會在意什麼閏年的問題。」

岩永接著對一臉困惑的雪女問道：

「好，雪女，妳能夠正確回答今天是幾月幾號嗎？」

「呃，我想應該是十月初吧。」

岩永用眼神向昌幸示意了一下回答得很沒把握的雪女。

妖怪雖然應該能夠掌握像是從某件事之後過了幾天，或是某件事發生在大約幾天之前等等的概念，但認為妖怪會依循人類的日曆判斷每一天是什麼日子，或許才是比較奇怪的想法。昌幸也記得雪女以前說過她不懂人類的曆算。

昌幸對於岩永即使承認妖怪的存在，也終究秉持用邏輯性思考看待事物的智慧，不禁感到佩服。雪女身為不在場證明的證人確實會欠缺說服力。但昌幸無法理解岩永將這點視為問題所在的用意。

「室井先生只要說事件發生的十二日是幾天前的什麼時候，雪女恐怕就會擅自認為『哦哦，就是那一天』吧。即使那天其實是十一日或十三日，她也無法正確區別。而且室井先生假如積極誤導雪女認錯日期，雪女也只有輕易被騙的份。換句話說，室井先生要在十二日去殺掉前妻美春小姐其實是有可能的。就算認同雪女是證人，你的不在場證明依然無法成立。」

雖然總覺得岩永有種雞蛋裡挑骨頭的感覺，不過昌幸對於這段進一步的追究依然保持沉默。

「關於監視器拍到的影像也是一樣。只要你事先調查好美春小姐的行動模式，就有可能調整到無法查出美春小姐在什麼地方的時段，帶著雪女被拍下你們走在一起的畫面。你也無法斷言那只是偶然被拍到的吧？」

岩永目不轉睛地注視著昌幸，放下免洗筷拿起瓶裝茶，轉開蓋子。

「你有辦法斷言說你那樣特殊的不在場證明與影像證據沒有造假嗎？」

昌幸內心不禁失望這位智慧之神果然一點也不可靠，同時為了揪出一項明眼人都知道的根本問題，把原本禮貌的遣辭切換成普通的語氣：

「那種造假行為有什麼意義？妳講得好像是我偽造了不在場證明，還故意留下讓人以為我和美春見過面的影像。但是無法向警方提出的不在場證明以及和美春容貌相似的人物，只會讓我變得不利，對我來說一點好處都沒有。照這樣下去我不但會被警察抓走，連證明自己清白的方法都沒有啊。」

結果岩永卻泰然自若地回應：

「你當然有好處了。那就是雪女對你絕對的信賴。」

那聲音讓昌幸霎時有種彷彿一根冰錐插入背後的感覺，但一時之間無法理解話語中的意義。

岩永則是毫不留情地繼續說道：

「只要雪女相信你的不在場證明，又得知你因為監視器的影像變得處境不利，想必就不會懷疑你的清白了。正因為是在人類世界派不上用場的不在場證明與證人，所以你不可能特地去偽造那種東西——這個想法讓你的清白在雪女心中成了不可動搖的事實。」

昌幸聽到這段說明，忍不住驚訝竟然會有這樣的思維而瞪大眼睛。這女孩怎麼會思考到這種事情？

「就算你是真凶，雪女也會由於相信你的清白而不惜用上任何手段幫助你，會鑽牛角尖希望自己能為你做些什麼。而且她如果還抱著由於是自己害你處境不利的想法，那份罪惡感也會讓她完全站到支持你的立場。」

岩永絲毫不給昌幸任何反駁的空檔，又緊接著說道：

「在你的人生中，應該有很多值得報復的人物吧？試圖殺掉你的朋友、你的前妻、背叛了你奪走公司的工作夥伴們。雖然前兩者已經不在人世，但後者還沒死。我是還沒查出那些工作夥伴們有多少人，但既然讓你免職並搶走了你的權利，人數肯定不止兩、三人。要順利把所有人都殺光著實不是一件容易的事情。就算一年只殺一人，還是會讓警方提高警戒。」

明明轉開了瓶蓋的岩永卻一口茶都不喝，絲毫不讓攻勢減緩。

「然而假如你把雪女拉攏為自己人，狀況又會如何呢？由於美春小姐的事件遭到警方逮捕的你，只要痛切懇求雪女『這是以前的工作夥伴們害怕我出面追究他們的不法經營行為，所以設下圈套陷害我的。雖然我沒找到證據，但他們就是凶手沒錯。我現在已經無從證明自己的清白，也沒辦法追究他們的不法行為。拜託妳代替我向那些傢伙復仇吧。』那麼深信你是清白的雪女肯定就會照你所說的去做。妖怪不會受到人類的法律或倫理所管束。正因為她相信你，所以會去把那些人都凍死。」

昌幸這時聽見「咔咔咔」的聲響而把注意力轉過去，發現是雪女顫抖得讓牙齒都敲出聲音。難道她因為公主大人提出的這段假說不寒而慄了嗎？

「雪女不但可以偷偷到看守所跟你見面，也能殺掉那些人不被發現。你只要事先列出一份人物名單放在家中，雪女就能根據那份名單行動。雪女知道你為了洗刷自己的嫌疑，本來打算自己去把真凶找出來。因此你也可以說自己是在行動的過程中列出那份名單並掌握了真相。」

岩永一副從容不迫地把寶特瓶舉向昌幸。

「假如在你被警方抓走的期間，你過去的工作夥伴們接連死於非命，你也不會受到懷疑。你自己待在安全的地方，就能完成復仇計畫。為了達成這項最終目的，你才會計畫性地殺掉美春小姐又故意製造自己被警方懷疑的狀況，藉此利用雪女。對不對？」

對方講到這邊才總算喝起茶，等待昌幸回答。

這下該從什麼地方開始反駁才好？昌幸雖然打從一開始就對這位智慧之神沒抱什麼期待，不過她竟然能夠編造出如此誇張的虛構故事卻又姑且算是說得通，或許在這項能力上可以多少給她一點評價吧。或者會不會是她認為身為人類的昌幸與身為妖怪的雪女之間關係過於親近會很危險，所以不惜撒謊也要拆散這兩人？畢竟雪女假如相信她這項假說應該就會離開昌幸身邊，搞不好還會當場發飆把昌幸凍死。

昌幸帶著疲憊的心情站起身子，看著岩永。在這樣的深山中被包圍的狀況下，昌幸想必無法一個人離開，但他還是想姑且用態度表明自己不會任由宰割的意志。

「妳講的根本是如履薄冰的魯莽計畫。就算我藉此報復成功，如果因為殺死美春的罪名被判刑，不就沒意義了嗎？」

「你可是有雪女這個妖怪站在自己這邊喔？復仇結束之後，你只要說自己想到能夠獲救的方法，讓雪女繼續展開新的行動就行了。例如讓她到購物中心獨自一個人被監視器拍到，然後請你僱來的律師去調查那個影像。只要能證明美春小姐死後依然有跟她外觀相似的女性出現在購物中心，警方當初懷疑你的根據就站不住腳了。就算檢方假如掌握了什麼有力證據，雪女也能夠在開庭之前將它悄悄偷走，隱藏起來。要使你獲判無罪或不起訴，並非什麼難事。」

岩永彷彿要把撲克牌築起的城堡摧毀似地，用關起瓶蓋的寶特瓶一揮，輕易推翻昌幸的反駁。接著握起拐杖，把前端舉向昌幸。

「若只是與妖怪間雙方同意之下進行一點小小的交易，我還會睜一隻眼閉一隻眼。但如此任性妄為地操弄妖怪，恣意達成私欲的行為，我就無法放過了。這可是無論人世之理或妖怪之理都可能招致破壞的惡劣行徑。」

昌幸甚至感受到一股殺氣。明明對方只是個小女孩，昌幸卻想像不出任何能夠贏過岩永的手段。雖然就體格差距來講，應該能輕易逼近到面前把對方揍倒才對，可是昌幸卻有種假如真的那麼做的瞬間自己可能就會沒命的預感。看來對方把昌幸帶到這地方來，恐怕就是為了將他偷偷處決的樣子。

正當昌幸不禁額頭冒汗的時候，雪女忽然大叫一聲，又對岩永深深磕頭。

「公主大人！請恕我直言，這男人不可能會想出那樣邪惡的陰謀。確實如您所言，我深信這男人的清白。假若他被警察抓走，我為了幫助他肯定也會毫不猶豫地去殺人吧。」

雪女把額頭都叩在地面上，越講越激動。

「我這麼說並不是在懷疑公主大人的智慧、公主大人的慧眼，然而這男人即便相貌凶煞，心腸卻無比溫柔，是無法憎恨別人的類型。若非如此，他又怎麼會幾經背叛、幾經傷害之後變得難以相信他人呢？還請您再重新思考吧！」

昌幸沒有想到雪女會袒護自己到這種程度，忍不住感到抱歉的同時，也對自己被岩永的魄力嚇得無法動彈的窩囊模樣覺得無比羞恥。不管怎麼說，總不能讓雪女繼續為了自己這樣磕頭。

於是昌幸為了扶起雪女而蹲下身子，並握拳憤慨著難道無法給岩永一點顏色瞧瞧嗎？然而那位公主大人卻彷彿絲毫不理會昌幸似地繼續吃起炸豬排便當，又對著跪下磕頭的雪女笑著說道：

「我知道、我知道。剛才那段假說全部都是騙人的。我很清楚室井先生並非凶手。」

緊握著拳頭的昌幸聽到岩永如此缺乏緊張感的發言，當場發出呆傻的聲音：

「妳說什麼？」

抬起頭的雪女也露出感到混亂的表情。岩永接著又用憐憫似的視線看向昌幸。

「我的假說其實也存在幾項問題啦，不過你假如真的想獲得雪女信賴，肯定老早就努力跟她生小孩了吧。畢竟讓兩人之間變成那種關係，可以更確實地拉攏她成為你的自己人嘛。」

這論據雖然令人不禁質疑品格，但或許也是一種真理。至少昌幸即使對那樣的反證感到頭疼，也不得不承認它很有道理。

岩永繼續調侃昌幸似地表示：

「講真的，我聽說雪女勾引過你好幾次卻屢遭拒絕，還在想怎麼會有如此沒種的人呢。那樣的人物別說是實行我剛才說的這套計畫了，肯定連想都不敢想吧。因此我的假說完全無法成立。」

面對如此輕易把自己構築的假說作廢，又嘀嘀咕咕嫌著炸豬排涼掉的岩永，昌幸不禁愣了好一會後，總算注意到自己應該要生氣而大聲說道：

「那麼妳為何撒這種謊？要捉弄人也未免太過惡劣了吧！」

看看雪女都怕得如此發抖啊。然而岩永卻用銳利的目光制住昌幸：

「這是為了讓你明白一件事。那個雪女為了袒護你，即使方法笨拙也還是向身為神的我嘗試反駁。你知道那需要多大的勇氣嗎？她可是為了你，甚至連神都敢忤逆喔？」

昌幸頓時講不出話來，後悔自己不應該對眼前這位小女孩大吼的念頭湧上心中。

「雖是妖怪，但願意相信你、真心為你付出的人依然存在。雖然你或許深受過傷害，害怕再去相信別人，但世上依然有像她這樣的存在。我想你差不多也該振作起來了吧，至少不應該再虛度自己的人生了。」

昌幸看向癱坐在地面的雪女，結果她白皙的臉蛋頓時泛紅，把頭別開。自己究竟在幹什麼？昌幸這輩子再也沒有比此刻更氣憤自己了。

自己的確受到傷害、身心俱疲而逃到了這個山腳下。與雪女重逢，讓心靈獲得了慰藉。不過昌幸同時也感到莫名愧疚。

畢竟雖然平常總會顧及面子，但昌幸內心其實很有自覺，自己一味地害怕再次與人接觸，只能老是關在家中。自己實在太膽小，始終提不起勇氣。

「你將來變得如何我是管不著，但身為智慧之神，我必須實現雪女的委託。若只是單純解決這次的事件，並不算真的幫助到你吧？」

對於岩永這段雖然語氣冷淡卻又愛多管閒事的說明，昌幸頓時無話可說，重新坐回石塊上。

「抱歉，妳說得對。勞妳費心了。」

昌幸抱著羞愧的心情，向岩永繼續問道：

「那麼美春遭殺的事件究竟又是如何？要是抓不出真凶，我依然難逃危機狀況吧？」

從剛才到現在只是說了一大段騙人的推理，關鍵的事件卻沒有獲得任何解決。如果昌幸因此被警方逮捕，雪女還是會懷抱罪惡感，而且昌幸要東山再起也很困難。

然而岩永卻表現得好像自己已經完成大半工作似的，輕鬆吃起白飯。

「我知道真凶是誰。其實這不是什麼急迫的問題，但我就姑且把這邊的答案也說明一下吧。」

她那樣一副當作飯後消化肚子順便處理一點小事般的態度，讓昌幸心中又湧起今天不知第幾度的忐忑不安了。

把炸豬排便當全部吃光後，岩永總算開始說明事件的真相。

「直接從結論來說，室井先生其實早就脫離險境了。即使我沒有出面，你被逮捕的可能性也很低。警方應該已經放鬆對你的調查行動了吧？」

「可是我一直感覺有人在跟蹤或監視啊。」

昌幸糾正岩永的判斷過於樂觀，但岩永卻不以為意。

「那是你的被害妄想。警察可沒閒到能夠把人手分派到嫌疑不深的人身上。」

難道她用詞上不能客氣一點嗎？昌幸雖然內心如此埋怨，卻也無法否定。

「那麼警方為何會忽然放鬆對我的調查？」

畢竟昌幸自從接受調查之後都沒有任何動作，應該也沒增加什麼足以改變調查方針的情報才對。

對於這個問題的解答，岩永卻提出了已知的情報：

「因為被害人美春小姐身上攜帶的貴重物品、鑰匙、身分證件和手機都沒有被拿走，衣裝也保持整齊的狀態，她住的公寓又沒有遭人入侵過的痕跡呀。」

這些事情昌幸也都聽刑警說過，網路上的報導也有記載同樣的情報。但這究竟能成為什麼根據？

岩永對依然無法理解的昌幸繼續說道：

「美春小姐當時應該是被凶手帶到案發現場，或者是被約在那裡見面。而且她遭凶手攻擊時有留下進行抵抗的痕跡，甚至似乎有時間在手心寫下可能是你名字的文字。這表示她和凶手見面之後，肯定有一段雙方交談的時間才對。」

「是沒錯。」

「那麼假如凶手是室井先生，美春小姐難道不會警告你『我有留下一封給警察的告發信，裡面寫到萬一我出了什麼事，凶手就是你。你要是現在殺了我，絕對會被逮捕。』之類的話嗎？所以你殺掉我也沒意義，只要你什麼都別做，現在乖乖回去，我就不會把今天的事情告訴任何人——她接著應該會如此向你提出交涉才對吧？」

昌幸當場「啊」地張大了嘴巴。雖然雪女好像還聽不太懂，但這是很重要的一項論點。

在鬼火照耀中，岩永繼續說明：

「告發信在死後的確可以成為報復凶手的武器，但在那之前也能成為保護自己不被殺害的盾牌。或者應該說，這才是最有效果的使用方式。美春小姐既然抱著可能被你殺害的危機意識而預先準備好告發信，那麼與其等到自己被你殺死，她應該會在被殺之前就把告發信的存在當成防禦道具。」

關於這點，昌幸也應該早點想到才對。

「如果交涉順利，美春小姐甚至不用被殺死。因此她不可能不把告發信的存在講出來。而假如你是在知道這點的狀況下把美春小姐殺害，就應該會想辦法處理掉那封告發信。」

「說得對。就算那可能只是美春故弄玄虛，我肯定還是會進行什麼對策吧。」

至少絕不可能什麼都不做就離開現場。而岩永接著舉例：

「首先你應該會想到能否偷走告發信，而考慮去翻找美春小姐的自家。畢竟鑰匙就在被害人身上，她家離案發現場也不遠。只不過那樣做可能會被公寓或周圍的監視器拍到身影，要是告發信並非藏在美春小姐自家，這樣多餘的行動反而會讓你留下自身的蹤跡。因此你或許會放棄偷走告發信吧。」

雖然有風險，不過認為總比貿然去搜家來得好而選擇放棄也是有可能的。但就算放棄偷走告發信，依然有其他對策可行。

「那麼你為了不讓犯案動機局限於私人恩怨，應該會拿走被害人的貴重物品偽裝成強盜殺人，或動些手腳讓事件看起來像性犯罪。另外像是把遺體藏到什麼地方不讓人發現，破壞指紋與容貌並帶走身分證件與手機，使被害人身分不會馬上被知道等等，應該最起碼會做出這類行動才對。然而實際上卻都沒留下這些痕跡，導致警方在很早的階段就鎖定動機為挾怨殺人了。」

昌幸忍不住抱頭懊悔，為何自己都沒有想到這些？

「假如室井先生不曉得告發信的存在，認為已經離婚一年以上的自己不可能被懷疑也就算了。但如果你是凶手，首先不可能讓事件變成這樣的狀態。而且接受警察訊問的時候，你被問及不在場證明也無法馬上回答，被購物中心的監視器拍到與長得像美春小姐的女性走在一起卻又解釋得含糊不清。這些反應未免都太過可疑了吧？」

岩永露出無奈傻眼似的微笑，繼續說道：

「但如果你知道美春小姐有留下告發信，應當早預料到警方會來調查自己。實在很難想像你會什麼都不準備，盡做些導致自己嫌疑加深的應對。即使不考慮這些問題，假如凶手真的是你，這樁事件應該會更有計畫性才對。然而你實際上卻做出這般欠缺思慮的行動，是不是太奇怪了？」

「警察是案發將近兩週後才來找我。假若我是凶手，應該會想好充分的對策，以完全的狀態面對警方才對。」

然而昌幸實際上卻盡做些奇怪的舉動。

「警方當初將你列為最有可能的嫌疑人沒錯，然而後來察覺到這項矛盾，而慎重調整了調查方向。雖然沒有完全排除你的嫌疑，不過警方現在正致力於尋找其他可能有動機的人物。說來諷刺，你由於無法說明雪女的事情而做出的可疑對應，反而讓你逃過了一場危機。」

岩永露出一臉壞心眼的笑容。

「假如你沒有和雪女之間的關係，就不會被拍下那樣的監視器影像。接受調查時想必也會馬上清楚回答自己案發時在家中，沒有什麼不在場證明吧。不存在的不在場證明就無從戳破，對於在鎮上從不與他人交流的你又查不出什麼線索。如此一來警方的調查行動就會陷入困難，而這點恐怕也會成為讓你嫌疑加深的因素。」

若要調查一位成天窩在家中，住家周圍又沒其他民房的人物，警方想探聽情報都很困難。那人物最後就會成為一名雖然可疑卻又難以對付的嫌疑犯。

「也就是說警方會判斷我故意藉此對付調查，而變得更加懷疑我了嗎？」

「是的，那樣你反而比較危險呢。另外還有一點也很諷刺的是，在我剛才提出的假說中，室井先生的計畫是讓自己成為凶手被警方逮捕。雖然這種事情不可能發生，但假如真的發生警方把雪女的存在納入推理要素之類的狀況，關於你沒有處理對自己不利的案發現場又做出奇怪行動等等的疑點，便能得出合理的解釋。到時候你的嫌疑就不減反增了。」

到這邊，岩永那段騙人的假說又呈現了奇妙的意義。

昌幸對於那項意義感到啞口無言，而岩永則是感慨說道：

「正因為警方不承認雪女存在的事實，結果來講還是讓你得救了。」

這講起來真的很諷刺。昌幸本來還認為由於雪女無法成為證人，無法出面說明，導致自己陷入絕境，緊張擔心。可是沒想到事實上完全相反，正因為這些理由讓昌幸在不知不覺間脫離了險境。

聽到這邊為止昌幸都能接受，但依然還有對他不利的證據。於是昌幸回過神來，提出這項疑問：

「那麼手掌上留下『マサユ』的文字又要怎麼解釋？將那些字判斷為將我的名字寫到一半是很妥當的推理，警方也無法視而不管吧？」

岩永張開左手，用右手比了一下。

「被害人應該是在充分認知凶手是誰的狀況下被殺害的。那麼既然你不是凶手，那些文字就應該推測為真凶企圖嫁禍予你，而在殺害後寫到遺體手掌上比較妥當。凶手偽造這類的線索也是常有的模式呀。」

那的確應該有讓昌幸當代罪羔羊的動機，然而這樣依然有令人在意的疑點。

「那種推理說不太過去吧？畢竟表面上我並沒有殺害美春的動機啊。假如凶手知道我曾經差點被她殺害的事情，並且與我學生時代那樁殺人未遂的案件相組合，或許還能偽造出我挾怨殺人的假劇本。但美春不可能把那件事告訴過任何人，她要是講出來只會成為自己在社會上的把柄，難保不會遭人利用脅迫。那麼又有誰會想到要挑這樣的我當成代罪凶手？」

昌幸猜想這女孩應該早有料到這種程度的反駁，本來還預測對方的反擊可能會很激烈。沒想到岩永的語氣不但不激烈，反而比較像在同情人的感覺。

「在這世界上，光因為太太或女友背叛自己跟其他男人搞關係就把伴侶殺掉的人也是很多的。理由不外乎是扭曲的占有欲或認為傷害到自尊而記恨於心，陰險報復。如果讓我知道男友出軌，我也會想殺掉他呀。雖然我男友即使被殺也不會死就是了。」

最後附加的情報實在很欠缺現實感，不過這麼說來昌幸也不是沒聽過由於外遇出軌演變為殺人事件的案例。換言之，在一般認知中外遇出軌是足以成為殺人動機的。若要解釋自己沒想到這點的理由，可能是因為昌幸覺得當初美春會外遇，其實自己也有不對，所以對於這點沒有產生過怨恨的念頭吧。

「如果跟曾經背叛你的朋友在幾年後喪命的事實聯想在一起，人們就會單純對你留下絕不原諒背叛且執著心強烈的印象。你以前公司的夥伴們或許也在背地裡害怕遭你報復，而更加擴散了同樣的錯誤印象。即便不曉得美春小姐殺人未遂的那件事，只要知道周邊這些狀況，自然也會有人認為你有殺人的動機。」

雖然對昌幸來說很沒道理，但搞不好像這樣窩在家中都沒有行動的狀態，反而讓人以為他在進行報復的準備工作而感到恐懼吧。

岩永逐步在昌幸面前蓋起通往真相的高塔。

「因此凶手才會在美春小姐的手掌寫下『マサユ』的文字，留下你名字的一部分企圖使你遭到懷疑。即使不曉得告發信的存在，光是那些字就能讓你遭受嫌疑了。而且當警方在探聽情報的時候，只要故意釋放出美春小姐因為外遇的事情遭你怨恨，一直擔心自己會不會被你殺害，或者周圍人都說你這個人執著心很強烈之類的情報，便能得到同樣的效果。這次只是由於告發信的存在，更加深了你的嫌疑而已。」

在狸貓提著燈籠、鬼火飄盪四周的夜晚深山中進行著一場殺人事件的推理。即便狀況再怎麼異常，昌幸依然不得不接受真相逐漸明朗的事實。

「然後為了讓警方認為你是凶手，事發當時不能讓你有任何不在場證明。畢竟你要是有不在場證明，就會立刻被排除嫌疑了。因此凶手應該會在事前誘導你處於沒有不在場證明的狀態，或者先確認你身邊沒有證人。而辦到這點、做出這件事的人物，就是這次的真凶。」

是不是不應該讓岩永繼續講下去？昌幸雖然有這樣沉重的預感，但這位公主大人肯定不會就此住嘴吧。

「有沒有什麼人不但知道你總會窩在鄉下家中，由於不信任別人所以幾乎不與人交流，而且事發當晚還能確認你在家獨處？假如過著一般的生活，這種對象可能還不少。但如果是你的狀況，符合這條件的人物應該很有限吧？」

沒錯，非常有限。只有一個人。當晚昌幸也有跟一邊吃天婦羅一邊喝啤酒的雪女提過那個人物。

「難道是飯塚！」

「沒錯，飯塚渚。她就是真凶。」

岩永篤定地說出了對方的全名。

那是昌幸還在當公司老闆的時候，身為能幹的部下而受他重用的人物之一，現在應該二十九歲。由於當初姑且算是昌幸支持派的人，公司合併之後本來應該會遭受冷淡待遇。然而有確實把昌幸原本負責的工作交接下來，能夠順利處理的人才也大半都是支持派的人，而且當中又多是重要工作，使得合併後的公司非但不敢冷落他們，反而還努力將支持派的人慰留下來了。也正因為有這樣的安排，昌幸才會表示自己抵抗無益而窩到鄉下過著無為的生活。

昌幸雖然感到難以置信，卻也沒有能夠否定的根據。

「那天晚上七點左右，當雪女來訪我準備要炸天婦羅的時候，接到了飯塚打來的電話。我記得她當時提了些業務上的問題，並問我人在哪裡，因此我回答她自己一個人在家，打算一邊喝酒一邊看書到天亮。畢竟我不可能老實告訴她正在跟雪女吃天婦羅。飯塚接著一如往常地表示她會等待我展開新的事業後，便掛斷了電話。」

「而她恐怕就是藉此確認你在犯案時間無法成立不在場證明，於是著手實行殺人行動了吧。」

岩永彷彿強調這是不可動搖的事實般點點頭。

美春的推測死亡時間為晚上八點到十點。照這時間看來，假如飯塚在電話中聽出昌幸可能做出留下不在場證明的行動，或許還能取消計畫。

「警方現在也正循著有誰企圖嫁禍予你的方向進行調查。雖然直接問你可能的人物會比較快，但畢竟你的嫌疑還沒有完全被排除。因此為了不要給你過多的情報，他們應該是偷偷在調查你手機通話紀錄之類的吧。」

只要昌幸有那個意思，其實他同樣也能推理出這個人物才對。然而昌幸想都沒有想過對方竟然抱著故意嫁禍於他的企圖。就當時的狀況看起來，這種推測不可能會成立。

「但為什麼飯塚要做那種事？她跟美春應該只有見過幾次面而已。最近她也打過幾次電話來，說有警察去探聽情報讓她得知了我前妻被人殺害的事情，還問我有沒有因此遇到什麼困難，下次過來跟我見個面方不方便之類的。為什麼她要做出嫁禍給我這種事？」

「誰曉得呢？這部分就等警察去調查吧。如果你把剛才這段推理告訴警方，或許也能讓逮捕行動提早進行。感覺上對方應該並不認為只有自己知道你當晚的動向。她肯定沒想到你現在因為滿足於跟雪女之間的關係而如此脫離一般社會，孤立生活。所以她在心態上會比較大意，搞不好輕易就會被逮捕了。」

看來就算是岩永也沒推理出動機的樣子，一副「也別要求我太多」似地聳聳肩膀。

既然如此，飯塚渚應該也有可能不是兇手吧——昌幸腦中雖然閃過這樣的念頭，但空虛感也同時湧上來。飯塚渚把昌幸告訴她的當晚預定又告訴其他人，而聽到這情報的某人才是真凶的可能性也並非不存在。然而當人準備要實行殺人計畫的時候，會根據透過轉述的不確定情報決定行動嗎？正常來想應該會直接向昌幸進行確認才對。

昌幸也不是完全相信飯塚渚，而且對方會打電話來問候近況雖然多少令人感到貼心，不過昌幸也一直都當作對方只是在客套而已。然而這份感情上的摩擦到底是怎麼發生的？對方竟然不惜陷害昌幸，究竟是懷抱什麼仇恨？

就在昌幸思緒糾結得不出答案的時候，雪女靠到他身邊，把手放到他大腿上。

「振作點。你並沒有不對。」

於是昌幸握住雪女的手，深深吐出一口氣後微微一笑。

「我知道。我不會因此受挫的。就算我有不對也一樣。」

雪女的手雖然又蒼白又冰冷細瘦，不過對昌幸來說已經是過於奢侈的存在。

接受一切吧。這些都是自己所作所為導致的結果。既然還有人願意相信昌幸沒有不對，就應該繼續往前邁進。

然後正常來想，自己本來應該要對悠悠哉哉用拐杖敲著肩膀的岩永真摯感謝一番才對，但昌幸還是忍不住帶著幾分酸意說道：

「妳為了讓我能夠承受這個真相，所以一開始才會講出那段騙人的推理是吧？認為要是沒有這層緩衝，我搞不好會變得更加無法相信這個世界了。」

「畢竟我是智慧之神，凡事自然深謀遠慮。」

岩永的態度既不謙遜，也沒有誇大炫耀自己的功德，只是表現得一副她已經完成該做的事情而冷淡回應。

那段完全錯誤的假說讓昌幸深深理解自己所處的立場，因此在精神上的準備也不一樣了。假如沒有那段過程，昌幸大概會死不承認這個真相，或者就算接受也會變得更加拒絕與外界交流，總之不會往好的方向發展吧。雖然教人火大，不過岩永肯定早就預料到這種結果了。

雪女似乎也對岩永如此精妙的盤算再度深深感動，交握十指表現出崇敬的態度。或許昌幸也應該要這麼做才對，但他還是無法變得那樣坦率。也許是對於岩永的懷疑心還沒消散的緣故。

即便如此，昌幸依然對自己原本瞧不起的這位女孩子抱著驚訝與疑惑的心情問道：

「話說，真虧妳連警方的調查狀況如何都能知道啊。智慧之神的洞察能力到底強到什麼程度？」

「我只是讓就算進到警察局也不會被發現的幽靈跟妖怪去偷聽調查狀況而已啦。所以也很早就知道你的嫌疑已經減輕了。」

真是誇張的答案，根本和什麼洞察能力扯不上半點關係。

「這招也行？」

「這招最快呀。」

比起動腦推理，直接確認事實的確不會有錯，但會不會太奸詐了？

這個智慧之神果然在品德上有問題吧？昌幸明明被對方幫了這麼大的忙，內心對她的敬愛之情卻一路不增反減。

岩永接著又笑道：

「順道一提，人煙稀少的水邊很容易有幽靈或妖怪們聚集。這次成為案發現場的河岸邊也有一些幽靈，所以犯案過程全都被目擊到了。」

昌幸的下巴當場掉了下去。

「我從那些目擊證詞中得知凶手的長相、特徵與性別，因此很清楚你並不是真凶。而且凶手在手掌寫字的偽造行為也都被看到，使我能夠從跟你有關聯的人物中縮小範圍，並且讓目擊整個過程的幽靈去確認是不是飯塚渚本人了。」

「所以在談論什麼推理之前，妳根本早就知道凶手是誰了嗎！」

「我剛才不就講過我知道真凶是誰嗎？」

岩永一副「到現在還問這什麼話？」似地眨了眨眼睛。這位公主大人果然太可疑了，在不同的意義上是個令人難以信任的存在。然而昌幸也痛切理解，她絕不是自己能夠擺布的對象。

岩永從岩石上站回地面，並揮動拐杖示意周圍將昌幸他們送走。

「你接下來要如何決定，我不會過問。關於這次的事件就不用說了，關於你和雪女的關係也是。人類與妖怪之間有差異，無法永遠都順利相處。然而，蜜月期還是存在的。就算時間短暫，蜜月期依然是其他事物都難以取代的吧。祝你們幸福。」

昌幸當然也不認為自己和雪女的關係能夠永遠持續下去。兩者無論居住的世界、價值觀與壽命都不同，而且光是被外人看見都可能造成障礙。但即便如此，昌幸依然希望現在能暫時延續這段關係。

岩永接著對那樣的昌幸嚴肅忠告：

「唯有在避孕上，你們一定要注意。畢竟現代跟從前不一樣，人類與妖怪生的小孩肯定會吃苦。在小泉八雲寫的故事中，甚至生了十個小孩……」

「結果妳還是要講這個啊？」

昌幸感到疲憊的同時，還是忍不住臉紅了。

雪女抱起室井昌幸飛向夜空，任由一身白色的和服隨風擺盪。岩永琴子則是拄著拐杖，透過樹木間漆黑的縫隙抬頭仰望他們。沒多久後，那兩人的身影便飛離了視野之外。

「這次又是一樁費功夫的事件呢。假如只要把凶手揪出來還算簡單的說。」

幫雪女解決了委託的岩永忍不住垂下肩膀如此抱怨一聲後，揮揮手慰勞這次聚集來幫忙照亮周圍的鬼火與狸貓妖怪們。

這時暗處的草叢忽然發出沙沙聲響，櫻川九郎從中現身了。狸貓妖怪們見到他似乎都被嚇到，慌慌張張地拉開距離。九郎用一隻手捧著打開的筆記型電腦，看起來正在進行什麼作業的樣子。

「結束了是吧？」

九郎望向天空如此確認，於是岩永對他舉手回應：

「不好意思，學長難得過來卻讓你躲起來。畢竟妖怪們本來就不太敢違背我了，要是連他們眼中看起來很恐怖的九郎學長也陪在我旁邊，那位雪女搞不好會畏縮得連聲音都發不出來呀。」

在岩永的計畫中，必須讓雪女站出來袒護昌幸。但假如讓妖怪或怪物眼中看起來嚇人的九郎像個保鏢一樣陪在岩永身邊，雪女恐怕會嚇得始終跪在地上，連頭都不敢抬起來吧。因此岩永才會請九郎全程躲在後方。

九郎一副真心感到不耐煩似地把筆記型電腦塞給岩永。

「我原本也不想跟來的。還不是因為妳把大學功課積了一堆，如果不趁移動時間繼續趕就會來不及，我才會為了幫忙妳，不得已跟著過來的啊。妳現在學分快要被當掉了對吧？既然事情已經辦完就快點給我繼續趕報告，我已經幫妳做好大綱也收集好資料了。」

他對疲憊的女友絲毫沒有要體恤一下的意思，反而叫岩永就地坐下來打報告。雖然岩永因為忙著處理妖怪們的委託導致大學課業面臨危機是真的，九郎講得都沒錯，但岩永還是感到有點難以釋懷。

不過九郎有在幫忙也是事實，因此岩永沒有多加抱怨，乖乖把筆電放在大腿上打起報告。

九郎把吃完的炸豬排便當空盒與寶特瓶收進購物袋中，同時不經意想到似地詢問：

「話說真凶飯塚渚的動機究竟是什麼？妳其實有查到吧？」

這麼說來岩永並沒有把這點告訴過九郎，於是她一邊敲打著鍵盤，一邊說明自己向幽靈與妖怪們探聽情報並調查後推測出來的動機：

「飯塚渚很尊敬室井昌幸，同時也深愛著他。因此對於前妻美春小姐背叛他出軌的行為感到很生氣。當初室井先生離開公司的時候，飯塚渚本來也想共進退。然而室井先生不但沒有展開新工作的打算，也沒有依賴飯塚渚，讓她覺得自己現在接近對方只會給對方添麻煩，於是忍了下來。後來室井先生由於嚴重對人不信任的緣故，過了好幾個月都沒有動靜。飯塚渚最終感到無法忍耐，為了打破現況而決定殺人了。」

九郎似乎聽得不太能接受的樣子，於是岩永把視線放回電腦螢幕上繼續說道：

「飯塚渚似乎假裝自己是在出差時偶然遇上美春小姐，趁對方從花店下班準備回家的時候上前搭話，表示室井先生問過她知不知道美春小姐的近況，說不定內心有在考慮要重修舊好等等。雖然飯塚渚可能只是想用雙方都認識的人物為話題展開閒聊，並且誘導對方到無人的場所。不過對於一直害怕室井先生會來危害自己的美春小姐而言，前夫那種動向是很令人在意的事情。假如邀請對方到自己家或咖啡廳恐怕會使對方做多餘的聯想，於是美春小姐透過繞遠路回家的方式打算詢問詳情，而自己主動走向人煙稀少的河岸邊。這對飯塚渚來說根本是求之不得。然後美春小姐就被殺掉了。」

可能因為是同性對象，讓被害人比較沒有警覺心。而且又是過去只見過幾次面的人物，更沒有要提高戒心的理由吧。

但九郎看起來還是覺得有點奇怪的樣子。

「那她為什麼要設計嫁禍給室井先生？假如動機的根源是對室井先生的愛與執著，她就算殺了美春小姐也不會做出這種事吧？」

「這就是她扭曲的部分。她想製造出一種室井先生被扣上殺人嫌疑而變得更加痛苦與孤獨，最後只願意接近、相信飯塚渚，進而為她付出的狀況。畢竟室井先生離職後她還繼續保持聯絡，當室井先生被當成殺人犯的時候，如果她依然相信室井先生的清白而不改變態度，室井先生是不是就會變得依賴她了？搞不好也會漸漸愛上她。飯塚渚雖然痛恨美春小姐沒錯，但其實這才是她最主要的殺人動機。」

當昌幸精神上虛弱的時候就是好機會，而美春是創造這種狀況最佳的觸媒。

「就某種意義上來說，只要是會讓室井先生遭受一定程度的懷疑，而飯塚渚本人又不會有嫌疑的人物，其實不管殺掉誰都可以。這就是她的動機。」

警方在調查時首先不太容易想到這樣的動機，而且飯塚渚又是在調查範圍之外，基本上不會被懷疑。被害人是她半年多前的上司在一年多前就離婚的前妻，而且雙方只見過幾次面。殺害這種對象未免太脫離常識了。不過也正因為如此，飯塚渚想必會比較鬆懈。只要警方真的調查起來，肯定能夠找出確鑿的證據。

九郎聽完岩永的說明，頓時皺起眉頭。

「真的很扭曲啊。」

「想要讓喜歡的對象倚賴自己，想要成為對方的助力——這種慾望並不算稀奇。而為了達成這個目的故意讓喜歡的人陷入困境，自己再出手幫忙，其實是相當合理且確實的手段。雖然也可說是自導自演啦。」

這同時是很古典的手法，在以前的電視劇或小說中也能看到。某男為了擄獲心儀女性的芳心，讓自己的朋友扮演不良分子故意去找那位女性的麻煩，然後某男自己再現身解圍等等。飯塚渚僅是將這類手法發展延伸罷了。

「但要是室井先生因此真的被當成凶手逮捕，不就得不償失了嗎？」

「這點恐怕就是飯塚渚失算的地方。本來要說室井先生因為無法原諒過去的出軌行為，過了一年多之後才殺掉前妻，就動機來講太過牽強。手掌上的文字也無法確定絕對是室井先生的名字，實際的證據意義很薄弱。那麼即使室井先生遭到懷疑而受警方嚴厲調查，甚至長期被剝奪自由，飯塚渚大概認為最終還是會因為證據不充分而得救吧。沒想到後來竟冒出了美春小姐自白過去殺人未遂的告發信，又找到足以加深嫌疑的監視器影像。這些都使室井先生的嫌疑變得比飯塚渚原本預想的更深，讓逮捕的可能性也變得更高了。」

「原來如此。所以事件曝光後明明都過了兩週以上，凶手卻沒有再進一步偽造出讓室井先生更加不利的證據啊。」

總結來講，這次可說是「雪女」與「美春的告發信」兩項出乎凶手計算的要素，把室井昌幸逼到絕境，最後又反過來救了他的事件吧。

「剛才我還很猶豫要不要告訴室井先生到這個程度，但這種動機對他來說肯定難以承受吧。就算不到精神受挫的地步，他應該好一陣子還是會心情黯淡，什麼都不想做。今晚可是雪女和他變得更加親密的絕佳機會，要是我把這種可能破壞他們氣氛的事實講出來，雪女搞不好會恨我呢。」

這和昌幸以前差點被朋友殺死時的動機也有雷同之處，恐怕會更加讓他感到消沉吧。據說那名友人的企圖是殺害昌幸後，在暗戀昌幸的女性陷入悲傷時趁虛而入，達成自己的心願。

警方要查明這個真相應該還需要一段時間，到時候昌幸的精神大概已經恢復到能夠平靜接受事實的程度了。就算沒有恢復，也不是岩永該負責的範圍。

九郎帶著同情的語氣說道：

「那個叫室井的人搞不好天生犯女禍啊。」

岩永忍不住笑了起來。九郎講得沒錯，昌幸無論最初差點被朋友殺掉時也好，後來妻子殺人未遂也好，這次的事件也好，原因全部都是女性。

「或許他命中註定會被惡質的女性喜歡吧。而且最糟糕的還是雪女呢。」

畢竟對方可是妖怪。雪女雖然用情很深又美貌動人，但稍有一步走錯就可能被她凍死。將來就算在新聞上看到室井昌幸凍死的報導，岩永也不會感到驚訝吧。

然而九郎卻笑不出來似地搖搖頭。

「我好像也沒資格講別人就是了。」

這句話聽起來深有感觸，讓岩永還疑惑了一下。但她接著又點點頭表示同意：

「哦哦，你以前的女朋友也好，你堂姊六花小姐也好，都是有問題的人呢。」

「不，妳才是最有問題的。」

「太失禮了。你憑什麼胡說八道？」

這男人總是缺乏對女朋友的關愛。在這種深山中還叫人敲打電腦鍵盤的男朋友才更有問題吧？

總不能讓鬼火和狸貓妖怪們一直幫忙照明。於是岩永把報告打到一個段落後，關閉了筆電。

第二話　仔細想想也不是不恐怖的故事

「你們稍微休息一下。太勉強自己結果受了傷只會得不償失。另外我再說一遍，就算我不在的時候，要是發生什麼奇怪事情，你們就儘管逃走沒關係。」

萬事屋的轟如此說著，從貨斗上載滿廢棄家具與垃圾的卡車駕駛座，拿出一個看起來沉甸甸的購物塑膠袋遞給石崎。

「知道啦。可是從早上到現在，什麼都沒發生啊。」

石崎收下袋子並笑著如此回應。仔細看看裡面裝有三瓶寶特瓶裝的運動飲料。

站在旁邊比他大一歲的松井也帶著苦笑說道：

「雖然當初一直警告說這次的打工內容有鬼，但是照這樣看來應該可以輕鬆完成吧。」

然而轟對那兩人卻依舊露出感到擔心的表情。

「我也認為應該沒問題，但多加小心總不會有壞處。」

他這麼慎重叮嚀後，確認了一下安全帶便開著卡車離去。

深秋時節的某日下午三點多，在一棟兩層樓高的透天厝前。這屋子雖然不到豪宅的程度，不過也算很大間。屋齡四十年，據說至今已有十年以上無人居住。或許也因為這樣，整體的色調與氛圍給人一種沉重而陰暗的印象。

不過石崎倒是態度輕鬆地提著購物袋，一邊脫下工作手套一邊走向後院。

「話說轟先生原來那麼迷信啊。代表他以前吃過不少苦嗎？」

松井大概沒辦法像石崎那麼樂觀，臉上帶著有點嚴肅的表情。

「畢竟這房子有很多傳聞也是事實。」

關於這點石崎也知道，並透過網路稍微查過一點資料。

這裡原本的屋主過世後，繼承的親屬從很早前就想拆掉房子把土地賣掉，然而光是請業者來整理屋內，每次都必定會發生什麼怪事。

例如在無人的房間裡不知被什麼抓住腳絆倒，牆上突然滲出像血一樣的東西，或者房門忽然關上並且從另一側傳來怪聲等等。

因此繼承人也變得無可奈何，把房子長期擱置了。

而這次身為萬事屋的轟以高額報酬承接了整理屋內的工作。然後由於需要人手，才把身為大學學弟的石崎他們叫來幫忙。

「不過也多虧這樣，讓我們有這麼好賺的打工可以接，就開心點吧。」

相對於語氣開朗的石崎，松井依然難以平靜地張望屋子。

「但這房子真的很讓人毛骨悚然吧？總覺得好像有幽靈之類的古怪東西住在裡面一樣。」

這兩人現在都是大學生，參加同一個體育性社團，而轟則是比他們大八屆的社團學長。雖然轟還是學生的時候這兩人都還沒入學，不過轟成為畢業校友後依然與社團有交流，偶爾還會介紹打工機會。

石崎其實也不是完全不在意，但並沒有感受到像松井那麼恐懼的心情。

「在一部分圈子中，這裡似乎是很出名的靈異地點，結果這次的打工人手到頭來只有我們兩個和轟先生從其他地方找來的另一個人而已。以工作量來說，真希望至少可以再多一個人啊。」

一夥人早上八點半開工，從較大的家具開始陸續搬出來堆到卡車上，等貨斗載滿後轟就開車把那些東西運到廢棄場處理，同樣的流程不斷反覆。由於人數較少，不但只能利用一輛車，而且把家具搬出來的過程也算不上有效率。轟似乎本來也希望能多找到一些人手，快快把委託工作完成的樣子。

「不過現在還剩下一點就結束了。目前為止也沒發生什麼怪事。那些終究只是隨便造謠的傳聞，捏造出來的靈異現象而已啦。」

「嗯，這裡出乎預料地就只是一間普通的空房子啊。」

松井大概也被石崎輕鬆的態度傳染，對於依然心懷恐懼的自己笑了起來。石崎接著從袋子裡拿出一瓶飲料遞給松井，然後也把冰涼的飲料分給留在屋子內還在工作的另一名青年。

「你叫櫻川學長對嗎？稍微休息一下吧。轟先生也叫我們不要太勉強啊。」

把三腳椅從二樓一次搬下來放到屋外的青年點點頭後，收下飲料。

「哦哦，謝謝。」

他身材很高，雖然體格細瘦，不過今天明明完成了比石崎他們更多的費力工作卻看起來一點也不累，脫下工作手套轉開了寶特瓶蓋。這位名叫櫻川九郎的人物是今天的打工成員之一，似乎對於這類工作非常熟練的樣子。

三個人在緣廊的陰影處坐下來，稍事休息。

石崎一邊玩著手機，一邊不經意想到似地對九郎問道：

「聽說櫻川學長你是研究生，會來接這種打工是因為學費之類的負擔很重嗎？」

「喂，石崎。」

松井雖然感覺在責備石崎別對初次見面的人問這種敏感問題，但石崎的個性上只要想到什麼疑問就會立刻講出口。而且松井對於這位只有被簡單介紹過的青年，肯定也不是完全沒興趣吧。

「畢竟就連受轟先生照顧過的學弟們也全都拒絕了這次的工作喔？還是說櫻川學長不相信有什麼幽靈？」

石崎不為所動地如此繼續詢問。結果九郎輕輕一笑，語氣溫和地回答：

「至今為止那類的存在好像都不敢在我面前現身的樣子。」

「哦哦，我也是從來沒有那樣的經驗，所以不太覺得害怕呢。雖然松井學長倒是對這次的打工好像怕得要死啦。」

九郎的態度看起來並非逞強或好勝。石崎對這點不禁感到佩服，然而松井似乎有不同的見解。

「只要有稍微聽過一點傳聞，不害怕的人反而比較奇怪吧？我要不是因為欠債，也早就拒絕啦。」

「被人催討還債比靈異現象更恐怖嗎？」

「畢竟那跟幽靈不一樣，是確實存在而且會來要我命的傢伙啊。」

松井用充滿切身感受的語氣點頭回應。而石崎對他這講法也表示同意：

「我也覺得比起什麼幽靈，現實的人類還恐怖得多了。」

雖然如今已是當成笑話一則，不過他接著說起自己的親身體驗。

「像我之前為了湊人數不得已去參加了一場聯誼，結果讓我女友氣得要命。隔天我就在桌子上看到自己的手機被菜刀從正中間貫穿了。」

即便最近的手機都做得相當薄，要用菜刀刺穿依然不是尋常的精神能夠辦到的事情。從龜裂的漆黑螢幕中刺出五公分以上的刀尖當時綻放著冰冷的光芒，讓石崎嚇得壽命都縮短了。

「那的確很恐怖。」

松井大概也想像出那個景象，面帶苦笑表示同意。

「在那之前還有一次女友懷疑我出軌，竟然端給我一碗白飯上面放了幾根像是獨角仙腳的東西啊。」

「你沒有問她那些像腳的東西是什麼嗎？」

「要是我問了結果她回答『就是獨角仙的腳呀』怎麼辦？當時的氣氛感覺我非得笑笑把它吃下去才行，如果知道了不是會更難下嚥嗎？後來我咬都不敢咬，就勉強吞進肚子啦。」

也因為這樣，石崎到現在依然不曉得那究竟是不是獨角仙的腳。不過後來身體也沒發生什麼異狀，所以應該不是有害的東西才對。雖然石崎不敢說自己是多乖的男友，但也應該沒有壞到必須接受如此恐怖的經驗才對。

松井喝了一口飲料後，也說起自己慘痛的過去：

「講到女朋友，我也被以前的女友擅自刷過卡。而且金額超大，害我當時也為了還債吃過苦啊。」

「那聽起來也滿恐怖的。」

果然比起什麼幽靈或靈異現象，還是人類的所作所為比較可怕。

石崎接著想說順便，就把話題帶到九郎身上。

「櫻川學長在異性關係上有沒有什麼恐怖的經驗？畢竟你看起來應該很有異性緣，現在有沒有女朋友呢？」

九郎稍微想了一下後，很乾脆地回答：

「現在嘛，有個女孩子自稱是我女友，一直纏著我啦。」

石崎與松井都因為他的語氣太自然，差點被含糊帶過，但那怎麼想都不是可以聽聽就算的內容才對。

「那聽起來已經有點恐怖了吧？」

石崎雖然開口吐槽，不過九郎似乎也沒有對那女孩特別感到煩的樣子，因此石崎猜想他可能只是為了掩飾害臊才故意這麼講的。假如女友是個出眾的美女或具備特別才華的人物，有些男友也會擺出這樣的態度。

這想法或許雖不中亦不遠矣吧，九郎嘆著氣繼續說道：

「她雖然是個大學生，但由於整體嬌小的緣故看起來好像很年幼，害我有時候跟她走在一起會遭人誤解。甚至曾經有人以為我是可疑人物而報警呢。」

「這聽起來也是很有現實感的恐怖事情啊。」

松井頓時繃起表情，然而石崎依然善意解讀九郎這段話。

「但反過來說也代表對方是個引人注目的可愛女孩對不對？其實你到頭來只是在炫耀吧？」

九郎聽到他這麼說，立刻皺起眉頭。

「就算你看起來覺得很可愛，我想你之後一定會為此後悔喔？」

這句話雖然也不是不能解讀成他在炫耀，不過或許太牽強了吧。

九郎接著抱怨似地補充說道：

「上次我半夜回到公寓的時候，發現她擅自進我房間還不開燈，只在桌上點一根蠟燭，然後轉著盤子。」

「轉盤子？」

這個在文意上毫無脈絡可循、日常生活中又不常聽到的詞彙，讓石崎不禁用奇怪的聲調如此回問。結果九郎一副理所當然似地點點頭。

「對，就是雜技團會表演的那個，讓盤子在細長的棒子頂端轉動的特技。而且她當時不是用手握棒子，而是把棒子豎立在額頭上面，朝著正前方露出不知在想什麼的空虛眼神，讓高高撐在棒子頂端的盤子一直轉、一直轉。」

在只有點亮一根蠟燭的昏暗房間中，一個嬌小的女孩面朝著前方把長長的棒子頂在額頭上，用頂端旋轉著盤子。女孩眼神空虛，盤子轉呀轉。

石崎光是想像自己如果回到家撞見這種景象，雞皮疙瘩都豎了起來。

「那真的太恐怖了吧？」

九郎雖然一點都沒表現出害怕的態度，不過神情嚴肅地回應：

「嗯，在狹小的房間裡點蠟燭，要是一個不小心可能就會釀成火災。而且她轉的還是我家的盤子，如果掉下來就會摔破了。」

「我講的恐怖不是那個啦！」

石崎忍不住大聲吐槽，但九郎卻露出不太能夠理解的表情。

「不過轉盤子這件事本身只是一項傳統技藝啊。」

「不不不，那景象絕對是恐怖電影的情節好嗎？要是我在自己房間看到那種情景，絕對會當場腳軟大聲尖叫。」

石崎如此強力主張，而松井也一臉感到恐怖地提出忠告：

「那種行為就算是騷擾也太過度了。學長應該盡早跟那女孩切斷緣分吧？」

然而九郎卻聳聳肩膀，悠哉地笑了一下。

「如果想切就切得斷，就不是緣分啦。」

這豈是笑笑就算的話啊？石崎雖然如此感到不安，但九郎本人喝完寶特瓶裡的飲料後，便一副無憂無慮似地走向屋子。

「二樓還剩不少家具，先去把它們搬下來吧。感覺可能會比想像中還要花時間的樣子。」

松井大概也覺得本來就不應該在有鬧鬼傳聞的屋子聊什麼恐怖話題，於是立刻切換心情附和九郎：

「說得也是，我可不想要太陽下山後還在這屋子裡工作。」

「一點都沒錯，我也不想遇到什麼幽靈啊。」

石崎雖然對於那類的存在抱持懷疑態度，但也沒有好奇心旺盛到想要自己主動嘗試那種狀況的程度。

結果九郎一邊把工作手套重新戴好，一邊表示：

「不用擔心這棟屋子會發生什麼事。」

石崎與松井都把頭轉過去，看到九郎正瞇著眼睛仰望房子。

「附在這屋子的東西應該早就逃走了吧。」

石崎與松井一時之間無法理解這句話的意思，當場愣住。不過就在兩人總算會意而準備開口回問的時候，九郎又對他們微笑一下。

「我只是有這樣的感覺啦。」

比起眼前這棟既昏暗又老舊、散發出霉味的房子，石崎不禁覺得這位叫櫻川九郎的人物反而更可怕了。

晚上九點多，石崎、松井與轟正在一間居酒屋用餐。這是轟為了慰勞大家這次願意參加如此有問題的工作，但今天一同幹活的九郎卻沒有出席。

「那個叫櫻川的究竟是什麼人物啊？」

就在各自點的啤酒與小菜都上桌，大家把酒喝到半杯左右的時候，石崎對轟提起這樣的疑惑。

「到頭來，那屋子什麼都沒發生對吧？」

然而轟卻表現出一副盡量不想談論這個話題的態度。

「屋內的整理工作確實是很順利完成了沒錯啦。」

「不過那位叫櫻川的人好像知道些什麼內幕的樣子喔。」

松井也從旁如此幫石崎講話。

轟握著酒杯猶豫了一下後，或許認為都不解釋反而會讓人難以平靜，於是說明起來：

「那個人是在拆房子或施工方面的業界小有名氣的人物。現實中無法用理論解釋的意外事故及現象頻傳的土地或建築物其實並不少，我也是以前在那類的工地現場認識那個人，而這次特地拜託他來幫忙的。」

石崎與松井聽得面面相覷。

「據說只要有那個人，無論在多不吉祥而有鬼的土地或建築物進行作業都不會發生任何事情。即便是慎重請人來驅邪過卻依然災難頻傳的施工現場，只要那個人一來，怪事就會立刻平息。所以他在工地現場相當受到重用，不過好像有時候也會因為太過弔詭而被人恐懼迴避。」

轟的態度看起來並不是在開玩笑的樣子。

「另外也有傳聞說那人是不死之身。雖然我不曉得是真是假啦，但聽說他有一次被捲入起重車翻覆的意外事故不但毫髮無傷，還掩護拯救了其他的工作人員。」

總覺得越聽越像編造出來的故事，然而石崎也講不出否定的話語。

「別看他長得好像人畜無害，聽說打架也相當厲害的樣子。在工地現場難免有些性情凶悍、像是暴力團的傢伙，但就算是那些人也唯獨在他面前會態度很客氣。以前有個傢伙去找他麻煩，結果隔天我就看到那傢伙臉色蒼白地對他低頭道歉了。」

松井同樣變得臉色有點蒼白地回問：

「也就是說比起今天那棟房子，其實那個人更恐怖嗎？」

「反正到最後什麼事都沒發生，這不就好了？」

轟一臉厭煩地如此表示，但終究還是忍不住繼續說道：

「那房子現在的屋主起初再三叮嚀過我進行作業的時候要多小心。還說關於那房子的傳聞基本上都是真的，叫我務必提防。所以我本來做好覺悟可能一開工就必須馬上逃跑，但結果從頭到尾都完全沒有那樣的徵兆。」

什麼事都沒有發生，什麼問題都沒有。然而石崎如今才感受到自己的背部與腋下都冒出冷汗。松井則是為了尋求否定般問道：

「那人說過一直糾纏他的女孩子，真的存在嗎？」

「的確，那種女孩子聽起來應該不會存在於現實世界。」

「我看那個人其實才真的被什麼怪東西附身了吧？然後原本在那棟房子的幽靈也因為害怕那東西而逃走了。」

眼神空虛的女孩子把一根細長棒子頂在額頭上轉盤子的景象，閃過石崎腦海。那模樣才真的像是什麼妖怪或附在古老屋子裡的惡靈。

他接著握起酒杯，發出連自己都感到驚訝的低沉聲音：

「我們還是別講了吧。明明什麼事都沒發生，幹麼講這些恐怖的話嚇自己？」

預期能夠獲得高額酬勞的工作順利完成，荷包也應該被充分填飽才對，然而石崎他們卻有如出席什麼守夜似的，只能默默喝著啤酒了。

「我就叫妳不要在別人房間裡練習轉盤子啊。」

晚上八點前回到家的九郎，開口第一句就對岩永琴子如此說道。雖然岩永的確在九郎的公寓房間中用額頭頂一根細長的棒子練習著轉盤子沒錯，但是這男人難道連給女友這點程度自由的度量都沒有嗎？

「就算要練習妳也開個燈，別點蠟燭。那樣會冒黑煙啊。」

九郎打開房間的電燈，繼續對這種小事嘮叨起來。

岩永則是繼續用額頭上的棒子轉著盤子並反駁：

「話是那麼說，但正式表演時的會場大概就這麼暗呀。如果不在類似的環境下練習不就沒有意義了？」

「那妳就在自己家練習。妳家比這裡大得多，而且盤子要多少都有吧？」

「要是我在家練習不小心被父母看到，不是會讓他們覺得奇怪嗎？而且我家的盤子太輕了，不好轉呀。便宜的盤子重量剛剛好，轉起來反而比較穩定。」

岩永希望盡量別讓自己父母操心。要是讓他們見到獨生女在昏暗的房間裡練習轉盤子，心情上肯定難以平靜吧。

「那妳不能起碼練習得開心一點嗎？」

「我用這個姿勢轉盤子需要專心才行，沒有餘力去顧什麼表情呀。」

假如是用手握棒子，至少眼睛可以看見盤子的搖晃或旋轉程度，相對比較簡單。可是把棒子立在額頭上又要臉朝前方的話，幾乎就看不到棒子與盤子的狀態，在調整平衡與旋轉速度上會變得格外有難度。

「河邊的妖怪們邀請我下個月去參加他們的賞月宴會。我如果沒能表演個別出心裁的技藝，不就有損智慧之神的名號嗎？」

九郎嘆了一口氣，放下包包。

「這樣啊，當神明也真辛苦呢。」

這句話聽起來與其說在體恤，還比較像已經放棄不想多管的態度，然而對岩永來說現在學會轉盤子才是當務之急，因此也沒多加抱怨。

九郎拿出茶壺泡了一杯茶，一邊喝一邊不經意想到似地說道：

「今天我到G鎮一間聽說靈異現象頻傳的空房子幫忙整理了屋內。」

「哦哦，那地方呀。辛苦你了。不過關於那裡的靈異傳聞全都是騙人的喔。」

岩永由於立場上的緣故，對於鄰近區域的可疑場所或現象大致上都有掌握。如果有什麼幽靈或妖怪出沒，那些幽靈或妖怪們本身就會來向她提供情報。

九郎頓時露出驚訝的表情。

「是這樣嗎？」

由於惡靈、妖怪或怪物們總會害怕九郎，因此就算真的有那樣的存在，多半光是感受到九郎接近的氣息就會逃之夭夭。所以九郎本身無法判斷究竟是否真的有那類的存在。

岩永一邊轉著盤子，一邊有點嫌麻煩似地說明起來：

「那房子的前一任屋主把自己違法獲得的資產藏在那地方，可是還沒告訴繼承人究竟是怎麼藏的就去世了。而繼承人雖然知道有那筆資產，但由於不曉得隱藏的手法，所以不敢貿然把房子或家具處理掉。搞不好看起來平凡無奇的桌子或椅子其實很值錢，或者比較不占空間的珠寶類被藏在什麼裝設隱藏機關的家具裡面，也可能是把保險箱或金條埋在地板下。因此直到現在都無法處理那棟房子。這才是整件事的真相。」

「那只要請相關業者或專家來調查不就好了？或者甚至只要把屋內全部整理一遍，把房子整個拆掉，應該就能馬上發現才對啊。」

「那可是一筆隱藏資產喔？當中也包含了萬一曝光就會被逮捕的玩意。所以必須在慎重且保密之下進行調查才行。然後為了盡量別讓周圍人懷疑為何不快點處理掉家具或空房子，繼承人便煞有其事地編造出靈異現象在妨礙作業的謠言，並加以散播。」

雖然那樣的謠言如果傳開，反而可能成為靈異景點受到關注，導致有人非法入侵的風險。但由於那是一間不算太大的私人房子，不但有上鎖而且受到一定程度的管理，就不像已經成為廢墟的大樓或設施，會讓「入侵是違法行為」的印象較為強烈，進而達到嚇阻作用。

「到最近，繼承人總算發現並回收了那筆資產，才終於能夠處分掉那棟房子。然而畢竟是之前有過那麼多靈異傳聞的房子，假如輕易就被拆掉也可能會遭人懷疑。大概因此才不找正規的業者，而是請一批看起來在不得已之下承接委託的人，先來把屋裡的東西整理掉的吧。」

「然後假如把屋內整理完都沒有發生什麼事，就代表原本在裡面的幽靈鬼怪已經不見，接下來也比較容易找到願意接案的拆屋業者了是吧？」

看來九郎逐漸理解真相了。岩永用手抓住頂在額頭上的棒子，讓盤子高高彈起後掉下來接到手中，並繼續說明：

「雖然拆除費用可能會變得比較貴，把土地賣出去時也可能跌價，不過考慮到回收的那筆隱藏資產，這點損失也微不足道吧。如果把萬一資產曝光而被問罪的可能性也考慮進去，這樣已經很划算了。」

九郎嘆了一口氣。

「我才想說今天什麼事都沒發生，而且假如是稍微認識我的幽靈或妖怪，應該最起碼會來打聲招呼才對的，結果原來只是常有的那種為了隱藏犯罪的偽裝工作啊。」

「沒錯，根本沒什麼恐怖的事情。硬要講的話，就是『會幹出這種陰謀的人類才真正恐怖』這種無聊的故事呀。」

岩永放下盤子與棒子，喝起九郎也泡給她的茶。結果九郎這時露出感到有點懷疑的表情。

「話說，妳是怎麼知道那種真相的？」

「哦哦，因為周邊的妖怪跟幽靈們聽到傳聞說那房子似乎有什麼不好的東西就去看看狀況，結果卻發現什麼都沒有，於是調查一下才得知了這些事情。那些妖魔鬼怪們當時也搖頭感嘆說，為了個人私欲擅自捏造散播謠言的人類真是恐怖呢。」

九郎聽了變得更加懷疑地問道：

「那房子的靈異現象其實是人類捏造出來的謠言，然而從真正的靈異存在們口中聽說了那樣的內幕，難道不算一件恐怖的事情嗎？」

「這一點都不恐怖吧？」

這個人明明到剛剛還在那間房子裡若無其事地進行作業，如今還講什麼恐怖不恐怖也太奇怪了。

九郎接著對岩永放下來的盤子與棒子瞄了一眼，終究還是用已經感到放棄似的語氣說道：

「的確，問妳究竟在這裡摔破了多少盤子或許還比較恐怖啊。」

關於這點，岩永也覺得老實回答會很恐怖，只好語帶保留地回應：

「我有乖乖補充新盤子喔。」

而且換的新盤子品質還比之前要來得好，所以希望九郎別對這件事太計較呀。

後來在河邊舉辦的宴會中，岩永表演的轉盤子大獲妖怪們好評了。

第三話　死者的不確切留言

即使已經進入十月，炎熱的日子還是很熱。

風間伶奈走在道路邊緣，不禁嘆了一口氣。右邊是一片即將收成的田地，左邊則是土表裸露的山坡與高而茂密的草原。四周看不到幾間民房，望向遠方也只有綠意盎然的山脈與連接電線的鐵塔。雖然道路鋪設完備，但今天到現在還沒遇上任何一輛車。人也沒有。

在這種人口不斷外流的鄉下村落即便生活上必須用車的人很多，不過人口本身就很少的話，車子數量自然也有限。像這樣一路上碰不到任何車、任何人的下午時段並不稀奇。尤其如果是假日，要出門的人早就已經出門，剩下的人應該也只會待在家裡休息吧。

徒步走到車站需要二十分鐘左右。日照依然很強的下午三點多，獨自一個人走在空曠無人的道路上，總覺得格外令人疲憊。伶奈稍微調整了一下背在右肩的布包包。

今天是十月的第一個禮拜天，伶奈早上來到這裡的祖父母家，而現在正準備回家。這次來的目的是為了請他們在讓渡與確認資產的文件上簽名蓋章，然而這種事情其實只要透過郵件往來就能完成了。祖父母兩人雖然都年過七十，但身體依然健朗，開車也沒有問題。雖然住在這種鄉下地方，不過房子還挺氣派，耕田種菜當作是興趣過著晚年生活。基本上日子應該過得很舒適才對。

怜奈會來到這裡，是因為父母叫她身為孫女偶爾去跟老人家見見面。怜奈雖然已經成年但還是個大學二年級學生，假如沒有父母親的金錢援助就會過得很辛苦，所以也不得不乖乖聽話了。祖父母當年只靠一代就創辦了一間纖維製造公司，到六十五歲便早早把公司交棒給兒子——也就是怜奈的父親——開始過起夢寐以求的鄉下生活。

只不過他們依然握有公司三成以上的股權與幾項專利，對於公司經營上依然具備影響力，因此怜奈的父親在立場上也不得不討好兩位老人家。

雖然祖父母都不是那種如果不常去見個面就會囉嗦刁難的人，但過於冷淡的話，也不曉得會不會哪天快要遺忘的時候忽然跑來對公司造成影響。所以怜奈才會代替工作繁忙的父母到鄉下來跟他們見見面。

祖父每次都會問怜奈要不要開車送她去車站，可是怜奈也不好意思讓對方專程送她這麼一段如果開車根本花不了多少時間的距離，因此來回總是自己走路。而且祖父在問要不要開車接送的時候，又會附加提起自己年輕時這點距離都是用走的，所以怜奈也判斷婉拒接送應該比較能給對方好印象。

總之，不管有沒有資產方面的顧慮，親戚往來都是很麻煩的一件事。

在走了十分鐘左右卻一個人都沒碰到的靜謐道路上，怜奈不經意想起剛才要離開時祖母對她說過的話。

「最近這一帶好像會有大野豬出沒喔。全身黑漆漆又很大隻，聽人家說搞不好是這塊土地自古流傳的觀念中，因為活了很長一段時間而獲得力量的怪物呢。」

祖母雖然語氣有點在笑，但依然帶著幾分認真繼續說道：

「那怪物會擅自把田裡的地瓜、南瓜或西瓜吃掉，可是卻挖得很乾淨、拔得很漂亮，一點都不粗魯，反而讓人覺得奇怪。不過反正不會把田地搞得亂糟糟，所以當作是給對方一點供品，倒也不算多有害就是了。」

怜奈一聽到妖怪或怪物之類的話題，腦中便會反射性地想起自己高中時代同年級、同社團的某位千金小姐。然而她並沒有反應在臉上，繼續聽著祖母的話。

「不過野豬自古以來也被認為是神明的坐騎或使者，所以有人說假如真的碰上，只要雙手合十、把頭低下去，對方就不會做什麼事，直接離開喔。」

祖母如此說完後，便笑容滿面地把怜奈送出門了。

聽起來有野豬出沒似乎是真的，而這個地區好像的確有關於那種怪物的傳說。祖母應該也只是隨口提起最近這裡流行的話題而已，並非真的擔心會碰上。然而對於怜奈來說，這實在是不知如何回應才好的話題。

「野豬的怪物呀。如果是狸貓或狐狸還可以想像，但野豬的怪物感覺沒什麼真實感呢。」

怜奈走在柏油路面上，垂著肩膀如此呢喃。雖然沒有真實感，不過她也沒自信斷定那種東西完全不存在。即使沒直接碰過妖怪或幽靈，自己還是曾經有過感覺那類的東西可能確實存在的經驗。

當然，那經驗是來自高中時代那位千金小姐。

就在這時，從前方忽然傳來粗野得像是中年男性，彷彿被逼到走投無路似的叫聲。

「噫！怪物！救、救命啊！」

從道路微曲的轉角處另一頭，還沒進入怜奈視野範圍的地方，幾乎與聲音同時冒出一隻全長大概有兩公尺的巨大野豬，帶著看似在流淚的表情連滾帶爬地朝怜奈的方向衝了過來。然而野豬對她瞧也沒瞧就穿過身邊，跳進草叢中，隨著撥開雜草、踩踏土地的聲響往山腳處消失遠去。勁勢強烈得讓怜奈甚至可以感受到那巨大身軀造成的震動。

怜奈一時搞不清楚發生何事地愣在原地。那生物雖然巨大得很異常，但應該是頭野豬。可能就是剛才出發時聽祖母提到的野豬怪物。牠看起來好像在害怕什麼，驚慌逃跑。

而且那彷彿走投無路而大叫『怪物！』的聲音，感覺是野豬怪物自己發出來的。換言之，一隻怪物自己驚叫著怪物逃走了。

總算回神的怜奈心中頓時好奇勝於恐懼，於是加快腳步走向道路前方。

結果怜奈看到一名身材高䠷的女性似乎不知如何是好地佇立在那裡，正感到傷腦筋的樣子。她映在道路上的影子也彷彿很不安似地搖曳著。

或許因為聽見腳步聲，女性轉頭看向伶奈。周圍沒有其他人影。也就是說剛才那頭野豬會驚慌逃跑，應該跟這位女性有什麼關係才對。

「剛剛有隻巨大的野豬穿過我身旁全速逃跑了喔？」

伶奈即使感到困惑，依然試著如此詢問。而女性彷彿在思考該如何措辭般動了幾下嘴巴，最後回答：

「呃，我什麼都沒做呀。」

她的態度看起來就像『到頭來只能夠這麼說』似地僵硬。

「我還聽到很粗獷的聲音大叫著『怪物』喔？」

「那不是我發出來的。或許只是野豬的叫聲恰巧聽起來像是那樣而已吧？」

雖然可以知道她不知如何回答是好，但那種恰巧也太牽強了。

這女性身材雖然高䠷，不過整體線條細瘦且單薄，讓人不禁想形容成鐵絲穿著衣服。凸顯雙腿細長的牛仔褲，搭配類似色調的外套。手中提著一個感覺是旅行用的大包包，看來應該不是本地居民。是旅客嗎？她全身散發出來的氛圍倒是很適合用『居無定所的流浪者』來形容。

年齡看起來大約二十五歲到三十歲左右。感覺莫名帶有陰影，若狀況不巧甚至可能令人擔心會不會是在尋找什麼自殺場所，但看起來應該不是什麼壞人。存在感虛無縹緲，彷彿一折就會斷掉。長度幾乎快碰到肩膀的烏黑秀髮，沒有戴帽子，讓人疑惑她在這種大熱天下難道沒事嗎？

怜奈雖然心中感到在意，不過也沒打算繼續追問女性。

「那應該是聽說在這附近會出沒的野豬怪物吧。如果是怪物，感覺應該也會講人話。」

那隻野豬怪物剛才毫無疑問是看見這名女性而嚇得逃走的。這種事情仔細想想應該很荒謬，而且在四周無人的路上與那種女性交談，搞不好是非常危險的狀況，然而怜奈不知為何一點都不感到警戒。

女性稍微駝下背抓抓頭，心情沉重地對怜奈表示：

「我的體質好像容易被怪物們害怕的樣子，所以他們通常都會做出那樣的反應。就算我會盡量小心別被他們撞見，還是難免有疏忽的時候。」

「這樣呀，真是辛苦妳了。」

對怜奈來說，會被怪物當成怪物看待的體質雖然聽起來莫名其妙，不過跟以前同個社團的那名千金小姐相較起來，這女性還比較有親近感。或許因為她看起來似乎受到自己的體質所苦吧。

怜奈接著若無其事地繼續走向車站。而女性大概也正要前往同樣的目的地，重新提起感覺很沉重的包包與怜奈同行了。

沒過多久，女性一臉訝異地對怜奈表示：

「妳好鎮定呢。一般人聽到什麼怪物還有我剛才的說明，應該會覺得很不舒服的說。」

看來對女性來說，怜奈如果表現得更慌張害怕會比較放心的樣子。在這狀況下，搞不好反而是怜奈的態度看在女性眼中顯得很異常而恐怖吧。

「呃～因為我高中的時候，同個社團裡有個女孩總會給人一種幽靈或妖怪確實存在的感覺，所以我想說妳講的事情可能也不奇怪吧。」

「這樣呀。真是個會給人添麻煩的女孩呢。」

「也不至於到添麻煩的程度啦。畢竟我也是因為對她感到在意，才決定加入推理研究社的。」

那位千金小姐身材很嬌小，有如人偶，容貌楚楚可憐，即便是同性的怜奈也會忍不住看得入迷。另外，她的右眼是義眼，左腳是義肢。

「只不過那女孩的發言總是說得好像自己完全不相信什麼靈異或超自然現象的樣子。就算有人到我們社團來商量感覺上跟幽靈或妖怪好像有關係的問題，她總是令人難以置信地能夠全部講出很現實的解決答案。」

那位千金小姐就是如此難以捉摸。遇到再怎麼神祕的謎題都能合理解決，讓委託商量的問題圓滿收場。

「可是她明顯很可疑，讓人覺得她肯定在背地裡會使用超越人類常識的力量在做什麼事情。」

怜奈以前參加的私立瑛瑛高中推理研究社，本來應該是針對偵探小說、推理小說之類的作品進行情報交流的社團，並非給外人來商量怪力亂神的古怪問題的地方。

然而自從那位千金小姐加入之後，姑且不論是好是壞都讓社團變得出名，開始有人來商量那類的事情了。當時的社長天知還經常為此而苦。

「雖然高中畢業之後我就完全沒有跟那女孩見過面，也不曉得聯絡方式，但拜她所賜，讓我看清了這個世界上難免會有些不可思議的事情，而且盡量保持沉默別扯上關係才是保身之道。」

所以不管妳有什麼樣的難言之隱，我也不會多加過問，更不會對外人洩漏——怜奈透過言外之意如此表示。無論這位女性是何方神聖，在這種狀況下表明自己沒有敵意、也沒有奇怪的想法，應該才是最佳選擇吧。

女性聽完怜奈的話雖然露出複雜的表情，不過最後用聽起來彷彿帶有慰勞之意的語氣問道：

「那女孩的名字是不是叫岩永琴子？」

「妳認識她？」

沒錯，那位千金小姐就叫岩永琴子。在社交界是個出名的人物，據說會幫人私下處理靠法律或道理無法解決的疑難雜症。假如這位女性也是透過那樣的管道認識岩永，或許並非值得大驚小怪的事情。

對方接著莫名表現出似乎對什麼事情感到放棄的態度說道：

「妳知道那女孩有個男朋友嗎？他們從高中時就開始交往了。」

「知道呀，那明明是個絕對不可能會跟她在一起的人，害我聽到他們交往時都懷疑是不是她給對方下了什麼咒呢。而且她還秀了好幾次照片給我看。我記得名字好像叫五郎還是七郎的。」

「九郎。」

這提示讓怜奈的記憶頓時變得清晰，忍不住敲了一下手心。

「對，叫九郎，櫻川九郎！大家當時都說那個人看起來絕對會早早掛掉呢！」

關於那位男性的外觀，怜奈頂多只能想起是個存在感稀薄的人。不過名字倒是順利回想起來了。而且當時社團成員們一致認為不可能有男性與那個岩永琴子交往還不會縮短壽命，甚至還向神明祈禱能夠救救九郎。

結果女性露出苦笑，自我介紹起來：

「我叫櫻川六花，是九郎的堂姊。因為這樣跟琴子小姐也有交情，實在令人傷腦筋呢。」

就算是怜奈也忍不住對這句話感到驚訝，當場瞪大眼睛高舉雙手了。

不知這算不算奇緣。最初的契機是野豬怪物這點就已經很奇特了，沒想到竟然還會遇上那個岩永琴子的男朋友的堂姊。

怜奈從驚訝回神後，首先趕緊鞠躬低頭。

「對、對不起！居然講妳的堂弟會早死什麼的！」

「不用道歉沒關係。我也是那麼覺得呀。」

自稱名叫六花的這位女性，反而對於自己堂弟的女友給對方添了麻煩感到不好意思般如此客氣表示。看來她應該是個有社會常識的人。

畢竟一直互相客氣下去也沒什麼意義，於是兩人再度往前走的同時，怜奈忍不住對六花提出自己心中湧現的疑問：

「請問岩永同學還在跟妳堂弟交往嗎？」

「嗯，他們還在交往。」

「妳堂弟身心都沒有發生異常？」

「是呀，那兩人都依舊過得『健健康康、相親相愛』呢。」

「怎麼語氣聽起來好像有點恐怖。」

「琴子小姐雖然總是抱怨對九郎的不滿，但九郎倒是一直都非常珍惜她。」

如此表示的六花似乎對於那樣的狀態很不滿，講得有點生氣。是因為對岩永本身看不順眼嗎？還是因為堂弟的心意沒有朝著自己反而朝著其他女性所以感到不開心？總覺得六花跟九郎之間好像不只存在普通的親戚關係而已。

六花大概為了不要被怜奈察覺那份感情，趕緊掩飾般說道：

「啊，雖然說九郎也會從背後踹倒琴子小姐，或者硬逼她吃下鮒壽司（註1）就是了。」

註1　將鮒魚醃漬發酵而帶有強烈異臭的一種壽司。

「那應該不是對珍惜的對象會做的事情吧？」

果然那位堂弟的身心其實都累積著沉重的壓力嗎？

即使在烈陽照耀下，六花始終表現得很輕鬆，彷彿沒有體溫似地連一滴汗水也沒流，用那雙修長的雙腿不斷往前走。怜奈則是因為接踵而來的驚訝與意外感受，同樣讓汗水都縮了回去，甚至還覺得有點寒意。

六花接著換了個話題問道：

「妳剛才說岩永小姐在高中時幫忙解決了一些古怪問題，舉例來講有怎樣的事情呢？她都不太會跟我們講她在學校過得如何呀。」

「那或許是因為她對於學校生活並不關心，所以也不會特地向人提起吧。到現在她搞不好已經把關於我和社團的事情都忘光光了。」

怜奈雖然與岩永在同一個社團相處了將近三年，但兩人之間的關係稱不上朋友也不算是夥伴。在學校恐怕沒有一個人跟岩永能夠稱得上那樣的關係吧。畢竟她感覺上也是自己刻意和周圍人保持距離的。

即便如此，和岩永相處的那段時光還是讓怜奈感到難忘。對於高中時代選擇與岩永扯上關係的自己，怜奈不但不覺得後悔，甚至還想誇獎一下。岩永琴子這個人物雖然可疑，不過她將別人委託的各種問題或謎團一一解決的模樣，簡直就像是故事中登場的名偵探。

怜奈今後想必不會再有機會遇上那樣的人物、感受那樣的心情吧。

「這麼說來，以前有人來找我們社團商量過一個問題，內容是關於所謂的死亡訊息。」

怜奈用推理小說中經常會看到的術語，如此說明她腦中首先想到的一段往事。她在大學雖然沒有參加類似以前推理研究社的社團，不過現在依舊很喜歡讀推理作品，也會在網路上發表讀書心得。

六花似乎也感到有興趣，於是怜奈開始詳細描述她高中一年級時，發生在十月中旬的一幕情景。

這天放學後，與怜奈同一時期加入社團的一年級社員秋場蓮，帶了一項委託案件來到推理研究社。

「死亡訊息真正想表達的意思，到頭來如果不去問留下訊息的本人也無法知道吧？」

在社團教室中除了怜奈之外，還有二年級的社長天知學、一年級社員同時也是社長女友的小林小鳥以及岩永琴子。岩永即使來到社團教室，也多半不會參與社團活動或社員間的對話，只會坐在窗邊的椅子上把愛用的拐杖靠在牆邊，有時讀書有時閉眼睡覺。講得好聽一點，她在推研社是類似於吉祥物的存在。

不過只要怜奈他們對她搭話，她還是會好好回應，而且意外地不算冷淡。然而怜奈並沒有勇氣沒事隨便打擾她，就連擁有多項武藝段位、假如參加那類社團肯定能夠在全國級比賽留下成績的社長天知，也會跟岩永保持敬而遠之的距離感。

像今天其他社員們都坐在桌邊討論發行社刊的議題時，岩永也依舊坐在窗邊的固定座位上，拿著她從書櫃上琳琅滿目的推理相關藏書之中抽出的一本精裝書，有如會翻書的自動人偶般靜靜讀著。

而就在社刊的方向性已經決定下來，大家開始有點脫離主題地討論起推理作品中常有的設定、道具與機關要如何分類的時候，蓮帶著做好覺悟的表情提出了關於死亡訊息的發言。

天知對於蓮的這項提問，立刻露出察覺他另有意圖的表情。

「若講得極端一點是那樣沒錯。畢竟是在臨死前很短的時間內好不容易留下的訊息，情報量自然很少，成為怎麼解讀都能通的內容。就算看起來被害人似乎是留下凶手的姓名第一字母縮寫或名字的一部分，這樣的解讀究竟正不正確依然存在疑慮。而且即使完全寫出某個人的名字，也無法斷定那就是在指認凶手。」

小鳥這時也沒多加考慮討論的流向，感覺只是附和男友展開的話題開朗說道：

「我最近讀過的小說也有那樣的情節喔。被害人雖然在死前寫下了凶手的名字，可是因為被害人把凶手和另一個人的名字搞混記錯，結果讓事件變得複雜了。」

就算不是那麼明確的錯誤，畢竟是在臨死之際意識不清的狀態中留下的訊息，會發生誤會或沒寫清楚也是當然的吧。

由於社員們都有讀過相當程度的推理小說，不需要再針對『死亡訊息』多做說明，但這用語對於一般人來說可能不太容易理解。這東西有時候也被稱為死者的留言或臨死留言，意指即將身亡的人物為了傳達什麼事情而在最後留下的訊息。在推理作品中基本上都被用來當成指認凶手的線索。

舉個淺顯易懂的例子，就是被刀刺殺出血的被害人，用流出來的血液把凶手的名字寫在什麼地方之類的情節。即使不是用血液，也有用紙筆留言、用刀刻字的形式，或者透過電話未接留言、手機錄音等方式留下語音的例子。

這雖然在推理作品中是很常見的題材，但正如蓮和社長所說，光靠死亡訊息能獲得的情報實在太少，做為決定凶手的根據會顯得薄弱。怜奈還沒讀過哪一部作品是因為將死亡訊息當成中心題材而出名又充滿魅力的。

蓮大概因為天知他們願意討論這個話題而感到放心的樣子，表情變得柔和並補充說道：

「假如是寫了什麼東西還好說，但如果只是握住剛好在手邊的物品或者把東西的一部分破壞掉當成暗示凶手的線索，就更有解讀的餘地了吧。」

「就算是第一字母的縮寫，也有推理作品中出現過那其實不是英文而是俄文的狀況。另外也有看起來像字母I但其實是數字1，或者被害人本來想寫E可是寫到途中就斷氣而變得看起來像F之類。不管寫了什麼，如果把這類的可能性都考慮進去，解讀方式可說是無窮無盡。如果沒有詳細到『凶手是住在××電話號碼是××姓名叫××的人物』的程度，就不能當成足夠信賴的線索吧。」

「假如有時間寫那麼多內容，不如自己叫救護車來比較好呢。」

對於天知的解說，小鳥提出這般無視於推理作品約定俗成的美感但相當犀利的發言。或許因為她是最近才開始讀推理小說的緣故，對於這種一般道理反而比較不會感到抗拒吧。

天知雖然看起來不太情願的樣子，但還是對死亡訊息的問題做了一下整理：

「說到底，如果被害人明確寫下凶手的名字，萬一被凶手本人發現就會被消掉。但為了不要被消掉而留下凶手無法理解的訊息，警方也可能搞不清楚被害人究竟想表達什麼。即使正確解讀出來，也無法確信那就是唯一的解釋方式。換言之，那樣無法成為證據。」

「而且被害人如果寫下什麼東西或做出什麼行為，凶手就算不明白意思也應該會把它消除、恢復原狀吧。然後再給被害人補上最後一刀。」

怜奈這時也開口發表意見，於是天知點點頭：

「除非是凶手沒有好好確認被害人的生死就離開現場的狀況，否則不可能留下什麼訊息。而且假如凶手已經離開，也就沒有必要留下什麼難解的訊息了。再說，臨死之際還會想絞盡腦汁留下那種複雜難解的訊息，本身就是很奇怪的事情了。」

「另外也有凶手為了嫁禍給別人而偽造死亡訊息的例子吧？這樣講到最後的結論就會變成死亡訊息根本是完全無法信任的線索，既然無法向留下訊息的本人詢問意思，乾脆不要理會反而比較好囉。」

怜奈雖然也無法排除對於這類題材站在否定立場的評論，不過將死亡訊息當成推理材料的作品案例也不是不存在。而且那種作品安排的意義也不在於對死亡訊息的解讀方式，而是在於利用方式。以例外來講也是很特殊的狀況。

天知似乎也抱持大致類似的意見。

「有描寫到死亡訊息的推理名作也是存在，然而那些作品通常都是在死亡訊息以外的部分受到好評。死亡訊息雖然是經常被拿來使用的題材，但如果直接當成主線還是會有很多問題的。」

他接著露出懷疑的眼神看向蓮。

「然後呢，秋場，是不是有什麼同班同學或朋友拜託你來找岩永同學，商量跟死亡訊息有關聯的問題？」

「嗯，雖然我已經跟對方說我們社團不太歡迎那種事情了。」

蓮表現得很難為情的樣子。天知接著做出感到頭痛似的動作，將自己雖然不太願意接受、但是從剛才這段討論中得出的預測講了出來：

「委託內容是不是認為如果是岩永同學或許就能直接跟被害者本人的幽靈交談，問出死亡訊息正確的意思之類的？」

「差不多就是那樣，而且聽說也有人目擊到被害者的幽靈。」

蓮縮著身體如此招供。這下連怜奈也感到頭痛起來，不得不提出其中根本性的錯誤：

「假如能夠和被害者的幽靈對話，根本不用管什麼死亡訊息，直接問出凶手的名字不就好了？而且去向幽靈詢問答案已經不叫什麼推理了呀！」

那種事不管怎麼想，都應該屬於靈異或怪談類型的故事。

相對地，天知則是提出了比較現實的問題點：

「更重要的是，我們雖然就讀於成績稍微優秀一點的學校，但也沒那種資格幫人解決什麼實際的殺人事件。殺人這種事只有在創作故事中才能享受其中的樂趣，對於現實中的事件可不能抱著好玩的心態去討論誰是凶手。要是因此不小心招惹怨恨，或是讓無辜的人背負罪名，導致了無可挽回的事態該怎麼辦？」

「可是以前你為了讓岩永同學加入社團，好像就做過可能招惹怨恨的事情……」

小鳥大概沒有惡意，卻有如從天知背後捅他一刀似地搬出過去的事情。

「是啊，所以我當時就遭受了慘痛的教訓不是嗎？」

天知露出放棄反抗的表情，瞄了一下坐在窗邊的岩永。關於那件事情中天知如何遭到岩永報復，怜奈在得知天知與小鳥是男女朋友的同時也聽說過了。那可說是一段讓無論多有自信的人都會變得明白分寸的經驗，也是令人對岩永感到害怕的同時又會產生興趣的事件。

蓮這時慌慌張張地補充說明一項更加令人腦袋混亂的情報：

「這次委託商量的事情的確跟殺人事件有關沒錯，但並不是要我們找出誰是凶手或解決事件之類的啦。畢竟那已經是五年前的事件，而且事發後不到一週，真凶就出面自首，法庭判決也早已結束了。只是當時被害人似乎為了暗示凶手而留下的死亡訊息有點問題。」

這下不只是怜奈，連天知與小鳥都露出感到奇怪的表情，心想：那麼究竟是什麼問題？

唯有岩永不為所動，也搞不清楚她究竟有沒有聽到大家的對話，一副事不關己地繼續翻著書本。

就在陽光逐漸柔和下來的時候，怜奈看到了前方的車站。雖然不到無人車站的程度，不過站務員還是很少，周圍也沒有可以用餐的店家。站內只有一個月臺，是一座無論往哪個方向的列車都停在同一處上下車的小車站。

由於怜奈出發時本來就保留了充裕的時間，因此在她要搭的班車進站前還有很多時間可以和六花講話。而表示要搭反方向班車的六花似乎也能繼續交談沒問題的樣子。

「秋場同學接到的商量委託是來自跟他同班的一名女生。據說那女生的叔叔被某個死亡訊息害得受到不好的待遇，所以想說岩永同學應該能夠幫忙解決的樣子。」

兩人到達車站後買完車票，一邊走向月臺上的長凳，怜奈一邊向六花繼續說明事情的大綱。

「根據秋場同學的轉述，事件的被害人名叫大橋禮太郎，當時三十一歲，是一名上班族。在公司的同期之中他似乎是頭等優秀的員工，升等得也相當快。而就在八月底的某天早上，他被人發現全身趴倒在距離自家公寓約五十公尺處的路上，已經身亡了。」

月臺上除了怜奈與六花以外沒有其他等車的旅客，而六花把包包放在長凳上，自己也坐到旁邊的位子，翹起細長的大腿仔細聽著怜奈講話。怜奈則是站在月臺上望著鐵軌繼續講述。

「遺體旁邊掉落有一把長約二十公分的金屬槌子，而死因就是被那東西敲破了後腦袋。據說被害人大量出血，連臉上也鮮血淋漓。死亡時刻為前一晚十一點半到深夜，推斷是公司加班結束後，在回家路上遭人行凶的。」

由於那是怜奈高一時聽說的內容，在數字部分稍微沒什麼自信，不過因為是一樁非常像推理作品中跟死亡訊息有關係的事件，所以許多部分她還記得很清楚。

「案發地點距離最近的車站大約走路五分鐘，周圍除了有其他公寓林立，似乎也有商店的樣子。但那個時間帶除了車站前的便利商店之外全都已經打烊，而且被害人倒下的那條路也幾乎沒什麼人會經過，就算有誰在那裡埋伏或從背後追上去偷襲，也很難被注意到。」

雖然應該多少有幾盞路燈，不過昏暗的部分想必比較多吧。

「而被害人用手指沾血留下的死亡訊息，就在他臉部附近的柏油路面上。用片假名橫寫了『タケヒコ（Takehiko）』四個字。」

六花這時一副充滿知性模樣地挑動眉毛。她無論容貌也好，聆聽事件內容的態度也好，都和岩永在不同的意義上很像是會站在故事中心的人物。這感想讓怜奈的心情變得有點靜不下來。

「現場並沒有值錢東西被偷走的痕跡，因此警方首先懷疑是遭人尋仇殺害。而被害人任職的公司中有個人物的名字和血字的發音一樣，而且也查出具有殺害動機。那人名叫中村澤岳彥（Nakamurasawa Takehiko）先生，也就是找秋場同學商量問題的那位女生的叔叔。」

「從狀況上看起來，他的確是警察首先會懷疑的人物呢。」

「是的，他從一開始就被當成是凶手。據說中村澤先生與被害人是公司同期，互相競爭激烈，總是為了誰能比對方先升遷而較勁，關係也很差。聽說案發前幾天，被害人在一樁重大交易上獲得成功，結果向中村澤先生取笑說『這下你就完全在我之下了』的樣子。」

六花聽到這邊微微一笑。

「也就是說，對於那位叔叔來講，被害人是很礙眼的存在吧。」

「警方當初也是這麼認為。由於留下的血字被判斷只可能是被害人自己所寫，而且和被害人有關係的人物中也只有一個人名叫『タケヒコ』，所以不難想像警方對他的調查行動很嚴厲。」

「可是真凶卻忽然出面自首了對吧？」

正如蓮一開始所說，凶手不到一週就現身了。

「據說是在犯案後過了四天，出面自首的是住在案發現場旁公寓十二樓的一名三十歲男性，而且從槌子上採檢出來的指紋也跟那個人相符。據說那名男子在案發當天下午組裝買來的家具，結果把組裝時使用的槌子丟在客廳桌上沒有收拾的樣子。然後到了晚上，他開著窗戶喝酒，在客廳睡著了。」

六花露出聽到這邊就猜出來龍去脈的表情，不過伶奈還是繼續說道：

「很不巧的是，男子當時不知為何夢到自己被熊追，而在夢中抓起手邊的棒子擲向了那隻熊。他雖然被惡夢折騰，不過並沒有因此被嚇醒，就這樣睡到了隔天早上。而且因為忘記自己把槌子丟在桌上沒收起來的事情，所以即使在桌上沒看到槌子也不覺得有什麼奇怪。」

「也就是說，那男子在現實中也做出了夢境中抓起棒子擲出去的動作。」

「是的，他在半睡半醒中抓起放在近處的槌子，朝打開的窗戶外面丟了出去。或許因為扔得很用力，即使他住的公寓和被害人經過的路之間有一段距離，還是讓槌子飛到了那地方。」

「而且他住的房間位於十二樓高處，所以飛的距離就比較遠了。然後很不幸地，那槌子當場擊中了被害人的頭部。既然是被從上面掉下來的槌子擊中後腦袋，表示被害人當時稍微低著頭，或者可能是注意到路上掉落什麼東西、甚至正彎下身體要把它撿起來，結果讓後腦杓朝向上方的吧。」

六花的洞察力果然很厲害。

「正是那樣。假如凶器是擊中頭頂，或許還能早一點知道它是從上面掉下來的。這點或許也是運氣較差的部分。而男性即使得知自己住的公寓旁邊發現遭人打死的屍體，起初也完全沒有察覺跟自己的關聯性。直到後來看了新聞報導才總算把凶器或夢境等等聯想在一起，而且在自己家裡又找不到槌子，於是半信半疑地決定去找警察看看了。假如事情正如自己所想像，槌子上應該就沾有自己的指紋，因此他似乎心中也抱著到時候肯定難辭其咎的覺悟。」

警方從槌子握把上採檢出明顯的指紋時，一開始還推測可能是凶手向什麼人借來行凶的，但真相其實更為單純。在炎熱的夏季，基本上不會有人只為了組裝家具就戴手套使用槌子。

「由於男子出面自首，讓事件一口氣獲得解決了。畢竟狀況證據很完備，而當時被害人走在將近五十公尺下方的昏暗路上，警方認為男子要用一把槌子瞄準並擊中是不可能的事情。再加上男子與被害人之間查不出任何關係，槌子也是從附近的五金行買來的東西，且外人沒有機會從男子家中偷出去，那麼事件本身應該就沒有什麼隱情。頭蓋骨被擊破的傷口經過詳細分析後，也認為那與其說是直接握著槌子打碎還比較像是從遠處快速飛來砸碎的，因此整起事件最後被認定為一場不幸的意外。而雖然是一場意外，那男子還是被判刑了。」

六花這時換翹起另一邊的大腿，做出像在輕撫自己右臉頰動作。

「所以死亡訊息就成為了問題所在是吧？既然真相如此，代表被害人當時是被忽然從上方掉下來的槌子擊中，不可能知道是誰襲擊自己的。他甚至應該連人影都沒看到、連腳步聲都沒聽見。那麼被害人為何會留下那種有如在指明凶手是誰的血字？」

怜奈頓時露出苦笑，說出當初從蓮口中聽說的警方見解：

「大橋先生在臨死之際認為會在深夜中偷襲自己，而且不搶走任何東西就逃跑的人物，肯定除了中村澤先生以外沒有其他人，於是寫下了那個名字指認為凶手。換言之，那是被害人基於自己一廂情願的想法而留下的死亡訊息。警方是這麼判斷，而中村澤先生公司的人們似乎也接受了這個講法。」

所謂的死亡訊息就是如此令人頭痛的東西。六花的嘴角也微微笑了一下。

怜奈接著描述起後來在推研社教室中進行的對話。

蓮看著眼前除了岩永以外，所有社員傻眼的表情，感到很不好意思地繼續說道：

「從狀況判斷，這樣的解釋應該是最妥當的。而且公司的人都知道中村澤先生討厭大橋先生，平時總會對他擺出批評的態度，因此認為也不是沒有這樣的可能性。」

怜奈即使覺得這種結論或許比較現實，依然忍不住反駁：

「是不難理解啦，但那種解釋不就感覺像完全否定了透過死亡訊息推理出凶手的推理作品嗎？」

天知雖然看起來也有同感的樣子，不過提出了比較有建設性的意見：

「要說完全否定嘛，應該講這解釋把焦點放在了死亡訊息的負面部分。假如是小說之類有把寫下死亡訊息的被害者本人的心理層面描寫出來的媒體，讀者就能明白被害人寫下訊息的真正意思。然而現實中不可能那樣確認答案。到頭來，無論被害人實際上抱著什麼意圖留下訊息，要把看似合情合理的解釋推翻都是很困難的一件事。就算那解讀是錯誤的，被判斷為訊息所示的人物終究會承受不利的待遇。」

蓮用力點點頭。

「中村澤先生的嫌疑雖然最後完全被洗清，但還是讓他被周圍的人認為是個『大橋先生認定就算會殺害自己也不奇怪的傢伙』。一方面也由於大橋先生的人望很高，導致大家對中村澤先生產生了人品上有問題的印象。」

「畢竟光是被警察懷疑過就會使周圍的人改變目光。如果是人望很高的人物在臨死之際做出的評價，分量自然不同。就算後來抓到真凶，依然會留下不好的影響。」

或許因為是實際發生的殺人事件，天知臉上也露出對委託人的叔叔感到憂心的表情。

「後來還流傳有人在大橋先生喪命的那條路上，目擊到頭部流血的男性幽靈出沒。大家說是因為大橋先生認定為凶手的中村澤先生沒有被警方逮捕，所以他無法升天，化為怨鬼現身了。而且到了現在，依然會傳出有人目擊到那個幽靈的樣子。」

「也就是說連幽靈的傳聞都被搬出來，讓不好的印象又被強調、延續了是吧。那樣他不但無法獲得部下信任，上司或客戶對他的觀感肯定也很差吧。」

怜奈對那位素昧平生的叔叔所遭逢的負面連鎖，也忍不住感到同情起來。

「因為這樣，原本還有升遷機會的中村澤先生變得經常在重要工作中遭到排除，又被調任閒職，五年來薪水都沒有調高，似乎受到很悽慘的待遇。雖然說他好像對於公司本身很喜歡，所以並不考慮轉職就是了。」

在怜奈的回應下，蓮總算如此把話題帶入商量委託的核心部分。

「不過要是能夠得出另一種合理的答案，表示那個死亡訊息其實並非指中村澤先生，而是另有意義，或許就能改變周圍人對他的看法以及他的境遇了。」

天知大概判斷這項委託跟解決殺人事件相比起來，還算高中生能夠處理的範圍，因此正面回應：

「所以委託人希望能查出死亡訊息的真意，可能的話甚至在公司散播那個答案，解救叔叔的不幸是吧？雖然訊息的真意可能就跟警察所推測的內容一樣，但畢竟不是絕對那樣。你那位同班同學還挺有心的嘛。」

然而蓮卻變得更加愧疚起來。

「啊，她並沒有感到那麼同情啦。只是因為每次親戚聚會時，那個叔叔喝醉後總會提起這件事，讓她感到很煩。而且不只是她，幾乎所有親戚都會被那叔叔用這話題糾纏。雖然當中似乎也有人覺得可憐，多少願意聽聽抱怨話，但那個叔叔好像被大家視為麻煩的存在了。因此我那同學想說能不能告訴他『那個訊息其實不是在指叔叔而是怎樣怎樣的意思，所以別一天到晚醉酒纏人，去公司散播這項解釋不就好了？』試著藉此擺脫糾纏。那樣一來叔叔就會把精力放到那邊，今後應該不會再來煩人了。」

天知與小鳥大概在另一種意義上對那位叔叔感到同情起來，雙雙無奈仰頭。怜奈也是一樣。沒想到這次的委託原來只是同班女生想要擺脫麻煩事而已，大家剛才卻都那麼嚴肅認真，簡直是白操心一場了。在這樣尷尬的氣氛中，天知重振精神似地說道：

「嗯，如果是那樣自利性的動機，被委託的我們也比較輕鬆就是了啦。」

不管最後是要接受或拒絕商量，這樣都比較好辦事。而且怜奈也開始認為這次的商量大概得不到什麼解決吧。

小鳥將同樣的疑惑講了出來：

「可是如今才跟那位叔叔提出另一種解釋說這才是訊息的真意，他會接受嗎？警方的見解之所以會被相信，就是因為那聽起來最合情合理呀。」

蓮這時用眼神稍微瞄了一下岩永琴子。

「她說如果是那位岩永同學直接向公寓附近出沒的幽靈問出的答案，本身就會有說服力，所以問說能不能姑且試試看。因為她家族的人好像也知道岩永同學的名字。」

被提及的岩永本人倒是依然沒有把注意力放過來，始終端正地坐在椅子上讀著書。

天知也瞥眼看向岩永，不太高興地交抱胳膊。

「這次的委託同樣不像是應該找推研社商量的問題啊。然而就算想靠推理得出另一種讓中村澤先生可以接受的解釋，目前的解釋本身就沒什麼大問題了。」

小鳥接著疑惑歪頭。

「話說被害人大橋先生為什麼不是寫下比較有特徵性的姓氏『ナカムラザワ（中村澤）』呢？比起『タケヒコ』這種常見的名字，寫姓氏不是更能夠清楚指出特定的人物嗎？」

這疑問雖然很有道理，不過天知解釋道：

「正因為那姓氏很有特徵性，被害人如果擔心自己寫到一半斷氣結果讓其他人受到懷疑，也不是什麼奇怪的事情。假如只寫到『ナカ（中）』或『ナカムラ（中村）』就斷氣，那才真的是更常見的姓氏。若被害人周圍有那種姓氏的人，他肯定希望避免那種狀況吧。」

「而且單純來講字數較少，寫『タケヒコ』會比寫『ナカムラザワ』來得快呀。」

怜奈也這麼補充，結果小鳥似乎對於自己沒能想到這些問題覺得丟臉起來。

不過這並不表示小鳥絕對是錯的。這同樣是如果不問被害者本人就無法確認的事情。覺得一個人在臨死之際寫下凶手名字時會考慮這麼多，這種想法搞不好才不太正常。

蓮縮著身體看向其他社員們。

「我有跟對方講過，我不確定社團會不會接受這項商量。畢竟我也不想給社團添麻煩。」

「既然受人拜託，你想必也難以隨便拒絕吧。雖然中村澤先生的境遇令人同情，不過來商量的女生本身遇到的問題其實並不嚴重。假如要拒絕對方，我會親自出面。要是我們什麼委託都接，今後像這樣的商量事搞不好會繼續發生啊。」
天知並沒有責備蓮，而是很有社長風範地表示要扛起責任。如果天知出面拒絕，那位同班女生應該也會放棄吧。然而這種治標不治本的方法肯定也會有極限。
「只要有岩永同學在，這類怪力亂神的商量委託永遠不會減少吧？」
怜奈如此表示後，從窗戶的方向忽然傳來闔起書本的聲音。
「為什麼大家都要相信幽靈這種一點都不科學的存在呢？對於那種根本不存在的東西，怎麼可能問出什麼答案嘛。」
是岩永。看來她從剛剛就有在聽大家的對話，也理解狀況的樣子。
天知深深嘆了一口氣。
「要那樣講的話，妳先改善自己的詭譎程度如何？」
「竟然說女孩子詭譎，真是粗神經呢。小林同學肯定交往得很辛苦吧。」
岩永雖然面帶微笑如此回嗆，但被提及的小鳥卻表示：
「我也覺得岩永同學很詭譎喔。」
就連怜奈也知道岩永的粗神經才真的讓小鳥和天知吃盡了苦頭。
不過岩永的態度依然故我地把視線看向大家，開始講起來。
「與其拒絕對方，不如給那位同班同學一個現實的解答才是最佳做法吧？如果能藉此讓這個社團完全否定怪異存在的印象擴散出去，以後也就不會再有人來商量奇怪的問題了。」

假如真的能夠如此當然是最好，然而難度相當高。

「但是要對死亡訊息做出另一種解釋讓人接受，實在不可能吧？」

聽到怜奈這麼說，岩永似乎很愉快地動了一下眉毛，有如名偵探般開口說道：

「只要想得直接一點就行了。既然被害人在不曉得凶手是誰的狀況中留下訊息，就表示那內容並非用來指明凶手呀。」

教室中寂靜了好一段時間。怜奈對於岩永提出的講法不禁愣住了。雖然就一項假說來講可以通，但並沒有抓住要點的感覺。其他社員似乎也是同樣的感受。

然而岩永不以為意地繼續說道：

「被害人當時後腦突然受到衝擊，流血倒地，直覺明白自己就要死了。這時他腦中想到假如自己就這麼死去，可能會給親屬或相關人士造成的麻煩。於是他決定寫下有助於解決那項問題的文字。這樣講應該很合理吧？」

「可能造成的麻煩是什麼？」

對於天知的提問，岩永毫不猶豫地回答：

「舉例來說像是私人電腦的開機密碼如何？不曉得密碼的話，想要調查電腦裡的資料就會變得難度很高。死者的交友關係、相關人士的聯絡資料、銀行戶頭與資產狀況、過著什麼樣的生活等等，電腦裡可是有許許多多假如不知道就會傷腦筋的情報。對於親屬來說，也可能成為麻煩事的原因。」

不只是啟動電腦時而已，另外像各種網路服務或日常生活中的手續上需要輸入密碼的狀況越來越多了。新聞也有報導過當家人過世後，遺族由於不知道這些情報導致必須多費一番功夫甚至演變為麻煩問題的狀況。

「當然，由於裡面有不想被人看到的資料，所以不希望電腦被調查的人也是存在的，不過假如有像是情人之類希望能告知死訊的對象，但聯絡方式只有留在電腦中的狀況，無論對被害人或者對親屬來說都是很傷腦筋的事情。另外也可能有透過電腦進行股票交易或投資，但親屬不曉得而放著沒管，結果造成巨大損失的情況。」

怜奈也感覺到自己對於岩永的推測越聽越專心了。

「雖然密碼通常是用英文字母和數字，但TAKEHIKO寫起來是八個字太長了，會有寫到一半斷氣的可能性。因此被害人用片假名寫下只要四個字的『タケヒコ』。即使這樣無法讓人立刻知道是密碼，不過當親屬在整理被害人的遺物而遇到需要密碼的時候，腦中是不是會想到被害人寫下那段似乎有什麼意義的文字了？反正試試看也無妨，而且應該也會察覺要轉換為英文字母輸入的事情吧。」

把商量問題帶到社團來的蓮也目不轉睛地看著岩永。或許他內心本來就期待這種狀況，不過對於岩永如此出乎預料的解決途徑，他還是感到緊張屏息的樣子。

「然後就算親屬發現了那些血字原來代表密碼，既然事件已經獲得解決，自然就不會認為有必要告知警方或公司了吧。而且如果想要獨占透過密碼獲得的情報，或者顧及死者的名譽希望隱藏某些資料，親屬為了向周圍人解釋自己沒能調查出電腦裡的東西，想必也會極力隱瞞血字是密碼的事情。」

岩永一句接著一句，把可能會被提出的問題點預先說明清楚。天知一如往常地表現得很震驚的樣子，不過在退縮的同時也嘗試反駁：

「好，妳這假說算是有可能吧。但是被害人會把一個和自己感情很差，視為競爭對手，甚至當自己順利談成一樁交易時還會特地去炫耀一番的對象的名字設定為密碼嗎？就算要選一個不容易被人猜出來的密碼，應該也不會想要自己每次打密碼的時候都看一次討厭的傢伙的名字吧？」

這反駁可說是正中要害。所以根本連調查都不需要調查，就能排除那些血字是密碼的可能性。

然而岩永卻一副傻眼地對大家問道：

「被害人真的把中村澤岳彥先生視為自己的競爭對手，覺得關係很差嗎？那會不會只是中村澤先生單方面的說法？」

「可是聽起來公司裡的人也覺得兩人感情很差呀。」

對於如此表示疑惑的小鳥，岩永提出毫不客氣卻又合乎現實的解讀：

「如果是中村澤先生單方面討厭被害人，老是講對方壞話，只要被害人沒有積極表現出想要搞好關係的態度，在別人眼中看起來就會覺得兩人感情很差了。就算被害人對於中村澤先生毫不在乎，完全不理會他的行為也一樣。」

「怎麼會毫不在乎呢？那兩人是競爭對手呀。」

「被害人能力優秀，在同期之中表現卓越的事情應該是真的吧。然而中村澤先生又如何呢？雖然聽說他和被害人之間較勁得很激烈，但那也是他自己的講法。說對方來誇耀勝利，會不會也單純只是因為中村澤先生的偏見或自我意識過剩而那麼認為的？說到底，在整起事件中關於中村澤先生的情報，全都是他自己講的不是嗎？」

岩永對小鳥的意見如此輕易回覆。

「自己和同期之中最優秀的人物是競爭對手，兩人感情很差，對方在升遷競爭之中先立下功勞時還跑來向自己誇耀勝利——只要這樣講，就會給別人一種他好像具備足以跟那位對手較勁的能力，好像優秀得讓對手也很在意他的印象。然而中村澤先生會不會實際上在公司的成績只能算平凡甚至更差，是領先同期的被害人根本不放在眼裡的存在？會不會是中村澤先生為了讓親戚們以為他比實際狀況更厲害，才講出這些話的？」

這也不是沒有可能的事情。畢竟人難免會愛面子，想要讓別人覺得自己有價值。所以有時候也會故意把事情講得很誇張。

怜奈對於岩永的假說也變得無法輕視，繼續豎耳傾聽她的補充說明。

「被害人對於同期之一的中村澤先生應該最起碼知道姓氏吧，然而真的會連名字叫岳彥都知道嗎？如果要區別個人、稱呼對方，只需要知道姓氏就夠了。更何況那是很有特徵的姓氏。那麼對於一個自己毫不在乎又完全不看在眼裡的同期同事，根本沒有必要知道、記憶下面的名字了。」

天知不太甘心地嘀咕，對岩永表示同意：

「這麼說也對。若非感情特別要好，有些人只會記得對方的姓氏。就算在同班同學之中，也會有幾個人叫不出下面的名字啊。」

「那麼被害人設定的密碼只是碰巧跟中村澤先生的名字一樣而已——這也是有可能的事情吧？」

愛的相反不是恨，而是漠不關心。怜奈不禁想起這樣的一句話。就算遭到憎恨，至少還表示對方會在意自己，兩人之間還有關係存在。假如互相理解得更深，甚至也有轉恨為愛的可能性。還算有希望。

然而漠不關心就不會產生任何關係，不會有任何發展。不可能加深什麼理解，也不會帶來什麼價值。毫無希望。

「中村澤先生雖然說事件發生之後，自己在公司內遭受冷淡待遇、無法升遷，但那會不會根本是他自己的能力所致，與事件毫無關係呢？而且假如是真的有能力的人，持續遭受如此不當的待遇應該就會轉職才對。說什麼因為自己喜歡這間公司，聽起來也像是他為了隱瞞自己沒有能力換個好工作的藉口罷了。」

岩永繼續毫不留情地如此鞭笞中村澤先生。

小鳥這時好像覺得沒必要講到那種地步似地插嘴表示：

「可是聽說中村澤先生在親戚聚會的時候，每次一定都會抱怨這件事呀。」

「正因為是親戚，所以想要讓對方認為自己在公司的地位與評價這麼低，是因為事件害的，不是由於自己能力不足。希望自己在親戚中最起碼能保住一點面子呀。他在公司內可能也是這樣吧。他依靠著自己名字和死亡訊息剛好一樣的巧合，想要強調以前同期之中最傑出的男人曾經很在意自己的存在，自己其實是個很能幹的人。搞不好他本人也如此催眠自己，在逃避現實呢。」

怜奈在與剛才不同的意義上，對中村澤先生感到同情起來了。究竟是造了什麼業，需要被一個素昧平生的女孩子批評貶低到這種地步？

蓮或許因為同樣感到同情，勉強試著反駁岩永的假說：

「但是聽說被害人的幽靈還出現在案發現場啊。要不是因為自己留下血字指控的凶手還沒被逮捕造成的怨念，大橋先生應該也不會化為鬼跑出來吧？」

他也許想藉此主張死亡訊息是指中村澤先生，但以一個推理小說迷來講這種反駁方式實在不太值得誇獎。雖然可能因為他想不出其他破綻可戳就是了。

岩永頓時一副想無奈嘆氣似地搖搖頭。

「我就說幽靈這種東西根本不存在呀。如果說那同樣是中村澤先生自己編造、流傳出來的謠言，那就講得通了。畢竟就算是殺人事件，過了好幾年之後也不會再成為話題，別人也不會再有興趣。但假如在網路上出現幽靈的目擊情報，而循著因果關係讓過去的事件又成為話題，別人會感興趣的程度自然也就不同了。」

或許本來就不該認為岩永所發表的假說會有什麼破綻可尋吧。

「比起『以前我們公司有個員工被殺了』這種開頭方式，不如用『網路上流傳說有人在那棟公寓附近目擊到幽靈出沒，其實那幽靈本來是我們公司的員工』這種講法帶入話題，比較能夠引起興趣，也容易讓謠言散播出去。如此一來，中村澤先生在公司不如意的理由也能跟著傳開了。他就是抱著這樣的企圖，自己捏造謠言散布到網路上。這才是比較妥當的解釋。」

岩永以剛才描述的假說為基礎，一下子就連幽靈的存在都消除了。

天知大概已經承認岩永的假說在邏輯面無從挑剔，於是皺著眉頭從人情面提出抗議：

「妳這講法雖然說得通，但未免太過貶低中村澤先生了吧？現在不但沒有確鑿的證據，而且那位叔叔本人也知道這講法究竟是不是真的。委託人把這假說告訴對方的時候如果發現是錯的，絕對會被大罵一場。就算假說是真的，對方也不可能承認如此沒出息的事實，結果為了想辦法否定而罵得更凶吧。」

這就是人之常情。岩永提出的這項假說想必無法解決委託人的問題。

然而岩永本人倒是表現得一派輕鬆。

「是的，我也不曉得這假說究竟是不是真相。」

「喂。」

天知頓時露出『那我們剛才聽了這些到底幹什麼』的表情，似乎想抱怨一番。但岩永接著露出犀利的微笑。

「請別誤會。這次商量問題的目的並非正確解讀死亡訊息的真意，而是讓委託人不要再被中村澤先生用這件事繼續糾纏才對吧？那麼她只要偷偷把這假說告訴那位叔叔，最後再補上『要是你繼續這樣舊事重提，周圍的人遲早也會開始懷疑你是不是抱著這樣的企圖囉？你差不多也該忘記過去，換個心境往前進了吧？』這樣一段話就行啦。」

對了。這次最重要的目的是讓中村澤先生別繼續在親戚聚會中搬出這個話題，而不是解決他在公司的不順。

天知似乎也察覺出岩永的意圖，當場發出像個被名偵探搶先看穿真相的刑警一樣的聲音：

「意思說重要的並非假說是真是假，而是威脅中村澤先生說周圍的其他人搞不好會相信這個講法嗎！」

簡直太狠毒了。非但沒有把死亡訊息解讀為對於中村澤先生有利的意義，反而還把整件事講得更糟糕來解決問題。

就在蓮與小鳥都張大嘴巴，怜奈也不禁愣住的時候，岩永語氣平淡地說道：

「正因為這假說在邏輯上講得通，所以就算中村澤先生知道那是錯的，也依然會擔心周圍的其他人可能相信這講法或抱持同樣的疑惑。尤其他曾有過因為別人擅自解讀死亡訊息的意思害自己遭人白眼的經驗，肯定會害怕再度發生類似的狀況吧。假如這個假說是真的也一樣，中村澤先生想必會恐懼自己這項不願被人看穿的企圖是不是已經被周圍的人察覺，而當場臉色發青吧。」

岩永在椅子上調整坐姿，重新翻開書本。

「不管怎麼說，這樣以後中村澤先生就不會再提起這個話題了。因為每當出現這個話題，他就會感覺好像被其他人用『這傢伙是個為了愛面子而反覆提起捏造故事的無能人物』之類的眼光看待。即使被其他人嫌煩，若能感受到對方的同情至少還能給自己安慰，但假如開始擔心別人是否在內心輕蔑自己，他肯定難以承受這樣的不安。來商量問題的同學也只要擺出『我是為了讓叔叔不要被其他人這麼看待，所以趁現在告訴你這件事』的真摯態度，反而還會受到對方感謝吧。」

岩永的意圖簡直狠毒無比。不只用實質上等於威脅的方式讓對方閉嘴而已，還表現得一副『我是為了你著想』的態度想獲得對方感謝。

「如此一來問題就獲得解決，推研社也能主張自己是否定什麼幽靈存在的健全社團啦。」

岩永把視線放回書本上，同時就像結束了一場轉換心情的娛樂般愉悅地如此總結。她提出的方法雖然應該有效，但蓮卻一點也沒感到開心，反而和大家你看我、我看你，擔心著「這樣真的好嗎？」似地問道：

「問題應該可以獲得解決沒錯啦，但稍微再重視一下真相或手段才比較健全吧？」

這時。天知好像忽然注意到一件事情而把手放到下巴。

「話說被害人的名字叫大橋禮太郎（Ohashi Reitarou）對吧？昭和時期有位著名的小說家叫福永武彥，這個人另外也用加田伶太郎的別名寫過推理小說。『武彥

（Takehiko）』與『伶太郎（Reitarou）』——被害人有沒有可能因為能夠與自己的名字產生聯想卻又不容易被其他人猜到，所以把『TAKEHIKO』當成密碼的？」

伶奈也知道那位作家以及別名，因此聽到這樣相符的說法頓時「啊」地發出聲音。雖然不清楚被害人是不是推理小說迷，不過這點或許能夠提升岩永那項假說的可信度。

然而岩永繼續保持著看書的姿勢，直率表示：

「哦哦，那只是推理小說迷想要炫耀自己知識的穿鑿附會罷了。」

她對待天知也同樣一點都不客氣。

伶奈站在月臺上將往事描述到這裡後，看向六花。而坐在椅子上的六花語氣溫和地說出簡短的感想：

「真是符合琴子小姐作風的解決方法呢。毫不留情，又很有效果。」

從六花的反應看起來，岩永這個人似乎到現在也一點都沒變的樣子。

伶奈要搭的列車差不多快到站了。她不禁慶幸自己能來得及在列車進站之前提到當年那件委託接下來的結局。

「的確效果非凡呢。那位同班同學聽秋場同學轉述了岩永同學的假說與利用方法時，起初好像也感到很驚訝。不過據說她後來在親戚聚會上嘗試了一下，中村澤先生就當場臉色發青、張望四周，之後再也沒提起那件事了。」

據蓮所說，那位同學見到叔叔的反應，總算讓長久累積下來的不滿痛快消解，表示深深感謝推理研究社的樣子。

「雖然不清楚那假說究竟是真是假，不過聽說中村澤先生從那之後變得很努力工作，終於獲得晉升，在親戚間的評價也變好了。岩永同學搞不好連這些其實都有計算在內，而她提供的解決方法最終得到了最佳的結果。」

否定幽靈的存在，提出既現實又能圓融收場的解決方法。岩永只是一邊讀書，一邊坐在社團教室的椅子上就辦到了這點。簡直可謂是名偵探的高超本事。

六花這時愉快地向怜奈提到：

「不過琴子小姐這項假說其實有個弱點。萬一在那之後又傳出有人在案發現場目擊到幽靈，『是中村澤先生散布謠言』的部分就會變得站不住腳，搞不好還會導致整個假說都被推翻。到時候中村澤先生也會主張『所以就說那不是自己的錯』而變得更加憤恨不平吧。」

這麼說沒錯。假如被害人的幽靈真的出沒，岩永對死亡訊息的解讀就會產生重大的疑問。這位叫六花的女性竟然能夠注意到這點，看來她也是個不可小覷的人物。或者說如果要跟岩永親近交流，就必須最起碼有這等能耐嗎？

「關於幽靈的目擊情報聽說也是恰巧在那時期消失了。明明之前還謠言頻傳，卻突然不再出現新的目擊報告。」

「那也許就是琴子小姐去跟那個幽靈進行交涉，請對方離開了吧。頭部流血的幽靈感覺沒什麼特色，所以即使在其他場所出沒，應該也不容易跟其他事件牽扯在一起才對。」

六花一副理所當然地主張幽靈真的存在，而且岩永能夠與幽靈接觸。換言之，那等於在斷定岩永的假說根本和真相一點都沒有擦到邊。

雖然語氣聽起來沒有在說謊，不過也可能只是她在捉弄怜奈而已。

「當時由於時間點上太過巧合，社員之間也有討論過，會不會是岩永同學私下悄悄讓那幽靈升天了。」

「如果那幽靈有升天的意思，她可能就有幫忙吧。」

這講法彷彿在說如果幽靈沒那意思，岩永也不會刻意那麼做。

「岩永同學果然能夠和幽靈溝通嗎？」

六花聳聳肩膀。

「誰曉得呢？要是我擅自告訴妳真相，可能會惹她生氣呀。」

這回應乍聽之下像在裝傻，不過感覺也已經把答案講出來了。

怜奈雖然感到猶豫，但還是決定再深入一步，提出自己從高中時代就在意的疑問：

「岩永同學實際上到底是什麼人物？總覺得她好像知道的事情比我還多的樣子？」

「該怎麼說呢，她是對這個世界來說很必要，而且正確的存在吧。」

六花對於這點倒是回答得很乾脆。即便在語意上曖昧籠統，但應該是對岩永表示肯定。但對怜奈來說岩永是很不自然的存在，所以『正確』這個評語讓她感到有點怪就是了。

結果六花接著又語氣冰冷地補充說道：

「不過對於不正確的一方來說，她的存在可教人難以忍受呢。」

那語氣雖然冰冷，卻不會恐怖。或許因為那與其說是在譴責岩永，聽起來比較像是對世事的不如意表示嘆息，令人感受到六花的孤獨與空虛吧。

正當怜奈猶豫著該如何回應的時候，六花忽然轉頭望向遠方。於是怜奈跟著看過去，發現有列車逐漸接近月臺。

「我要搭的是另一個方向的車，所以就此道別囉。謝謝妳講了這麼有趣的事情給我聽。」

六花把腿放下，在椅子上端正坐姿，用眼神輕輕行禮，於是怜奈也趕緊鞠躬。

「我才要謝謝妳告訴我岩永同學的近況，讓我有點開心呢。」

「是嗎？看來那女孩意外地受人喜歡呀。」

六花這講法聽起來好像莫名不太願意接受這種事的樣子。而怜奈也不是不能理解那種心情，忍不住笑了起來。

「我雖然不會想跟她相處得太近啦，不過至少會希望她在什麼地方過得幸福。」

前後兩節的列車駛入月臺，伴隨堅硬的聲響打開車門。

六花溫柔表示：

「再會，希望妳也過得幸福。」

「謝謝，也祝妳旅途愉快。啊，還有請妳的堂弟九郎先生多多保重自己的身心健康。」

怜奈說完後，把包包背到肩膀，進入車廂。當她再度轉頭看向坐在月臺椅子上的六花時，左右兩片車門便關上，列車緩緩駛出。六花對著車上的怜奈輕輕揮手。

沒多久後，列車離開車站，也看不見六花的身影了。

怜奈在車上稍微思考後，朝著車站的方向雙手合十，鞠躬拜了一下。

第四話　不瞄標靶地射靶

雖然歌謠中形容妖魔鬼怪們晚上會在墳場舉行運動會，但現代即便是鄉下地方也很少有寬敞到可以舉辦運動會，周圍又沒民房的墳場，因此妖怪們要聚集起來熱鬧一下也不是件容易的事情。而且認為他們會在墓碑林立、活動不便的場所運動的想法也很奇怪。

那麼說到妖魔鬼怪們會在深夜聚集起來辦活動的場所究竟是哪裡呢？荒廢的村落就是一項選擇。畢竟到了荒廢的程度，代表不會有人類經過附近。空地夠多，又有能夠遮風蔽雨用的空房子。稍微點亮一點照明也不會引起注意。雖然不到『運動會』這種聽起來很健康的活動，不過妖怪們如果要聚集起來做些什麼事情，這類的場所就非常適合了。

岩永琴子在三更半夜時與櫻川九郎一起開車來到某座荒廢村落，拄著拐杖走向一塊位於村落深處、被廢屋遮掩的空地，並告訴九郎來到這裡的目的：

「九郎學長，今晚請你把蘋果放在頭上當成射箭的標靶。」

九郎大概為了思考這句話的意思而稍微頓了一下後，露出嫌麻煩的表情回應：

「想模仿那須與一嗎？」

「那須與一射的是扇子呀。要講俵藤太才對。」

「那是討伐大蜈蚣啦。射蘋果的是威廉・泰爾吧。」

「既然你知道，為什麼不一開始就那樣講？」

這男人為何總是要這樣害人多花不必要的時間呢？

順道一提，那須與一是鎌倉時代初期的武士，在源平合戰時將平家陣營放到船頭的一把扇子成功射落，而成為著名的射箭高手。

俵藤太是平安時代的武士，據傳受到居住於琵琶湖中的龍王之託，射箭擊敗了盤踞於三上山的大蜈蚣。

威廉・泰爾則是瑞士傳說中的英雄。較著名的故事是當他被暴虐的地方長官逮捕的時候，長官命令他射下放在自己兒子頭上的蘋果。當然他沒有讓自己的兒子受到任何一點傷便射落了蘋果，而且後來又射箭殺死了那位暴虐長官。

岩永重新打起精神，詳細說明起狀況。

「大約一週前，有兩隻猴妖發現掉落在野地的弓箭並撿了回來，但後來卻一方說是自己先撿到，另一方說是自己先發現，就這麼爭執起來了。」

雖然聽起來很像是人類才會起的爭執，不過妖怪們同樣有物質慾望。而且這次是與人類相近的猴子活過漫長歲月獲得妖力化成的存在，因此那樣的傾向或許也比較高吧。

「牠們於是決定誰比較會用弓箭就歸誰，而做了標靶開始比賽射箭。可是兩隻的結果只有微妙的差距，導致牠們又爭執起誰射的箭比較接近中心。就算找其他妖怪們來評斷，還是爭執裁判不公、自己才靠近中心等等，雙方互不相讓。到最後只好來拜託身為智慧之神的我幫忙決定究竟誰比較厲害了。」

「聽起來可真像民間故事會有的情節啊。」

九郎疲憊地如此表示。如果把整件事總結為『兩隻猴子為了搶弓箭而起爭執』，的確很像伊索寓言之類會描述的情節，但無奈這是發生在現實中的事情。

「所以為了清楚分出個勝負，我決定要在九郎學長頭上放顆蘋果，看誰先射中，弓箭就歸誰。」

「不要擅自決定把標靶放在別人頭上行不行？」

「反正學長就算被箭射中頭部或身體都不會死，也不會感到痛嘛。」

「就算不會感到痛，被棒狀物體貫穿身體的感覺還是讓人覺得很討厭啊。」

「那又如何？那是世界上多數女性都經驗過的感覺呀。」

九郎頓時露出懊惱自己究竟什麼部分的表達方式有問題的表情，但最後還是放棄似地說道：

「妳別用那麼粗魯的比賽方式，偶爾把人情也考慮進去做出判決如何？像大岡裁決那樣。」

「你叫我參考那種虛構的裁決故事？」

「威廉・泰爾的蘋果也是傳說好嗎？」

所謂大岡裁決指的是公正又有人情味，而且充滿機智的判決。由來自江戶時代中期擔任過町奉行（註2）的大岡越前守忠相所做的裁決。

大岡越前守的裁決中經常被舉例的故事之一，有兩名女性都自稱是某個小孩親生母親的案子。當時大岡越前守讓兩位女性分別抓住小孩的一隻手，叫她們從兩側拉，表示直到最後都沒放手的人就是母親。於是兩位女性用力拉扯，結果快被扯成兩半的小孩當場叫痛的瞬間，其中一名女性放手了。大岡越前守接著就說如果是真正的母親，應該就會心疼喊痛的孩子而立刻放手才對，因此判定放手的女性才是小孩的親生母親。

這雖然是一樁合情又合理的裁決，不過將這類案例彙整起來傳播世間的『大岡政談』一書其實內容多與大岡忠相無關，而是改編自其他國家的傳說故事或判例，創作色彩強烈。這樁拉扯小孩手臂的故事也是其中之一。

因此所謂『大岡裁決』這句話基本上是源自虛構。不過大岡忠相這位人物據說真的是個優秀的奉行，深受民眾愛戴的樣子。

總之對岩永來說，就算把大岡越前守的判例搬出來也無法當成參考。

「你就別囉囉嗦嗦，請照我說的去做吧。這樣一來就能圓滿收場了。」

註2　江戶幕府的職位之一，掌管都市的行政與司法，特別指江戶町奉行。

岩永對不甘不願的九郎如此表示後，走入空地。

在空地上除了爭奪弓箭所有權的兩隻猴妖之外，還有許多聽說今晚要比試而從附近地區聚集而來的妖怪與幽靈。在人類社會中觀賞比賽的行為是一種娛樂，容易引起興趣。而這點對於妖怪們來說也是一樣。

站在岩永的立場上，圍觀群眾多一些也比較容易營造緊張感，而且易於使人接受判決結果的公正與否，因此她從一開始就預先把今晚的事情告訴了周圍的妖魔鬼怪們。只要大家認為判決公正，猴妖們想必也無法提出自私自利的抗議。知道判決結果的存在若多，也就比較難以事後反悔了。

鬼火等燃燒或發光的妖怪們照亮四周，再加上明亮的月光，讓這地方即使已到丑時三刻也依然視野良好。

九郎被繩索固定在一根村落荒廢之後依然沒有撤除的電線杆下，頭上還頂著一顆紅蘋果。兩隻猴妖則在距離約十公尺的地方，旁邊的木箱上擺有一把朱紅色的弓與三支綻放銳利光芒的箭。弓箭似乎都有細心保養過，看不到絲毫鐵鏽或汙漬，弓弦的張力也無可挑剔。

岩永站在那個木箱邊，對兩隻猴妖宣告：

「那麼，比賽開始。你們互相決定誰要先射箭。無論先攻後攻，首先射到蘋果的就是贏家。雖然這樣先攻的一方似乎比較有利，不過後攻的一方也容易從對手的表現判斷風力或距離感。你們各自去判斷哪一方會比較有利，這也是比試的一部分。」

兩隻猴妖互看對方，接著望向遠處被當成標靶臺的九郎，又看向岩永。然後其中一隻用戰戰兢兢的態度提出疑問：

「呃～公主大人，應該用不著把蘋果擺在九郎大人的頭上吧？」

「是啊，只要把蘋果單獨放在什麼東西上面，就充分可以當成標靶了。」

另一隻猴妖跟著如此附和。被綁在電線杆下的九郎也一副想表示同意的樣子。

當然，岩永並非無緣無故把蘋果放在九郎頭上的。

「九郎學長雖然在人類眼中看起來是個普通人，但我很清楚對於妖怪們來說，他的樣貌恐怖到看上一眼就會全身發抖、巴不得當場逃跑的程度。除非已經習慣，否則應該難以直視。因此朝那樣的學長射箭想必是非常可怕的行為，光是要瞄準目標恐怕都有種壽命縮短的感覺吧。」

岩永如此表示理解後，兩隻猴妖立刻說道：

「沒、沒錯，就是那樣！萬一失手讓箭射到九郎大人，不知道事後會遭受什麼樣的報復啊！」

「只要被他瞪上一眼，感覺心臟就會停止了！」

牠們或許在本能上感覺如果朝著難以直視的恐怖存在拉起弓箭，可能會惹對方不高興。而且要是不小心射中，恐怕會導致更可怕的下場。

相對地，岩永則是對牠們笑了起來。

「別擔心，別擔心。九郎學長不會為了那點小事就生氣的。就算被射中要害當場死亡，他也會馬上復活。」

「就、就算您這麼說……」

兩隻猴妖都彷彿想抗議岩永把話講得輕鬆也該有個限度的樣子。

雖然就岩永的推想來看，九郎若要報復應該也是找安排了這種比賽方式的自己。但這種真話講出來有損智慧之神的尊嚴，於是她告訴兩隻猴妖另一項應該害怕的事情：

「只不過九郎學長擁有一項能力，就是在死亡時能夠隨意選擇發生可能性很高的未來。因此他也可以照自己的意思決定你們之中誰的箭會射中蘋果。要是一直那樣被綁在電線杆下，學長想必也會覺得累，希望快點分出勝負。畢竟肚子會餓，口也會渴，早早讓比賽結束自然是好事。」

「到時候，讓射到自己的一方獲勝總是會比較不爽吧？」

兩隻猴妖似乎總算察覺了，這不是單純較量射箭功夫而已。

岩永這時表情變得嚴肅起來。

「我聽說你們兩個的弓術旗鼓相當，正常比試肯定也難以得出明顯到雙方都服氣的差距。因此我要你們在沉重的精神壓力之中射擊目標，看誰能比對方更保持平常心拉弓射箭。這比的不只是單純的技術，也講究心靈上的強度。如此一來肯定會出現更明顯的差距。」

這同時也有計算到在沉重壓力下拉弓瞄準目標，想必體力和精力都撐不了多久，所以能夠更快得出結果。

圍觀的妖怪們頓時發出歡呼。

「公主大人的智慧著實狠毒！公主大人就該如此！」

「弓道的真髓在於精神上的修養！這正是考驗真正實力的方法！」

雖然不清楚他們究竟明不明白意思，但對於岩永來說大家如此解讀也沒什麼問題，這也不損智慧之神的威望。

「那麼就立刻開始比試吧。」

在岩永的催促下，依然感到躊躇的兩隻猴妖最後決定猜拳，輸的一方先拿起弓箭。

首先拉弓的猴妖射出的箭別說是射中蘋果了，甚至跟九郎都偏離了很大一段距離，刺到後面一棟廢屋的外牆上。或許牠正對著九郎恐怖嚇人的氣息難以充分瞄準目標，再加上『不能射到九郎』的意識過於強烈，導致手感變得一點也不安定了吧。光從拉弓的姿勢上就顯得畏縮不成樣，感覺完全是輸給了自己心境。

那隻猴妖才射了一箭就疲憊不堪，把弓交給另一方。後攻的一方看過先攻如此嚴重的失敗應該在心情上會輕鬆幾分，而且能夠從對手的失敗中看出什麼改善方法才對。然而拿起弓箭的另一隻猴妖卻依然很不安地全身僵在原地好一段時間，最後走向岩永面前跪下磕頭。

「公主大人，這場比試，我認輸。縱然我很想要這弓箭，但朝著公主大人愛慕的九郎大人拉弓的行為實在不勝惶恐！那不就等同於朝公主大人射箭了嗎！我不認為這東西值得我做出那樣無禮的事情！」

岩永不發一語地低頭望著那隻猴妖。另一隻猴妖則是當場露出『糟了』的表情。接著從圍觀的妖怪與幽靈之中忽然傳出了這樣的聲音：

「對了，這是大岡裁決啊！」

「原來如此，朝公主大人所愛慕的九郎大人射箭才是真正殘忍、錯誤的行為嗎！」

「藉由修養精神為宗旨的弓道射人，本身也是一項錯誤！」

「那麼真正理解弓道本質所在的，其實是認輸的那一方啊！」

「沒錯！公主大人就是為了教導這個道理，才安排了這樣的比試！」

「對，這是大岡裁決！就如同先放手才證明是真正的母親一樣，不射箭才是正確的決定！」

「也就是說認輸的那傢伙才是贏家！」

「不愧是公主大人的智慧！」

「太精采了！」

看來那些妖魔鬼怪之中也有幾個知曉故事、腦袋靈活的存在。雖然妖怪或怪物多半沒有那樣的智慧，但若是人類的幽靈本來就具備生前的知識，而且有些妖怪也多少懂得理論思考。尤其如果有從大岡越前守在世的江戶時代就存在至今的妖怪混在其中，也不是什麼奇怪的事情。

然而岩永卻不理會那些聲音，朝跪在自己面前的猴妖用拐杖敲了一下頭。

「不用跟我搞那套了，快點去射箭。我都叫你那麼做了，哪有什麼無禮、失敬的？反而是不聽我的命令才應該感到惶恐吧？再說，弓箭本來就是武器，沒有什麼不可以舉向生物的道理。」

雖然為了顧慮禮節或安全，不能隨隨便便把箭舉向生物，但既然都說可以那麼做卻又處罰照做的人就太沒道理了。

跪下的猴妖按著自己被敲的頭，露出『怎麼跟想的不一樣』的神情愣在那裡，不過岩永依然不以為意。

「雖然有意見講什麼大岡裁決，但到了事後把一開始講好的勝利條件改掉才真的不講道理又無情呀。我不做那種事情。誰射到蘋果，弓箭就歸誰。」

她接著舉起拐杖指向另一隻猴妖，叮囑警告：

「所以即使有一方放棄比試，只要另一方沒有射中蘋果，同樣無法獲得弓箭。在蘋果被射中之前，這場比試不會結束。」

兩隻猴妖當場臉都綠了。

岩永則是微笑表示：

「明白的話就給我去射箭。比試才剛剛開始呀。」

兩隻猴妖各自拉弓射了五次箭，然而雙方的箭別說是擦到一點邊了，連距離蘋果半徑一公尺的範圍內都沒飛過。當然也都沒有刺到九郎，要不就是射到牆壁，要不就是飛進草叢，或者刺到地面上。每次上場都不但沒有修正軌道，甚至感覺越射越偏。或許因為對九郎的樣貌以及不曉得會不會遭受報復感到恐懼，讓發抖的手與身體都變得不聽話了吧。射偏的箭矢則是由其他妖怪負責撿回來，放到岩永的地方。

到最後，兩隻猴妖把弓箭都交給岩永，並一起跪下磕頭。

「非常抱歉！這弓箭其實不是我們撿到，而是從某戶有歷史的人家屋中偷來的。是一時的衝動使然！」

「我們原本只是想進去偷點吃的，卻見到如此漂亮的弓箭，便忍不住拿了出來！」

兩隻都上氣不接下氣地如此坦言。

「我們會把弓箭物歸原處，所以請您取消這場比賽吧！」

「求求您了！」

牠們最終如此懇求起來。岩永本來還猜想可能會拖得更久一點，哪料竟連半小時都沒到就變成如此，讓她不禁感到有點沒勁。

她接著用拐杖敲敲自己肩膀，對猴妖們笑道：

「畢竟現在又不是什麼戰國時代，怎麼可能會有保養得那麼好的一整組弓箭掉在野地上嘛。」

聽到她這口氣，兩隻猴妖似乎也總算察覺。

「難、難道您從一開始就知道了？」

「我並沒有強求妖魔鬼怪遵守人類法律的意思，如果只是從誰家中偷走東西，我也不會馬上責問追究。但你們企圖瞞騙我，讓事情照自己意思發展的行為又如何呢？」

「那、那是……」

岩永立刻制止猴妖辯解，繼續說道：

「那戶老世家屋中的家鳴妖怪跑來求我，說那家中供為傳家之寶收在倉庫的弓箭似乎被什麼妖怪偷走了。雖然家裡的人還沒注意到，但要是發現東西不見，肯定會引起騷動。因此請我想想辦法在那之前讓弓箭物歸原處。那隻家鳴妖怪似乎很中意那戶人家，希望他們能過得安穩的樣子。」

要是傳家之寶遭竊，負責管理的人就會受到責備甚至處罰，使家人心中留下疙瘩。而且如果是被妖怪偷走，就算報警也找不回來，讓問題永遠無法解決。

岩永接著對兩隻猴妖問道：

「你們就是猜想可能會有那樣的請求，所以不對我講實話，企圖讓弓箭成為自己的東西，對不對？」

「非、非常抱歉！」

兩隻猴妖都彷彿要埋進地面般用力磕頭。來圍觀的妖魔鬼怪們這下似乎也理解了岩永的意圖。或許為了一些還不理解狀況的存在，當中也有妖怪幽靈解說起來。

「因為那弓箭雖然看起來像偷來的但沒有證據，所以公主大人才會用這方式逼牠們招供的啊。」

「是呀，畢竟朝著九郎大人一直射箭簡直太恐怖了。假如有做虧心事就更無法承受啦。」

「真不愧是公主大人，早就看穿了一切。」

「實在是狠毒又厲害的智慧呀。」

事情大致上就如那些妖怪幽靈們所說。如果兩隻猴妖一開始就承認弓箭是偷來的東西，岩永或許還會判決叫牠們物歸原主後，為牠們準備另一副代替的弓箭，將弓給一方，箭給另一方，要牠們和睦共用吧。然而牠們試圖瞞騙岩永的行為就不可放過了。有必要示範給其他妖魔鬼怪們明白，假如敢做那種事情就會遭受慘痛的教訓。

岩永接著低頭看向猴妖們交出來的弓與三支箭。

「就算要物歸原處，但畢竟我宣告過誰射中蘋果，弓箭就歸誰。要是都沒人射中，感覺也講不過去呀。」

她將拐杖放到一旁後，拿起弓、架起箭，拉弦瞄準九郎頭上的蘋果。

拉弓靠的不是臂力而是正確的姿勢。只要姿勢、步驟做對了，不需要什麼多餘的力氣就能使弓臂彎曲，準心固定不搖晃，箭矢也能照自己想像的軌跡飛去。

岩永鬆開拉弦的手指，讓箭射出。

霎時，箭矢劃破空間，不偏不倚地射中了——九郎的胸口。總覺得好像傳來九郎呻吟的聲音，但想必只是聽錯而已吧。

「高度有點估錯了。不過這下我已經抓到手感，下一箭肯定會中。」

岩永準備再拿起另一支箭，卻被兩隻猴妖哭哭啼啼地制止。

「請、請您就此打住吧，公主大人！這樣九郎大人等一下絕對會動怒的！要是我們被他抓來洩憤可受不了啊！」

「但下一箭我絕對會射中的呀。」

岩永雖然這麼說，不過這下不只那兩隻猴妖，來圍觀的妖怪與幽靈們也紛紛上前制止，讓岩永只好不甘不願地把弓放下了。

後來，將箭拔出並解開繩索的九郎用手掌狠狠抓住岩永的臉部，讓她懸到半空中痛苦掙扎。

這男人對自己可愛的女友竟做出如此過分的行為。對女友一、兩次小小的失敗都不能容忍，沒度量也該有個限度才對。就這樣，到頭來還是換成岩永生氣了。

第五話　斬殺雪女

十一月初，岩永琴子意外與高中時代認識的秋場蓮取得聯絡，而且不得已下接受了對方的委託。

岩永身為怪異存在們的智慧之神，假如是妖魔鬼怪們來找她商量問題，她都不會拒絕。然而這次是高中時代雖然同屆又同社團，但畢業之後幾乎沒有交集，甚至連聯絡方式都互不曉得的男生，岩永本來並沒有義務答應對方的請求。

不過連委託內容都不聽就置之不理也讓岩永感到有些躊躇。岩永的父母與蓮的雙親互相認識，而這次是對方表示自己兒子在高中時代受過琴子大小姐關照，基於這緣分有事情想要找大小姐商量，方便的話能不能聯絡一下，若不方便也不勉強——就這樣，把蓮的手機號碼透過父母交到了岩永手上。

岩永家經營的是一間頗有規模的公司，與蓮家相關的企業也有往來。而蓮既然會特地透過這個管道設法與岩永取得聯絡，代表應該不是什麼芝麻小事吧。

在這類企業或財團的社交界中似乎流傳著關於岩永的傳聞，說如果遇上常識難以說明，甚至可能需要驅邪或求神之類的麻煩問題時只要來找她商量，就能順利解決的樣子。

岩永接到的那些商量委託之中，雖然有時候真的與怪異存在有關係，讓她身為智慧之神必須出面解決才行；但其實多半狀況都是人為的無聊問題，而岩永也很想置之不理。可是她又必須顧到父母的面子，所以經常不得不接受商量並動身解決問題。然後無論是哪種狀況的問題，岩永總會以『現實中並沒有妖魔鬼怪或靈異現象之類充滿幻想的東西，一切都是能夠合理解釋的乏味問題』的結論收場。但不管怎麼說，關於她的那項傳聞一直以來都沒有消退過。

岩永雖然感到麻煩，還是撥給了父母轉交給她的電話號碼。內心本來還期待對方想商量的事情可能和妖魔鬼怪八竿子打不著關係，只是想要岩永介紹女孩子給他之類的內容，這樣就能拒絕得心安理得。然而那一絲希望終究落空了。

蓮首先反覆感謝岩永聯絡之後，稍微壓低聲量說道：

「其實是這樣，我大學認識的一位朋友說他家祖先中似乎有個在江戶時代以斬殺雪女聞名的劍客。而關於這件事他遇上了一些煩惱，所以想問問看岩永同學能否抽個空跟他談談。」

為了江戶時代的事情有什麼好煩惱的？岩永本來想如此掛斷電話，但這聽起來似乎牽扯到妖怪的雪女。那麼岩永就比較難以劈頭拒絕，而不得不有所行動了。

江戶時代，將軍德川家齊在位期間。時年二十二歲的白倉半兵衛因感受到自身劍術的極限而絕望了。

「要那樣悲嘆還太早了，半兵衛。你年僅二十歲時便獲得無偏流劍術的真傳，實力也早已超越老夫。現在還不是論自身極限的時候。」

半兵衛的師父中川嘉十郎雖然如此安慰他，但就是從獲得真傳的二十歲之後，半兵衛便有劍術停滯不前的自覺了。何況即使獲得了真傳，也不表示已經將無偏流劍術學到極致。這點嘉十郎應該也很清楚才對。

或許是看出半兵衛內心這樣的想法，嘉十郎又對他說道：

「說到底，就連無偏流的開宗始祖井上又右衛門大人畢生也未能將其劍術修練至極致。光是能夠把劍使得如你這般境地，就已讓老夫稱羨不已啦。」

嘉十郎雖然縮著身體如此表示，不過他其實也已年過五十，身為無偏流道場的師父教導了許許多多的門徒。他過去曾是藩（註3）的專任劍術指導，但由於腳受傷而辭去了那項職位。現在雖只是街上一間道場的師父，然而並不表示他的實力就弱。

或許半兵衛在劍技與強度上的確已經超越師父，但那也是因為師父很優秀，才讓他年紀輕輕便達到這般境界的。

「如果老師年幼時便遇上如您這般的師父，肯定會變得更強吧。」

聽到半兵衛這麼回應，嘉十郎笑著搖搖頭。

註3　日本江戶時代對於將軍直屬領地以外的地方勢力通稱，略同於現代的縣。

「無偏流本就是術理明瞭而易於傳授的劍術，只要學個十年便能成為獨當一面的指導者。也因為如此，常被人揶揄是無才之箭、凡夫的劍術。雖然說，會那樣講的人並不理解，將劍術傳授得誰都容易明白且能變強的又右衛門大人是多麼可畏，以及正由於如此而能夠達至的無偏流之奧義。」

嘉十郎接著語氣銳利地說道：

「半兵衛，你已逼近於那項奧義的境界。別著急，只要你好好練劍，肯定有一天能夠修得那招傳說中的祕劍。」

無偏流劍術是在德川家治任將軍位時，由井上又右衛門正勝所開創的流派。其特徵正如嘉十郎所言，將應當如何揮劍、如何鍛鍊體魄、如何移動腳步等等的術理說明得極為清楚明瞭。

劍術是一門藉由肉體動作達至結果的學問，本來就不容易透過言語傳授。即便實際示範動作，也並非看過就能馬上辦到同樣的事情。

每個人的體格不同，力氣與感覺也不一樣。要將形體或感覺相異的東西正確傳達給人明白本身就很困難。只是模仿動作也會出現勉強的部分。因此傳授劍術時使用的表現方式自然會變得難解而模糊，學劍的人只能夠在不明瞭的狀況中日復一日地鍛鍊，若欠缺才華甚至無法朝正確的方向進步，虛耗光陰。

然而井上又右衛門卻將劍術發展為能夠透過明瞭的言語進行說明的形式，因此獲得了眾多門生。畢竟就算生於武士之家也不代表每個人都有使劍的才華，劍術遲遲無法進步的人不在少數。那種人學起無偏流卻能在轉眼間變得擅於使劍，而這樣的評價又使得流派更加廣為人知了。

然而與此同時，偶爾會有其他流派批評無偏流雖然只要學習就能進步，但終究是由於內容單純所以容易學習的新手劍術，是僅止於學徒水準的劍法，到最後也只能修練到普通的強度而已。

當然，若只是內容單純的劍術應該很快就會遭到淘汰，不過無偏流並非如此。無偏流之中也有正因為透過單純的鍛鍊打好基礎才可能學習的招式。而這些招式同樣幾乎都被解說得清楚明瞭，容易理解。但理解了並不代表就能按照解說的內容施展劍術，必須更進一步地鍛鍊自己才行。

另外，身體若沒充分鍛鍊，即便有才能也無法按照術理揮劍。擁有劍術的才華頂多只是腦袋比較容易理解而已，身體並不會立刻跟上。越是仗恃自己的才華而懈於鍛鍊的人，到最後就會越明顯地難以學得無偏流的本質招式。

無偏流正由於其術理明瞭，更能清楚突顯出揮劍者的不足之處，因此也是一門讓人痛切體認到自身不成熟的殘酷劍術。

「在無偏流中特別定為祕劍的招式有三，而只要能夠修得其中兩招便算是練得真傳。實際上光是能學得其中之一，就已經不輸給其他劍客了。」

嘉十郎彷彿在安撫鑽牛角尖的半兵衛般說著。

「三招之中的兩招都有詳細說明是什麼樣的劍技，只要努力不懈地修練，且多少擁有劍術的才華，便能修得。然而最後的一招不但說明得不明瞭，就連其劍技的本質也不明確。」

在無偏流之中也非常稀奇地唯有這一招難以清楚說明，只有模糊的表現流傳下來。

「即便是又右衛門大人也唯獨關於此招無法說明該如何才能修成，據說就連他本人都沒能達到自在施展的境界。」

「是，我知道。」

「也因為如此，又右衛門大人雖開創流派，收了許許多多的門徒，到五十五歲卻留下書信表示自己為了完成最後的祕劍決定前往修行，而消失了蹤影。」

「之後三十五年來，沒有人再見過又右衛門大人。至今也依然無人能夠施展最終的祕劍。」

假如又右衛門還在世，也已年過九十。若已完成劍技應當就會現身，而如果到了那個年紀還未完成，想必也無望了。半兵衛並不相信又右衛門還活著，而在這點上嘉十郎似乎也是一樣。

「見過又右衛門大人施展最終祕劍的人雖然尚有幾名在世，但無人能夠清楚說明那究竟是什麼樣的劍技。老夫雖有機會受又右衛門大人親自傳授劍術，但無緣見識到那招。只記得又右衛門大人難受地表示，他即便嘗試五十遍也未必能夠正確施展一次。」

嘉十郎繼續安撫似地說道：

「半兵衛，別太心急。腳踏實地繼續鍛鍊吧。」

然而半兵衛到二十三歲那年，終究離開了家鄉。無論自己如何持續以往的鍛鍊，都只讓他在在體認到自身進步的極限所在。這使得他不禁認為如果出去周遊各地修行或許還有一絲希望，於是難以壓抑衝動之下選擇了離鄉。

半兵衛內心也有在逃避的自覺。無偏流並沒有禁止與其他流派比賽交流，而且只要是出名的道場自然會有人來挑戰，因此其實並不缺與外人切磋劍技的機會。在道場身為代授師父的半兵衛，總能不費吹灰之力便擊敗那些對實力有自信的挑戰者們，甚至還會指導對方有什麼部分不足，該怎麼修練可以變得更強等等。

如今在道場近鄰已無人能夠敵過半兵衛，就算多少換個地方，透過周遊各地修行試圖得到什麼突破，其實就跟等待奇蹟發生沒有兩樣。說到底，當年又右衛門便是基於同樣的想法離開家鄉，結果一去不回。要對此懷抱希望本就是件奇怪的事情。

實際上，半兵衛周遊各地持續修行了兩年，終究徒勞無功。雖然旅途上的確有遇到比自己更強的劍客，獲得學習的機會，但內容都不出想像的範圍。反倒是對方從無偏流清楚明瞭的教導中學到了更多的東西。

半兵衛甚至沒有讓劍技開拓出全新境界的預感，唯有更加確信自己的力量不足。

就在那樣的冬季即將到來之際，半兵衛在某處山腳的村落聽聞到一件奇事。

「您說在山頂處有雪女出沒，殺害通過的旅人？」

半兵衛雖然並不相信真的有那樣的妖怪，然而村民的語氣中充滿了受害受苦之人的迫切感受。

「是的，大約三個月前開始，無論晝夜，只要有人配刀想要翻越山嶺，就會在不知不覺間被白霧包圍，隨後遭到襲擊。據見過之人形容，那似乎是身著白衣、一頭黑髮，樣貌極為美麗的雪女。」

「只有持刀的人才會遇襲嗎？」

聽到半兵衛如此回問，村民露出難掩對雪女感到恐懼的表情點點頭。

「是的，那雪女或許對武士有所仇恨。若是沒有配刀的人就能平安越過山嶺，而且就算有持刀，只要棄刀逃跑，她也不會繼續追趕。」

雖然如此一來可以平安越過山嶺，但身為武士也不可能因為害怕雪女就丟棄腰際的長短配刀。就算捨棄，回國後恐怕也難逃切腹示責的下場。據說因為這樣，至今已有幾十名武士喪命於山中。

由於只有配刀的人才會遇襲，因此有不少人即便隨行也沒受到任何傷害。另外也有並非武士而只是帶刀護身的人選擇棄刀逃跑，結果獲救的案例。

半兵衛也從內容中聽出這些話不是什麼誑語或玩笑怪譚。而那條山道是行商並經之路，藩府也無法坐視那樣的暴行持續下去，因而派遣了劍術高明的劍客們前往山嶺，試圖抓出雪女的真相，但卻一個個都遭到反擊喪命。

據說就連藩中最強的一刀流高手，也被人發現右手依然握著刀卻身首異處的屍體。

根據見過雪女但平安脫身的人所描述，雪女似乎是手握寒冰製成的刀襲擊劍客的樣子。假若不是被雪女的妖術奪命，而是被堪稱武士靈魂所在的刀劍襲擊喪命，劍客也只能怨恨自己的實力不足。正因為如此，更加讓雪女對武士懷恨在心的謠言廣為流傳了。

聽到這樣的傳聞，半兵衛不禁感到歡欣鼓舞。

「這是個好機會。無偏流乃追求術理之劍術。正由於那個術理，讓我痛切感受到自身劍技的極限。既然如此，如果能與超越人間之理的妖怪對峙，或許能夠讓我領悟出不同的劍術之理。只要能成功斬殺妖魔，我也許就能突破自身的極限。」

至今正因為都是與人對峙，才感受不到任何變化。若能獲得超越世理的經驗，讓自身處於超越世理的狀況之中，或許就能看見全新的境界。不，非看見不行。

半兵衛於是決定持刀前往那座山嶺了。

「我勸您作罷吧。或許您對劍術很有自信，但至今已有許多像您這樣的人被雪女打倒了。即便是五名武士大人一同前往山嶺之時，隔天也被人發現五人的屍體排列在山腳下。而且據說都是一刀斃命的。」

村人們雖然如此制止，但半兵衛並不聽從。鑽牛角尖的他心中認為假如錯過這樣的良機，自己可能一輩子都只能做個半吊子的劍客。那樣與化為死屍根本沒有兩樣。

若最終喪命於雪女之手，那也代表自己與劍術之路無緣，能夠乾脆死心。抱著這樣的想法，半兵衛於黃昏前登上了山腰。

就這樣，他遭遇到雪女了。

「岩永同學，謝謝妳這次接受我們的商量。我還想說妳可能已經不記得我了。」

「我的記憶力可沒差到會把兩年前還在同一個社團的人給忘記呀。」

見到秋場蓮講得一副鬆了口氣的樣子，岩永本來想抱怨對方究竟把自己想成一個多沒情義的老同學。不過她一開始還覺得自己沒有義務要接受對方商量，所以蓮的這個說法或許也講對了幾分。

十二月十六日星期五下午兩點多，岩永來到位於鬧區的一間ＫＴＶ。不過並不是為了唱歌，而是因為如果要保持一定程度的私密性又能坐下來慢慢談話，這種地方是最合適的選擇。這裡不但不用怕沒東西喝，價錢又便宜，很適合給學生族群聚會。

岩永是第一次進入這樣的場所，過去只有透過電視劇或新聞知道內部構造與利用方式，因此難免感到有些生疏。不過這裡隔音設備良好，感覺的確比較方便安靜談話。

包廂裡有排列成ㄈ字形的紅色沙發以及中央一張桌子，麥克風就放在桌上。正面牆上有一臺大型的液晶螢幕，另外還有鈴鼓和砂槌等東西。

「今天非常謝謝妳抽空前來。重新自我介紹一下，我叫白倉靜也。」

大家點的飲料都到齊後，身為蓮的朋友同時也是今天要商量問題的青年，坐在岩永對面的位子上如此端正鞠躬。他的身高並不算太高，大約一百七十公分上下。整體線條細瘦，容貌上有些女性化，膚色也白得引人注意。體格看似纖細不過姿勢端整，有種即使遇到多多少少的強風或地震彷彿也不為所動的穩定感。感覺就像一把刀工精湛的日本刀。

要形容他是個美青年或許也不為過。目光銳利灑脫，又隱約帶有幾分憂愁。畢竟據說是出名劍客的後代，搞不好這位靜也同樣會使劍。假如在時代劇中扮演俊美劍客，無論當主角或反派應該都會爆紅吧。

靜也接著說道：

「關於岩永同學的傳聞，我從以前就有耳聞。我一直認為恐怕也只有這個人能夠為我心中的煩惱給出一個答案，但無奈我並沒有能夠找到妳商量問題的人脈，所以本來已經死心放棄。然而最近我才知道秋場原來在高中時代有將近三年的時間都和岩永同學參加同一個社團，也聽他描述了妳在社團中活躍的表現，讓我覺得還是希望可以請妳至少聽聽看我的問題，所以就拜託他勉強幫我介紹了。」

岩永這時看向坐在靜也旁邊喝著可樂的蓮。

「你究竟是怎麼形容我的？」

「也沒什麼，就是純粹的事實而已。」

蓮別開視線如此表示。

「再講得詳細一點。」

「就是妳一如傳聞，是個無論對於多麼奇特不可思議的事情，都能用合理解釋否定靈異存在的人。另外還有那個解決問題的方式，看起來彷彿使用了什麼靈異或怪異力量的事情。」

「使用靈異力量否定靈異存在，你不覺得這種說明很矛盾嗎？」

「可是當時的天知社長跟風間同學也都這麼說啊。」

蓮試圖把責任分散給其他的社員。高中時代，岩永因為某些理由參加了一個名叫推理研究社的社團，也多多少少解決過一些神祕的事件或問題。然後正如蓮所說，她在私底下也有透過靈異力量處理那些謎團，因此可以說社員們的觀察是很正確的。

話說回來，明明聽了那樣矛盾的說明竟然還是希望找岩永商量問題，看來這位叫靜也的青年內心的煩惱應該非常棘手的樣子。蓮從高中時代開始就因為個性較軟弱的緣故，好幾次都難以拒絕別人的拜託而把商量委託帶到社團來。這次大概也是在靜也的萬般懇求下提心吊膽地拜託岩永聯絡的吧。

「我不曉得傳聞中怎麼形容的啦，但我是個不相信什麼幽靈、妖怪或外星人而重視科學的現實主義者喔。」

岩永帶著幾分謊言對靜也如此露出苦笑。雖然她與外星人是真的無緣，不過跟妖怪其實很親近，在這間KTV中也有見到幽靈，剛剛還對進店的岩永恭敬問好過。

她接著咬住漂浮汽水的吸管，催促話題繼續講下去：

「然後呢？你要商量的問題是？反正難得有這個緣分，要我聽聽看你的煩惱也無妨。」

對岩永來說，畢竟這次的內容似乎與妖怪有扯上關係，因此也沒有要馬虎帶過的意思。

靜也露出做好覺悟的表情後，突然滔滔不絕地說了起來：

「我家從江戶時代以來代代傳授一種叫無偏流的劍術流派，這和我想問的事情有非常深的關係。雖然一般講到劍術大家比較熟悉的是柳生新陰流、天然理心流、一刀流或示現流等等的流派，不過無偏流由於術理明瞭且實力強悍，據說江戶當時非常有名氣，甚至有一時全國門生超過三千人。然而進入明治後一方面也由於廢刀令的緣故，劍術變得並非絕對需要學習，因此流派已經沒有過去那樣強大了。不過其理論內容也有延續到現代的劍道，至今依然有道場繼續傳授著流派與劍術。」

他一口氣講到這邊，頓時不安地放低聲量。

「對女生講什麼劍術流派恐怕也沒什麼概念吧？」

或許他對劍術的情感強烈，談論起來就會不小心熱血過度，曾經有過讓女性聽到困惑不解的經驗吧。

要是他因此變得客氣畏縮也很難繼續講下去，於是岩永微微一笑：

「我最起碼知道圓月殺法喔。」

「那是虛構人物的招式啦。」

蓮一副很傻眼地吐槽，不過那毫無疑問是很出名的劍技才對。

靜也表情認真地指責蓮：

「這樣至少比完全不懂劍術的人要來得好講話啦。」

「可是一般來講，應該會先提起自己知道的出名劍客吧？」

於是岩永只好試著列舉自己知道的劍豪：

「我是知道新免無二齋或柳生宗冬啦。」

「妳根本是故意避開名人對不對？其實妳很懂劍道吧？」

蓮當場露出四肢無力的表情，但岩永覺得好歹也該懂得這點程度的玩笑話才對。順道一提，無二齋是宮本武藏父親，而宗冬則是柳生十兵衛的弟弟。

似乎已經感到疲憊的蓮接著對靜也表示：

「岩永同學雖然基本上有點壞心眼，但如果是她沒意思要處理的事情，她也不會像這樣動身。你就照你平常的調子談論劍術沒關係，和雪女有關的部分她也會理解啦。」

靜也大概是將岩永的幽默詼諧好意解讀，透白的肌膚稍微變得氣色較佳，再度開口：

「無偏流的開宗始祖叫井上又右衛門正勝，其劍術在當時來說是非常合理的內容，從揮劍、運腳乃至鍛鍊的方法都說明得鉅細靡遺，甚至會配合具體的數字與標準進行傳授。無偏流基本上就如其名，在鍛鍊時不會偏重什麼部分，無關乎慣用手、慣用腳是哪一邊，認為應該全身均衡鍛鍊，以期能夠隨心所欲地活動身體。」

這樣的劍術岩永還是第一次聽說。以江戶時代來講，這樣的內容可以說相當貼近現代，感覺比較類似西洋的思想。日本的傳統技藝不僅限於武術，基本上都為了強調精神層面的東西以及神祕性，具有刻意避免讓本質顯得清楚明瞭的傾向。雖然其中的確也有較難明瞭化的部分沒錯。

「也因為這樣，無偏流傳授的劍術非常清楚易懂，據說就算是不具備特殊才華的人，只要認真修行還是能夠成為一名出色的劍客。對於生在武士世家卻不擅用劍的人來說，這是再適合不過的劍術。而且也因為容易進步變強，所以相當有名氣的樣子。」

「不過這點聽起來應該也容易成為負面的評價。外人搞不好會認為學習無偏流的都是沒有才華的人，因而看不起這門劍術，甚至也會有人因此不願入門吧。」

認為清楚易懂的學問是因為它沒有深度，覺得帶有神祕性而複雜難解的東西才比較高等。這同樣是一般人常有的傾向。

靜也彷彿正期望岩永提出這點似地點頭回應。

「沒錯，聽說當時還有人故意宣揚那樣的評價。不過開宗始祖又右衛門厲害的地方就在於能夠從那樣清楚明瞭的基礎中發展劍術，進一步創立更高等的劍技與理論。無偏流的劍術雖然簡明易懂，但越是接近其奧義，就越需要勤於鍛鍊才能實踐招式。若能夠修練到那樣的境界，實力就會強到連其他流派的師父都不是對手。」

反過來講，那劍術大概出名到其他流派都會忍不住想擴散負面評價的程度，而且實際上也有得出成績吧。

岩永用湯匙挖起浮在汽水上的冰淇淋。

「原來如此。就算實踐上有其難度，只要理論清楚明瞭就比較容易修練。即使沒有才華，也會覺得只要努力不懈，總有一天就能達到高手的境界。雖然說實際上時間是有限的，而且隨著年齡增長體力也會衰弱，變得難以修行，因此光靠努力能夠達到的境界還是有限。到頭來缺乏天賦的人還是難以成為高手，不過只要有一定程度的才華，就能很有效率地成為一流劍客是吧。」

靜也似乎因為岩永的理解能力實在過於準確而有點傻住的樣子。雖然在傳聞中已經有所聽聞，不過實際上岩永的外觀看起來年幼得像個中學生，所以他或許剛開始多多少少有點懷疑岩永的能力。像剛才岩永戴著貝雷帽，披著紅色的大衣又拄著拐杖現身於包廂的時候，他也偷偷向蓮確認過是不是這個人沒錯。

靜也接著重新端正坐姿。

「雖然和現代的運動科學與人體知識相對照，還是會發現又右衛門的劍術中有幾項錯誤，不過跟當時的其他流派比起來已經算大幅理論化，我認為以傳授他人的劍術來講可說是最高水準的流派。」

看來他果然也有修練自家傳承下來的劍術，搞不好在劍道上也擁有高等的段位。他不但舉止上找不出缺點，目光又銳利，或許這也是原因之一吧。

靜也從柔軟的沙發上起身，從桌上拿起一支麥克風當成刀，動起身體展示。

「然後在無偏流之中特別有三招被當成奧義的祕劍。一招是『落花』，簡單來講就是用單手橫向揮刀，可以從比平常更遠的距離砍到對手的招式。關於這招的姿勢到運腳的方式，又右衛門都有詳盡記載並傳授給弟子。雖然只要按照其內容擺出動作就能重現招式，但是想練成必要的肌力、體幹、呼吸與距離判斷能力等等也不容易。不過修練這招的步驟方法都傳授得非常清楚。」

他說著，大幅往前踏出右腳，讓左腳留在身體後面的同時，把右手中的麥克風橫向一揮。這大概就是『落花』基本的形式吧。

至於招式名稱或許取自能夠像切落花朵般砍下對手腦袋的意思。由於姿勢上非常勉強，就算刀鋒真的能碰到對手，要斬斷身體應該還是需要相當程度的力氣與技巧。

「第二招叫『張弓之月』。這是從下段姿勢如描繪半月一樣把刀尖往上揮起的同時用單手突刺的招式。從對手的角度來看就彷彿在遠距離處往下放的刀突然消失，緊接著自己身體就已經被貫穿了。這樣形容起來雖然好像很簡單，而且實踐理論也很清楚明瞭，然而要真的重現這招，所需的鍛鍊過程可一點都不容易。」

靜也同樣展示了一下『張弓之月』的型。所謂張弓之月就是半月的別稱，應該是取自從下段動作往前突刺時刀尖畫出的軌跡吧。這招就跟剛才的落花一樣，無論姿勢也好、腳步也好，感覺都必須在一瞬間做出很勉強的動作。單手握著刀柄末端往前刺的動作，多多少少讓人會聯想到西洋的擊劍。

靜也把腳縮回來，轉朝岩永後，將麥克風放回桌面並坐到沙發上。

「然而問題就在於最後一招祕劍——『垂雪』。唯有這招，又右衛門無法明白地講解其術理，就連他自身也沒辦法隨心所欲地施展，據說光是要示範給弟子們看都很困難。為此感到羞恥的又右衛門在五十五歲時，留下字條表示自己要遠出修行以完成『垂雪』，然後就這麼失蹤了。由於他早年喪妻而舉目無親，而且對自己的弟子們非常信賴，才能辦到這種事情的吧。」

講到這邊，靜也喝了一口烏龍茶，喘了一下氣後，繼續說道：

「無偏流在又右衛門消失之後，也依然透過高徒之手發揚光大了。由於出色的弟子眾多，修行方法又清楚明瞭，所以就算開宗祖師不在也不會對宣揚流派造成影響。另外有點諷刺的是，正由於在各種明瞭的內容之中唯有一招不明確的劍技存在，反而提升了流派中的向心力。因為若沒學得『垂雪』就不算是精通無偏流，所以大家不會轉學其他流派，而都留下來繼續努力鍛鍊了。」

這確實是一種諷刺。開宗祖師失蹤後音訊全無，也是個充滿謎團的部分，或許這點也成為了一種魅力。

「換言之，神祕而難以理解的東西比較能夠吸引人的這項真理，終究獲勝了是吧。」

對於岩永這樣的感想，靜也同樣態度凜然地說道：

「不過就在又右衛門失蹤三十八年後，德川家齊擔任幕府將軍時，出現一個人物學得了傳說中的劍技『垂雪』，甚至把其中的術理都解析出來了。那人物名叫白倉半兵衛英昭，當時二十五歲。由於他的存在，讓無偏流的劍技最終完成了。」

岩永感到有點奇怪。因為流派完成應該是好事，但靜也的表情卻隱約流露憂愁。

「然後相傳白倉半兵衛是在某處的山嶺遭遇到妖怪雪女，並透過斬殺雪女而悟出了『垂雪』的術理。」

以清楚明瞭為象徵的劍術流派中，忽然出現了雪女這種可疑的存在。而且還是在『促成流派完成』這樣重要的部分。

「因為這樣，讓無偏流與雪女之間有了無法切割的關係。」

如雪女般肌膚白皙的青年不帶絲毫笑意地如此斷言了。

岩永稍微攪拌一下綠寶石色的汽水，盡可能語氣溫和地問道：

「那位斬殺了雪女的白倉半兵衛就是你的祖先嗎？」

靜也點點頭。

「是的，不過半兵衛終生未娶，是由養子繼承家名，因此和我應該沒有血緣關係才對。但就祖譜來看是我的祖先沒錯。」

雖然這講法讓人有點在意，然而岩永沒有多問，而是針對雪女的部分稍微深入討論：

「就算同樣是雪女，在不同地區也被稱作雪女郎或雪女童。傳承故事中有的形容是年輕女性，有的又說是老嫗。危害的方式也各不相同，有的會襲擊男性奪取精力，有的則是會擄走小孩。他斬殺的是什麼樣的雪女？」

「那雪女據說年輕貌美，穿著一身和服，不分晝夜都會現身山嶺，用寒冰做成的刀斬殺持刀路過的人類。假如是沒有持刀或棄刀逃跑的人，她似乎就不會攻擊的樣子。不過在準備越過山嶺的集團中只要有任何一個人持刀，就會立刻被白霧般的東西籠罩四周，然後遭到雪女襲擊。」

靜也用情緒平淡的語氣如此回答。岩永接著稍微沉思。聽起來這並不是完全虛構的故事。

「既然有人就算被襲擊也能平安脫身，代表目擊過雪女的人應該不少吧？」
「是的，所以藩府也有派遣實力高超的人到那座山嶺討伐雪女，卻好幾人都反過來遭到殺害了。甚至連犧牲者的名字都有記錄下來。在山腳的村落也流傳那個雪女對武士有特別的仇恨。」
「在山路上遭受武士粗暴對待甚至最後還被斬殺的年輕女子，幻化為雪女現身——感覺也有可能是類似這樣的背景呢。」
總是主張妖魔鬼怪不可能存在的岩永，卻有這種彷彿承認雪女存在似的發言，應該會讓人產生感到奇怪的反應才對，不過靜也和蓮都很識相地沒有多講什麼。
「雪女現身的原因雖然不明，但那條山路實際上發生過許多受害案例也是事實。而據說當時周遊各地修行中的半兵衛得知這件事後，便不顧其他人勸阻，獨自前往山中了。」
聽到靜也的說明，岩永抓了一下頭。
「該說是好事之徒嘛，那位白倉半兵衛究竟是個怎麼樣的人物？」
就算是江戶時代，到了德川家齊擔任將軍的時期也已經是十八世紀末或十九世紀初，應該是妖魔鬼怪們的存在感開始變得稀薄的時代才對。在那種時代中竟然輕易相信妖怪出沒的傳聞並前往山中，可見是個相當奇怪的男人吧。
雖然岩永這種講法，換個角度搞不好會被解讀為在罵對方祖先是瘋子，不過靜也看起來並不以為意地說明起狀況：

「傳說半兵衛當時愁於自身的劍術不成熟而感到焦急的樣子。然而他其實自幼學習無偏流，被周圍的人稱作天才，是個才二十歲就習得祕劍『落花』與『張弓之月』的劍客。就連他的師父中川嘉十郎都說，他總有一天肯定能夠悟出『垂雪』的奧祕。」

原來是個自我評價很低的男人。雖然總比自我意識過剩的人來得好，不過明明擁有卓越的才華卻哀嘆自己不成熟，他周圍其他無才的人想必很尷尬吧。

就在岩永含著吸管喝汽水的時候，靜也繼續說道：

「然而正由於半兵衛具備非凡的才華，讓他清楚看出了自身的極限，明白自己實在難以學得『垂雪』。據傳半兵衛本來是個不適於學劍的男子。他身材不高大，比起一般男性更纖細。膚色白皙而五官端整，甚至有時會被人誤以為是女性。不過換個講法也代表他是個相當俊美的男子，很受到周圍女性的歡迎。雖然說他本人對於不適合當劍客的纖細體格與手臂抱有自卑感，因此即使被女性愛慕也只會感到厭煩就是了。」

岩永重新觀察起靜也。他雖然剛才說自己沒有血緣關係，不過半兵衛的外觀搞不好就跟靜也很相似。

「後來半兵衛為了尋找突破自身瓶頸的方法，二十三歲時離鄉周遊各地修行劍術。然而過了兩年始終沒有收穫，正當他快要陷入絕望的時候，聽到了關於雪女的傳聞。」

「原來如此。他覺得如果與常理之外的妖怪交手，或許就能領會超越常理的道理是吧。」

岩永認為自己應該非常準確地解析出當時半兵衛的心境。更進一步說，她甚至認為那青年當初需要接受心理輔導才對，不過她並沒有把話講得那麼白。

「妳說得一點都沒錯。由於無偏流的術理而看出自身極限的半兵衛認為，就是要找妖怪當對手才有可能找出一線希望。」

靜也對於不需要全部說明就能理解的岩永露出敬佩的眼神。

「然後他真的遇到雪女，並斬殺了對方？」

「是的，黃昏之前從村落出發前往山中的半兵衛，到了半夜再度回到村中，並告訴村民自己斬殺了雪女。他的衣服到處被刀劃破，被鮮血滲染，而且他本身與出發前相比也看起來精疲力竭，因此村民們都猜想他應該經歷了一場非比尋常的苦戰。」

假如真的與雪女持刀對峙、斬殺了對方，半兵衛可說是踏入了超越常理的境界。但岩永認為這種事情實在不可能辦得到。

畢竟雪女能夠飛天，也擁有各種從刀劍的攻擊範圍之外打敗人類的方法。可以操縱冰雪或寒氣，輕易凍死劍客。就算堅持一定要用冰刀砍人，只要雪女別輕忽大意到太誇張的程度，應該不可能會被人斬殺才對。

「半兵衛很簡潔地向村民描述自己與雪女之間的死戰，也提到自己在那樣的生死之際悟出了祕劍『垂雪』的奧祕，才好不容易靠一刀斜砍斬殺了雪女。但他又表示自己的『垂雪』還不完整，沒有清楚掌握其中的術理。必須趁自己還記得砍殺雪女時的感覺，趕緊修練才行。於是他拜託村民幫忙準備進山修行所需的物品，到隔天傍晚又再度出發了。」

由於領會了自己渴望已久的劍技奧祕，希望在遺忘之前趕緊掌握為自己的東西。就行動上來講並沒有不自然的部分。

岩永不禁推想，這故事中究竟含有幾分真實？

然而靜也卻有如要阻止那樣的臆測般說道：

「雪女從那之後就再也沒出現在山中，即便有人腰際配刀越過山嶺，也不會再遭遇任何怪異存在了。這些都是在村落與藩府有留下紀錄的事實。」

「呃不，我沒有要否定到那種程度的意思。」

岩永把右手食指放到自己額頭上。靜也對於抱持懷疑態度的岩永並沒有特別指責，繼續講述起自己祖先的偉業：

「半兵衛過了大約兩個月後又回到村落，並前往向師父嘉十郎報告自己成功學得『垂雪』的事情。更在嘉十郎面前與道場的高徒交手，表演施展『垂雪』的劍技。結果每個對手都連揮動竹刀的機會也沒有，就被半兵衛搶先擊敗了。」

「『垂雪』應該是傳說中的劍技，要怎麼知道半兵衛示範的招式和開宗祖師又右衛門的劍技是一樣的？」

岩永試著提出半兵衛用自己獨創的招式替換掉包的可能性，但靜也立刻否定那樣的說法：

「雖然是傳說的劍技，不過又右衛門有留下概要形容那是什麼樣的招式。而那個概要的內容與半兵衛示範的招式是一致的。而且當時親眼見證過又右衛門施展『垂雪』

的弟子們還有幾位依然健在。半兵衛同樣在那些人面前施展劍技，結果他們都當場落淚，跪到地板對半兵衛垂下頭，慶祝無偏流總算完成了。」

既然是失蹤了三十年以上的開宗始祖所施展的傳說招式，當年有幸親眼見證的弟子們應該都已經超過五十歲才對。岩永想像著那樣的一群人對一個肌膚白皙的俊美劍客伏首讚嘆的情景，不禁感受到劍術世界之深奧。

「半兵衛不但能夠隨心所欲地施展『垂雪』，更能用明瞭的話語詳細解釋其術理。無偏流於是完成了。將這些無偏流的奧義記載下來的書籍在我家代代相傳，據說從當時就是即便隸屬其他流派，只要有實力的人都能閱覽，絕不私藏的樣子。」

岩永疑惑歪頭。

「流派的祕劍或奧義通常不是應該保密嗎？要是被其他流派的人知道了底牌，交手起來肯定會很麻煩吧？」

在多半狀況下，要是底牌被人知道就會變得對自己不利才對。岩永聽說有些流派中就算是稱為祕劍的招式，其實只要原理被揭穿就容易遭到破解，在某種意義上是比較類似於奇襲或暗算的招式。

「無偏流的想法認為，假如底牌被人知道就會輸的劍技終究也只有那點程度。又右衛門表示，即便被對手知道內容也照樣能獲勝，才叫貨真價實的劍術。」

那樣的透明性確實令人佩服，不過看來那位開宗始祖又右衛門徹頭徹尾地想要把劍術的神祕性完全剝除的樣子。

靜也斬釘截鐵地說道：

「這反過來也表示，流派所傳授的劍技與奧義絕非知道內容就能輕易模仿或破解的東西。由於不管要施展什麼招式都需要經過日復一日的鍛鍊，所以就算被對手知道也沒什麼好害怕的吧。像『垂雪』也是一樣，雖然原理清楚明白，但如果要重現招式也難以想像究竟需要多少的天賦與努力。」

蓮這時插嘴表示：

「所謂『理論上可能』這種講法，通常都是代表『不可能』的意思啊。」

關於這點岩永雖然也感到同意，但未免講得太直接了。

「那麼那招『垂雪』只有半兵衛有辦法施展嗎？」

靜也態度從容地搖搖頭。

「半兵衛逝世之後，有兩個人也成功學會了那招劍技。這也證明半兵衛的理論是正確的。至於那兩人之後之所以沒有再出現能夠施展的人物，很大的因素在於社會上已經變得沒有那樣磨練劍術的動機了。畢竟從半兵衛算起，過了三代之後就進入二十世紀啦。」

剛才靜也提過的廢刀令是於一八七六年頒布。到了十九世紀末，日本刀已經變成了非日常的道具。

岩永對於無論先人如何憑藉執著、賭上生命奠定基礎也終究輕易沒落的技藝不禁感到些許同情，而脫口說出自己的感想：

「在十九世紀中期爆發的戊辰戰爭中，以心形刀流的天才而聞名的伊庭八郎據說也是持刀奮戰，但最後依然因為近代武器而戰死了。由於劍術高超而受人尊敬的機會逐漸消失，到了明治之後想必也難有人會想要挑戰難於學得的祕劍吧。」

結果靜也頓時睜大眼睛。

「真虧妳竟然知道心形刀流啊。」

「所以我就說岩永同學很恐怖嘛。」

蓮雖然從旁多嘴，但可別小看了資訊化的社會。搞不好在不知不覺間就會大量出現對刀劍或劍術知道得很詳細的女生們呀。

靜也小聲咳了一下。

「言歸正傳。半兵衛後來繼承了師父的道場，讓無偏流又更加發揚光大了。而據說他嘴上總會說自己是因為和雪女交手才領會出『垂雪』的奧義，一切都是雪女的功勞。就連在藩主面前表演比武，被問及『垂雪』的奧義時，他也不斷讚揚雪女的存在。」

「因斬殺妖怪而領悟劍技的故事雖然有趣，但稍有一步走錯，也可能被人嘲笑那是可疑的劍術吧？」

岩永提出這項令人在意的問題，而靜也點點頭後，仔細回答：

「雖然我無法正確得知當時的風氣如何，但比起現代，應該還是個會相信妖怪存在的時代，而且聽說也有人接受他那樣的講法。另外，假如半兵衛只是個普通的劍客，或許還會遭人嘲笑。然而他總不吝於施展被稱為傳說的祕劍，因此有不少人解讀那是因為某種唯有高手才能理解的理由，所以他才會這麼表現的。」

「也就是說，他刻意對外宣揚雪女的存在嗎？不，或者是他的劍技看起來實在高超到假如沒有那樣超越常理的存在，就難以說明的程度吧。」

另外也可想成是故意強調妖怪的存在，能夠使他學得祕劍的過程帶有神祕性，反而能夠增加說服力。雖然這樣與祖師又右衛門所提倡的劍術透明性完全背道而馳，但就戰略來說並不壞。話雖如此，不過岩永本身還沒得出一個結論。

靜也繼續平淡說明：

「雪女與無偏流的關係逐漸變得出名，而弟子中也開始有人進言認為在標榜明瞭的無偏流中混入那樣可疑的存在是否不妥。然而半兵衛並不聽勸，據說依然繼續向人講述雪女的存在。」

「畢竟他是多虧雪女才學得奧義。即便對方是在山中大量殺人的妖怪，或許他心中依然感到有恩吧。所以會不會一方面也為了當成供養，才那樣宣揚雪女的存在？」

「是的，在白倉家也是那樣相傳下來。而且聽說半兵衛也不忘每年供養祭拜那些在山上被雪女殺掉的人。」

由於靜也承認了這點，於是岩永試著提出稍微帶有懷疑的見解：

「反過來想，半兵衛搞不好是害怕雪女報復呢。他或許想要藉由讚揚雪女的存在以化解當年斬殺對方造成的仇恨，希望對方別化為怨鬼來找自己。」

只要表示一切都要歸功對方，表達感謝之意，被斬殺的一方或許也會稍微消除怨氣。這想法應該也很符合重視禮節的武術。

結果蓮感到可疑似地說道：

「說妖怪化為怨鬼會不會有點奇怪啊？而且岩永同學，妳不是不相信什麼妖怪或幽靈的嗎？」

「我只是說當時的人可能會這麼想而已。」

妖怪雖然不會化為怨鬼，不過妖怪的同伴或親人就有可能來報復。到時候岩永身為妖魔鬼怪的智慧之神，必須出面表示雙方都有錯而制止報復行為的可能性就很高。然而就現階段來講，還無法斷定雪女是否真的在山上大量殺人，也不知道半兵衛是否真的跟雪女交手過。

靜也對於岩永這樣有如嘲弄的解讀非但沒有感到生氣，反而睜大眼睛愣了一下後，繼續說道：

「半兵衛雖然終身未娶，不過他回到家鄉五年後收了一名養子，將其培育為自己的繼承人。然而又過了十年後，半兵衛死於一場神祕事件了。」

岩永把漂浮汽水的冰淇淋放進口中，舉起湯匙。

「死於一場神祕事件？」

本來岩永還漸漸開始疑惑這一大段的劍術奇談中，究竟有什麼值得苦惱的問題，不過這下總算出現或許是主題的部分了。看來剛才提到雪女的報復也不是不可能的事情。

「那是發生在半兵衛四十歲那年的十一月左右。半兵衛的道場與自家是在同一個地方，而正當大白天，門下弟子在道場勤奮練習的時候，半兵衛被人發現穿著練習用的服裝，渾身是血地倒在自家庭院中。有一把太刀與刀鞘掉落在旁邊地上，而他本身則是被砍傷了頸動脈。」

靜也沉下纖長的睫毛，表情悲痛地描述：

「據說他是在道場指導劍術的途中表示自己要上個廁所而離開，但幾名門生見他遲遲不回，感到奇怪而去找人，才發現了半兵衛。被發現時，半兵衛還勉強留有一口氣。就在門生圍繞著他驚問究竟發生什麼事，是什麼人下手，現場一片混亂之中，他用沙啞的聲音這麼說——」

岩永聽著雙眼直視她的靜也說道：

「雪女。」

蓮或許事前已經聽過這段內容，所以沒表現出驚訝的反應，但可能是朋友現在描述時的態度比他原本想像的還要沉重，讓他的表情有點困惑。

靜也則是語氣依舊地繼續說著：

「半兵衛接著就這麼斷氣了。死因似乎是失血過多。而弟子們都表示半兵衛臨死之際講的那句話，聽起來就像在告知是誰砍殺了自己。」

雪女——岩永越聽越覺得這次的問題很棘手了。

靜也又進一步強調雪女的存在：

「當時的人說，那簡直就像是半兵衛十五年前斬殺的那個雪女的親人，跑來為雪女報仇的。」

看來人們並沒有誇張到認為是斬殺的雪女本身化為怨鬼來尋仇的樣子。

「半兵衛頸部的傷看起來是從正面的刀傷，也找不到其他傷口。因此判斷他應該是被對手從正面揮刀砍死的。」

「掉在地上的刀是半兵衛的東西嗎？」

「不曉得。由於沒有人正確知道屋中究竟有幾把刀，因此可能是其中一把，也可能是凶手自己帶來殺掉半兵衛後丟棄在現場的東西。」

若非相當出名的名刀，或許也不會有人知道究竟是誰的東西。而十九世紀別說是指紋採檢了，連個像樣的科學搜查手法都沒有，要調查應該很困難吧。

岩永姑且試著將事件化小。

「那麼調查凶手的行動如何了？其實不用把妖怪充當凶手，這不就是一樁單純的殺人事件嗎？畢竟是在藩主面前進行過比武表演的出名劍客喪命，奉行所肯定也不敢隨便敷衍吧。從狀況來看，或許是有小偷溜進來偷東西，卻被正在指導劍術中途離席的半兵衛撞見，所以殺人滅口。這樣說明應該也沒問題才對。掉在地上的刀也可能是小偷從屋裡偷出來而直接當成凶器了。」

「當時半兵衛雖然已經四十歲，然而在劍術上依舊實力無雙，據說還經常與其他流派較技，而且從無敗績。因此實在難以想像有人能夠拿刀從正面將他砍死。就算半兵衛是赤手空拳，如果有人從背後襲擊也只會被反擊而已。區區一個不小心被撞見的小偷，怎麼想都不可能殺得死半兵衛。」

靜也不出所料地如此反駁。或許在江戶時代早有過這段問答了。

「那麼會不會是半兵衛自殺呢？」

這雖然是最有可能性的解釋，但同樣立刻遭到否定：

「他沒有那樣的動機。半兵衛的道場出名到他甚至苦惱於如何限制入門人數的程度，也有人推舉他擔任藩府的劍術指導。更由於他獲得領主青睞，甚至會到城府中指導劍術，就經濟上來講完全沒有困難。雖然據說當時也有考慮到自殺的可能性，然而半兵衛的生活可說極為清廉，一輩子只為劍而生，沒有任何異性關係上的謠言，也找不出做過任何虧心事的跡象。」

「那會不會是因為到了四十歲，感嘆自己的劍術開始不如從前而選擇離世的？」

「據傳半兵衛的祕劍『垂雪』隨著年齡增長越來越厲害，甚至有人認為他遲早會創出新的無偏流祕劍，很快能夠創立獨自的流派，而深受世人期待。就連以前拜師於又右衛門的弟子們都表示，半兵衛已經可以自稱為白倉無偏流，覺得那樣又右衛門大人肯定也會高興的程度。所以不可能是因為感嘆自己實力衰退而自殺的。」

蓮這時露出難以理解岩永意圖的表情從旁幫朋友講話：

「岩永同學，就算要自殺，在指導弟子們的途中離席到自家庭院自殺，也未免太唐突了，說不過去啊。」

「假如是原本真的要去小解，但途中忽然產生動機而在衝動之下自殺的可能性呢？」

岩永雖然抱著不無可能的想法試著提出這項假說，可是蓮卻一副懷疑她缺乏常識似地垂下肩膀。

「什麼狀況會那樣啦？」

「例如突然有客人來訪，向他告知了什麼令人絕望的消息之類的呀。」

或許這樣的可能性已經早就被討論過了，靜也毫不猶豫地搖搖頭。

「據說當時沒有任何來客。半兵衛的宅邸雖然沒有建大門，不過包含道場在內四周都有圍牆，外人無法隨便進入裡面。而且也沒有留下半兵衛外出過的痕跡。」

「照那樣講，應該也沒有被小偷入侵過的痕跡吧。」

「是的，但無法排除是什麼妖怪或怪物從天上飛進來的可能性就是了。」

假如是妖怪，或許就有可能入侵宅邸不被人發現，而且不留下任何痕跡。那樣講起來的話，說半兵衛是被雪女的親人殺掉就會比自殺的說法來得單純了。

蓮這時提出稍微比較現實的否定理由：

「另外，既然半兵衛是一名武士，若要自殺應該會選擇切腹而不是自刎吧？」

或許從前對武士來說，切腹是比較被推崇的做法，但關於這點岩永也有異議。

「以自殺方法來說，切腹是很不實際的。人類只是肚子被切開其實不太容易喪命。就算會死，受苦的時間也很長，而且盡快搶救還有活命的可能。所以武士在切腹的時候才會另外安排一位稱為『介錯』的人在旁邊負責砍頭。實際的切腹案例中甚至有些只是模仿切腹的樣子，由介錯人一刀送命的。」

從前似乎還有一種做法，是用扇子代替短刀做個切腹的動作而已，然後就由介錯人把腦袋砍下來了。

「沒有介錯人的切腹自殺方式反而還比較不可能。如果想避免萬一獲救的狀況，希望死得確實又迅速，切斷頸動脈是很適切的選擇。」

雖然岩永同樣用比較現實的根據進行了反駁，蓮卻好像有點嚇傻的樣子。

「妳怎麼講得好像認識什麼切腹過的人一樣。」

「放心吧，那個人沒死。」

以前岩永的男友櫻川九郎提到自己被切開肚子的經驗時，說過那種程度的傷在喪命之前就會先癒合了。雖然說九郎是個不會感到疼痛的不死之身，所以當成參考案例或許不太適切就是了。

總覺得蓮好像嚇得更傻眼的樣子，不過靜也則是深深嘆一口氣後，對於岩永的反駁做出回應：

「就算那樣，沒有動機這點依然不變。自殺的說法在當時很快就被否定了。然而沒有人能夠殺死半兵衛的事實也同樣不變。他為何在臨死前會說出『雪女』也依然不明。」

假如說是因為當年斬殺雪女而遭到報復被殺，一切就能解釋得通了。妖怪只要發揮出真本事，就算對手是天下無雙的劍客，也照樣能夠封鎖動作並切斷頸動脈。而凶手若是十五年前被殺的雪女的母親或姊妹之類，半兵衛也可能是想講『雪女是凶手』但說到一半斷氣的。

「事件到最後終究沒能找出凶手，半兵衛的死就這麼成為了一個謎。白倉家由養子勇士郎繼承，道場也依舊靠著許許多多的門下弟子守護下來。勇士郎二十歲的時候學會了『垂雪』，後來成為藩府的劍術指導。而他的小孩真太郎也在二十四歲時練得了『垂雪』。不過自從半兵衛死後，無偏流的相關人士們就變得再也不會公開提及雪女了。」

關於無偏流和雪女之間的關係，靜也終於要進入總結。岩永杯子裡的漂浮汽水也幾乎要喝完了。

岩永接著點點頭。

「畢竟在半兵衛可能是遭到雪女殺害的狀況中，大家也不太好提起雪女的事情吧。」

「然而由於半兵衛本人在生前極力宣揚過雪女的存在，所以後來也很難再隱瞞或否定就是了。據說即使到了明治時期，依然還是有人聽到無偏流便會聯想到斬殺雪女的傳聞。」

凡事比起真正的本質，有趣或脫離常軌的部分總是比較容易被人流傳。斬殺雪女的傳說，想必也比流派的指導內容更容易使人留下印象吧。就像宮本武藏雖然是位出名的劍豪，關於他在巖流島上的決鬥以及當時故意遲到等等的逸聞可說是家喻戶曉，但武藏所創立的流派『二天一流』的知名度就沒那麼高了。

岩永對把烏龍茶的杯子端到嘴前的靜也問道：

「這的確是很耐人尋味的故事，不過你找我究竟是想商量什麼問題呢？」

結果靜也有如一刀揮落般銳利回應：

「雪女真的存在嗎？」

當然存在。短短幾個月前，岩永才接受過一名雪女商量，為解決一樁殺人事件以及撮合一段良緣提供過協助。不知那位雪女現在是否過得幸福？

然而岩永畢竟不能這麼回答，於是露出微笑。

「我雖然不相信妖怪，但也沒壞心眼到要否定你去相信。對於無偏流劍術來說，雪女是不可或缺的構成要素對吧？而且正由於有雪女這個妖怪包含其中，使無偏流給人的印象較深刻。說不定藉此會讓流派的名字再繼續流傳個幾百年呢。因為那可以成為很好的故事題材或引人興趣的逸聞。」

雖然就算要讓名字繼續流傳，也不會希望是汙名或提供娛樂的材料吧。但只要名字繼續傳下去，總是比較容易出現想要探究其理論或精髓的人。對流派來說，應該也不完全是壞事才對。

靜也用凜然的眼神筆直凝視著岩永。

「那麼關於白倉半兵衛完成無偏流的經過以及他的死亡之謎，在雪女不存在的假設下有辦法做出解釋嗎？」

「具體來講呢？」

「為什麼半兵衛在領會『垂雪』的事情上，需要虛構一段斬殺雪女的故事？另外，是誰殺了半兵衛？而半兵衛在死前又為何要說出『雪女』這個詞？」

岩永試探著靜也的真意並問道：

「只要假設雪女真的存在就能說明這一切了，又何必執著於現實性的解釋呢？難道有什麼其他問題嗎？」

靜也有如回答預設問題似地立刻回應：

「就算假設雪女真的存在，半兵衛在斬殺了雪女之後的言行上，依然有幾項難以解釋的疑點。」

他接著又舉出具體的例子。

「半兵衛是個俊美男子，又是出色的劍客，從離鄉修行之前就有許多足以讓他當官的親事上門，而修行回來之後又更多了。然而他卻毫不考慮、全數拒絕，據說即便是師父為他介紹的對象也當場婉拒了。」

岩永笑著提出對於這個問題最合理的解釋：

「也許單純只是因為他喜好男色，或者在修行時被木刀或真刀毀了生殖器吧？」

「岩永同學，別若無其事地講出那種話好嗎？」

「這在劍客之中不是什麼稀奇事喔。」

明明岩永從高中時代就是這個樣子了，蓮卻好像還感到在意的樣子。

靜也則是大概知道劍客之中的確有那樣的案例，對於這點沒有多加反駁而繼續說道：

「半兵衛雖然收了個養子，但這小孩卻來路不明。有一天在周圍的人都不知不覺間，半兵衛就帶了個五、六歲左右的小孩到自己宅邸，並告訴大家要將他收為養子。那小孩便是勇士郎。而勇士郎本人長大後也表示不記得自己被帶到白倉家的過程，更沒有在那之前的記憶。雖然收為養子的時候說是五歲，但也不曉得那是不是真的年齡。」

的確，不可否認那位養子勇士郎充滿疑點。

「而且勇士郎與半兵衛長得非常相像，眉清目秀又肌膚白皙，劍術才華在道場中也出類拔萃。十歲就掌握了祕劍的要領，到十五歲便學得了『落花』與『張弓之月』兩招祕劍。因此傳言都說他會不會是半兵衛在周遊各地修行時發生關係的女性所生的孩子。師父嘉十郎曾經直接向半兵衛問過這點，但半兵衛堅決否認了。然而他又完全像對待親生兒子般關照勇士郎，也非常用心地傳授劍術，讓周圍的人都不禁覺得奇怪。」

岩永這下總算明白剛才靜也的講法令人在意的理由了。

「明明說那是自己修行中生下的小孩並沒有什麼問題，而且認作親生兒子也比較能圓融收場的，半兵衛卻始終否認這點。然後那位勇士郎就是與你有血緣關係的祖先嗎？」

假如那小孩可能和半兵衛有血緣關係，那麼靜也同樣就是遺傳有半兵衛基因的子孫了。

「無論雪女究竟存不存在，半兵衛都隱瞞了什麼事情。而且那絕對和他的死亡之謎也有關係。我對這點實在感到很在意啊。」

靜也的言外之意聽起來彷彿在提出另外的問題。感受得出他無論如何都要從岩永口中問出一個答案的激動情緒。

「岩永同學，請問妳能看出這事情的真相嗎？」

靜也從一開始就對岩永抱有特別的期待，硬是透過蓮的介紹試圖與岩永見面。正常來想，對於將近兩百年前祖先的謎團，應該沒有必要如此認真才對。

岩永舉起右手安撫靜也的情緒，態度溫和卻有如介入一場對決並命令把刀收回鞘中似地說道：

「即便對一切疑問都得出令人可以接受的解釋，而且那就是真相，也未必是充滿魅力的內容喔。搞不好當時無偏流的相關人士們其實知道真相，但由於實在太過絕望，才會故意用雪女的謊言掩蔽一切的。」

「我早有心理準備。」

靜也沒有退縮。蓮則是大概沒料到自己朋友會對於找岩永商量的問題如此執著，而露出感到意外的表情。

岩永深深嘆氣後，一度閉上眼睛。

「我明白了。雖然今天沒辦法馬上給你答案，但我會盡力幫你解決問題。」

即使內心不太甘願，然而岩永身為妖怪們的智慧之神，就必須為源自江戶時代的這段雪女恩仇做出一定程度的解決才行。

其實她早就知道了。無偏流，或者說白倉半兵衛毫無疑問有跟雪女扯上關係。

「另外我想問個問題。『垂雪』究竟是怎麼樣的招式？」

雖然就算不問應該也能解決問題，但岩永還是基於半點好奇心如此詢問了。

『垂雪』並非無偏流劍術自創的詞彙，而是在辭典《廣辭苑》中也有記載的用語。意思是形容樹枝上的積雪落下的景象，或單指那落下的積雪。

積在樹枝上的雪會因為本身的重量以及氣溫上升造成融化而變形，最終掉落下來發出聲響。這是由於傾斜角度、重量與摩擦力等等因素間失去平衡才發生的現象，一般難以預測、看穿落下的瞬間。而且會積雪的樹枝不是只有一根，光是同一棵樹就會有好幾處積雪。要判斷那些積雪中究竟哪一處會首先掉落同樣是很困難的事情。

無偏流的祕劍『垂雪』就取名自那樣的現象，是一種讓對手完全無法預測何時會從何處砍來的劍技。似有形而無形，藉由一瞬間的步伐移動與渾身解數的一刀使對手錯估攻擊距離與揮刀軌跡，無從反應之中遭到斬殺。

在無偏流的指導中將這招所需的力氣、呼吸、每一瞬間適切的姿勢，以及連續移動身體重心的方法都說明得鉅細靡遺，據說只要學習劍術到某種程度就不難理解其中所表達的東西。

然而在理解的同時也能明白，正常人光是要僵硬地按照其內容做出動作都不太可能。似乎只能感嘆要辦到完全不僵硬，能根據自己與對手的距離、動作或劍術實力適切做出變化，究竟需要多麼優秀的才能。

不過那項術理的正確性也毫無疑問，假如對自身的劍術才能有自信，並做好一輩子為劍付出的覺悟，感覺依然有可能將這招練到爐火純青。白倉半兵衛就是將祕劍『垂雪』解析得如此清楚明瞭，不但化為言語傳授，也能隨心所欲地重現招式。將開宗祖師又右衛門都無法辦到的這項偉業達成的半兵衛，在無偏流中被譽為超越又右衛門以上的天才。

「以上就是關於祕劍『垂雪』與白倉半兵衛的故事。老實說，在劍術上雖然有令人難以理解的部分，不過我認為那應該是非常了不起的劍技吧。」

岩永坐在一間家庭餐廳的椅子上一邊享用著漢堡排套餐，一邊如此總結。這樣應該就把自己白天在ＫＴＶ聽過的內容，全部都轉述給對面座位上的男人了。

聽完這段話的男子面前則是只有一杯熱咖啡，似乎不太高興地回應：

「為什麼我必須聽妳講這段江戶時代劍客的故事啊？」

「畢竟這故事牽扯到雪女，跟你應該也不算毫無關係吧？」

見到岩永揮著叉子如此回答，室井昌幸原本就長相嚇人的臉上露出了更加恐怖的表情。

幾個月前，數度遭人背叛而感到厭世，有如繭居族般過著隱居生活的昌幸居然還被當成殺人事件的嫌疑人，面臨人生困境。不過後來受到岩永幫助，也和妖怪的雪女交往了。因此他雖然是個普通人卻和妖怪或怪異存在有很深的緣，對於年齡整整小自己一輪的岩永也處於抬不起頭的立場。

「既然同是雪女，我想說你家那位雪女或許知道些什麼，所以本來打算明天到你家拜訪一下的。不過我聽說你現在在這個跟自家相隔了好幾個縣的地方工作，就決定事先來跟你做個說明。」

時間是晚上八點多。岩永由於原本就有向怪物們打聽出昌幸目前任職的地方，於是在ＫＴＶ與蓮和靜也道別後，便直接前往那間公司。等昌幸下班從公司出來的時候上前搭話，將他帶到這裡說明事情順便吃晚餐了。

餐廳中客人零零星星，岩永與昌幸坐在周圍沒有其他人的最深處座位，安靜談話。

昌幸端起杯子，一臉苦澀地把咖啡含進口中。

「畢竟我們有欠公主大人一份人情，是不會拒絕啦。但我家的雪女會知道江戶時代的事情嗎？」

「妖怪的壽命與人類不同，活上幾百年也不是什麼稀奇的事情。不過他們偶爾會進入休眠，並非一直都在活動就是了。而且即使沒有活在那個時代，或許也有聽聞過關於自己同族的傳聞。」

那麼事情的真相很快就能弄清楚了。

「嗯，她身為妖怪應該也有什麼我不知道的苦處吧。」

昌幸露出由於自己對那方面的知識不足，而擔心是不是對自己家的雪女表現過什麼失禮態度的表情。但既然他立刻能夠有那樣的想法，岩永也不需要多操心了。

「上次那件事情之後，你應該和雪女過著很甜蜜的生活吧。」

「我們可沒像妳想的那樣成天膩在一起。她就是喜歡吃，只要有東西吃就很幸福了。最近甚至體重明顯增加啦。原來妖怪也是會變胖的。」

「既然有親密接觸到能夠感受出對方體重變化的程度，就算是非常甜蜜了。之前我也講過，請務必要注意避孕。」

除非經常抱起對方身體或讓對方壓在自己身上，否則應該不會有那種感想才對。

聽到岩永這樣婉轉地指出語病，昌幸頓時露出更嫌棄的表情撇開話題：

「現在我平常工作都會留在這邊，只有週末會回去那邊的自家跟雪女生活。今天我本來也準備要開車回去那邊的。」

這麼說來今天剛好是禮拜五。如果搭昌幸的便車，岩永應該就能馬上見到雪女。然而他們相隔一週的約會卻從一開始就去打擾人家，那才真的叫沒禮貌吧。

「看起來你回歸職場也很順利的樣子。」

昌幸聽到這句話又垂下了嘴角。難道他在這點上並不感到高興嗎？

「要說回歸職場，其實也只是以前公司的傢伙們苦苦哀求我回去，所以用臨時聘僱的形式去幫個忙而已。那群傢伙雖然當初把我趕走，卻似乎太過小看我本來進行的業務內容與工作調整了。雖然勉強敷衍了幾個月，但是到之前那樁殺人事件發生的時期據說已經瀕臨危險邊緣。」

「然後公司中的能幹人才又因為那起事件遭到逮捕，讓公司更加難以正常運作了是吧？」

當時昌幸原本的部下就是事件的真凶，而昌幸可說是命中註定被捲入了殺人事件之中。

「因為那傢伙最瞭解我原本做的工作啊。當公司面臨危險邊緣時，主力人物又因為殺人遭到逮捕。站在公司的立場當然需要給客戶一個交代，而且延期交貨也無可避免。若不來哀求我回去，他們也難逃困境。畢竟當初形式上是被大公司收購，要是沒搞好，原本公司那些成員很可能會被當成蜥蜴尾巴遭到切割放逐啦。」

「如果不向以前背叛過的人低頭就只有等著自滅是嗎？站在你的立場來看，想必非常痛快吧。是不是提了一大堆對自己有利的條件接下工作的？」

「我又不像妳。我也很尷尬好嗎？只是想說剛好可以當成一種復健，我才答應接手的。雖然我也有打算等告一段落後，挖走幾個人另創事業就是了。」

姑且不論內情如何，既然昌幸能過得正面積極，岩永當初幫忙也值得了。

接著，昌幸雖然帶著嫌麻煩的表情但還是主動切入正題：

「話說那個叫白倉靜也的人到底是為了什麼煩惱到那種地步？管他流派跟雪女有扯

上關係或是祖先隱瞞了什麼事情離開人世，都跟活在現代的自己幾乎無關吧？而且聽起來他跟那個白倉半兵衛也沒血緣關係啊。」

「並非無關喔。畢竟他體內可是有流著雪女的血脈。」

昌幸聽到岩永的回應，當場眨了三下眼皮後，說出毫無創意的一句話：

「妳說什麼？」

這對於昌幸來說也不是完全沒有關係。而岩永表情嚴肅地再度強調：

「白倉靜也毫無疑問有繼承到雪女的血統。但就算說是妖怪的血統，只要跟人類結合就會代代變得稀薄，到了最近的世代想必已經沒有顯現什麼特徵了吧。然而可能是隔代遺傳的緣故，在白倉靜也身上卻出現相當明顯的特徵。」

正因為岩永是妖怪們的智慧之神，所以能夠清楚看出靜也的異質之處。靜也提出那句『請問妳能看出這事情的真相嗎』的詢問，可以說完全戳到了本質的部分。

「他對於這點應該還沒有懷抱確信，但已經有感到不對勁了。可能在日常生活中容易察覺到難以言喻的怪異氣息，在運動能力或感官上莫名優於其他常人，或者相反地抱有什麼原因不明的健康問題等等。」

雖然正常狀況下，光是那樣就懷疑自己有繼承到妖怪血統根本是妄想過度，但白倉家跟雪女之間有著很深的關係。

「據秋場同學說，白倉靜也在自家的道場也有學習劍道，但天生容易發生身體不適，尤其夏天甚至會昏倒的樣子。他在學校沒有參加劍道社，也幾乎沒有參加過正式比賽的經驗。然而他運動能力高得異常，劍術方面也優秀到大家認為只要出場正式比賽，優勝者應該就會換人做的程度。事實上他曾經唯有一次出場的時候，就輕輕鬆鬆獲得了優勝。」

對靜也來說，自己表現越是突出，不對勁的感覺就會越強烈吧。

「他在高中時期就學得了『落花』與『張弓之月』兩招祕劍，家裡的人也說他可能遲早會重現許久以來無人能使的『垂雪』。可見他的劍術才華非比尋常，體能也極為優秀。」

膚白貌美雖然是白倉半兵衛的特色，但同時也是雪女的特徵。就像與昌幸交往的那位雪女也是呈現那樣的外觀。靜也的容貌同樣符合這點。

昌幸看起來在腦中拚命整理著自己剛剛才聽說的無偏流、白倉家與雪女之間的相關性，並且依然感到難以置信似地問道：

「但雪女的血統是什麼時候流入白倉家的？」

「他們家世中不就有一位來路不明的小孩嗎？白倉勇士郎。也就是半兵衛收為養子，死後繼承家業，與靜也同學有血緣關係的祖先。」

「難道妳想說他是雪女和半兵衛之間生下的孩子？」

「只要這樣想，很多事情就能講得通了。至少靜也同學應該是這麼懷疑，而擔心著自己體內是否流著非人存在的血脈。所以他才會聽到關於我的傳聞後，認為只有我能夠判斷這件事的真偽，而抱著孤注一擲的心情來拜託我的。」

在人類社交界流傳關於岩永的謠言，真的都只會帶來各種麻煩事。而這次的問題的確是身為智慧之神應該要出面處理的事情，岩永也只能安慰自己總比問題複雜化之後才找上她來得好。

昌幸從岩永剛才的轉述中應該知道勇士郎的存在，也聽說那孩子膚色白皙而眉清目秀了，不過現在看起來腦袋似乎還沒跟上的樣子。

「但為什麼說勇士郎是半兵衛和雪女的孩子？半兵衛不是斬殺了雪女嗎？怎麼可能會跟她生小孩？」

這就是跟靜也所謂祕密相關的部分。

「說到底，若非極為特殊的狀況下，人類要斬殺雪女是不可能的事情。你應該也知道雪女的妖力有多厲害吧？如果傳說所言為真，在山上用冰刀大量殺害劍客的存在就是雪女沒錯。面對那樣好戰且感覺不會鬆懈大意的對手，實在難以想像人類有辦法打倒她。就算真的偶然領會出傳說中的祕劍，用那種招式也不足以砍死雪女吧。」

「那麼實際上當時到底發生了什麼事？」

「你讀過小泉八雲寫的《雪女》吧。在那故事中男子雖然差點要遭到雪女殺害，卻因為長相俊美而得救。後來甚至和雪女在一起，也生了小孩。」

歸化日本籍的英國人所撰寫的書籍，竟然成為了堪稱日本最出名的雪女故事，雖然令人感到有趣，不過關於故事內容也沒有值得非議之處。

昌幸這下似乎總算看出了其中的關聯性。

「也就是說半兵衛雖然與雪女交手落敗，但由於容貌俊美而沒有遭到殺害，甚至還被雪女喜歡上了嗎？」

「或許即便是對武士抱有怨恨而在山中大肆殺虐的雪女，也輸給半兵衛的美貌吧。搞不好她對於在山中殺虐的行為也開始感到膩了。而且很多雪女似乎個性上都容易動情，像你也是受惠於此的人不是嗎？雖然說你長相並不俊美，所以算是相當特殊的例子啦。」

要說昌幸相貌凶惡或許是有點講過頭，不過要說他容貌嚇人也是真的。

應該也有自覺的昌幸頓時垂下嘴角。

「要妳管。但半兵衛後來不是現身在山腳的村落說自己討伐了雪女嗎？而且就是因為他打倒雪女才掌握了『垂雪』的奧祕對吧？這樣果然還是講不通啊。」

「那應該是對貌美的半兵衛心生情愫的雪女為了提升他的評價，故意當作是自己被他打倒了吧，而且還決定幫助半兵衛學得他夢寐以求的祕劍。對喜歡上的男人會傾心付出同樣也是雪女的特性。然後不惜藉助妖怪的力量也想要學得劍術精髓的半兵衛，就利用了那樣的雪女。」

雖然感覺越來越像什麼陰謀論，不過靜也想必也是如此懷疑的。

「半兵衛是在報告討伐雪女之後過了兩個月才再度回到鄉里。那段期間他便是在山中與雪女一同生活，並努力修行劍術。而且也有足夠的時間讓他在雪女肚子裡播種。」

「妳就不能用稍微有氣質一點的講法嗎？那麼半兵衛是在那段修行期間學會了『垂

雪』嗎？」

昌幸一臉難耐地提醒，不過還是讓話題繼續講下去。然而岩永卻搖搖頭。

「那也很難講。假如那樣修行就能學會，他根本用不著去討伐雪女應該就能開竅了。我猜搞不好是雪女將自己的妖力分給他，讓他的運動神經與動態視力都上升了。有些妖怪的確具備那樣的能力。」

「意思說半兵衛是多虧那個力量才有辦法施展『垂雪』的。反過來講，難道『垂雪』是沒有那種妖力就無法施展的招式嗎？」

昌幸的感想聽起來似乎比較能夠接受這樣的講法。

窗外的黑夜中是一片人工燈光閃爍的街景，道路上有許多車輛來來去去，也能看到拿著手機走在路上的年輕人。岩永望著那樣的景象，在家庭餐廳中繼續描述江戶時代的雪女故事。

「憑藉妖力學得『垂雪』的半兵衛回到鄉里，獲得完成無偏流劍術的榮譽。畢竟是自己中意的男人打響名聲，雪女應該也很樂意讓他那麼做吧。而半兵衛離開時表示自己如果帶著來路不明的女性回鄉，可能會遭受周圍人不必要的質疑。所以說服雪女先躲藏在舞臺下，說等他構築起穩固的地位，成為不會受人說三道四的立場後，會再來迎接雪女。」

「對半兵衛來說，他也不想被人懷疑是靠著雪女給他的力量領會祕劍的吧。就算不擔心這點，應該也不會想讓自己身邊公開出現一名身分可疑的女性。後來雪女生下個小孩，又是因為什麼樣的背景讓那小孩勇士郎進到白倉家的？」

「雪女本身是個妖怪，由於壽命很長，對時間的感受也跟人類不同。但小孩可就不是那樣了。或許雪女認為讓孩子繼續跟著自己遠離人世對他不好，所以將小孩交給半兵衛撫養了吧。也可能反過來是因為半兵衛需要有人能夠繼承自己的家與劍術，於是說服雪女，把小孩接過來自己養了。」

對於岩永的說明，昌幸也暫且表示接受。

「畢竟有雪女在的話，半兵衛也沒辦法娶其他女性生小孩吧。既然當初約好會去迎接雪女，要是他敢那麼做可不曉得會遭到雪女如何報復。而且如果是自己的親生小孩應該也能期待劍術上的才華，自然會想及早培育。」

「半兵衛是回鄉五年後收勇士郎為養子的。據說當時勇士郎看起來像五、六歲的小孩。如果小孩成長快一點，就算四歲也會看起來比較大。那麼假設勇士郎是在山中那段事情之後出生，也能符合計算。」

如此一來計算上就沒問題了。

「那半兵衛不願認勇士郎為親生兒子的理由又是什麼？」

「那要看半兵衛是不是真的有意願把雪女接到自己家了。畢竟對方是妖怪，就算一開始有那打算，也可能後來冷靜思考才覺得恐怖起來而想要避開對方。那麼他自然也會跟那小孩保持距離。如果承認是親生小孩，周圍的人想必會追問他究竟是在哪裡生的。因此否認還比較能夠推託敷衍。然而相對地，那小孩畢竟有血緣關係，又有劍術上的才華，所以半兵衛還是會很照顧他。」

如此一來靜也的疑問就能解決了。也就是半兵衛可能因為小孩繼承有妖怪的血脈而感到恐懼，所以不想承認為親生兒子的解釋。

昌幸對這樣的解讀沒有表示異議，接著提出最後一項疑問：

「那麼半兵衛死亡的真相呢？凶手果然是雪女嗎？」

「過了十五年，或許雪女開始要求他差不多該把自己迎娶回家了。但半兵衛卻對於繼續和妖怪扯上關係感到害怕，而想要找機會把雪女殺掉。就某種意義上來說，雪女是握有重大把柄的存在，假如能夠消除當然會想消除掉。於是哄騙雪女說會迎娶她回家，認為只要藉此讓對方鬆懈大意並且從近處出手應該就能殺死她了。」

「果然是這樣啊。」

昌幸似乎也已經想像到這樣的展開了。畢竟他身處的狀況，必須考慮萬一和妖怪之間的關係發生問題時會有什麼下場，其中最壞的可能性肯定也曾經閃過他的腦海吧。

岩永用溫暖的眼神看向那樣的昌幸，並且把最糟糕的範例描述到最後：

「要是挑在宅邸中空無一人的時候把雪女叫來，有可能讓對方感到警戒。因此半兵衛故意選在白天弟子們在道場的時候，途中製造與雪女交談的機會，摟著對方的腰並抓起預先藏在庭院的刀，從背後砍向雪女。」

「結果卻反過來被對方取了性命是吧。」

昌幸腦中這時或許浮現出有如時代劇的景象。將聲望、劍技與家名都得手的膚白劍客為了自私的想法，企圖從背後偷襲同樣膚色白皙且有著豔麗的黑髮，身穿純白和服的女性。然而女性可能早有預感，在千鈞一髮之際躲過凶刀，用冰冷的眼神望向男子。

「雪女可能跟以前在山上時一樣是用冰刀砍傷半兵衛，也或許是奪走他的刀進行反擊。無論再怎麼厲害的劍客，一旦第一手攻擊被閃開，想必也難以招架雪女發揮妖力的反擊。從正面輕易被砍斷頸動脈也是有可能的事情。」

「那麼他在臨死之際被問到是誰下手的時候，也只能回答是『雪女』了吧。」

「沒錯，畢竟那就是事實。而且如果是雪女就能從空中飛過圍牆，偷偷進入宅邸不被任何人發現，行凶後也能悄悄離開不留下痕跡。她對於和背叛自己的男人之間生下的小孩也沒有留戀，所以就這麼丟下孩子沒再現身也不是什麼不自然的事情。」

雖然由於關鍵的女主角是妖怪所以成為了一樁怪譚，不過男人為了出人頭地而利用女性，感到礙事後又想捨棄對方結果遭受到報應，這種故事其實就算沒有扯到妖怪也是現實世界中會發生的事情。

「靜也同學應該就是在想白倉半兵衛可能隱瞞了這樣的真相吧。」

岩永如此總結後，昌幸一時陷入沉默，似乎在思考有沒有什麼提出反論的餘地。但他最後嘆了一口氣。

「既然白倉靜也繼承了雪女的血統，就能判斷半兵衛表示自己討伐了雪女的主張中存在謊言。而關於養子勇士郎以及半兵衛本身言行上的疑點，照妳這段說明都能講得通。」

「學得祕劍『垂雪』的人物除了半兵衛之外，就只有勇士郎以及他的小孩真太郎。這可能是因為到真太郎這一代為止，雪女的血統還算濃，所以具備施展祕劍所需的感官與體能吧。」

這下也有狀況證據。若相信雪女存在，這段堆測就充分能夠成立。

昌幸這時用鼻子哼了一聲。

「這故事還真是讓人聽得很不愉快啊。但畢竟已經是江戶時代的事情了，就算自己祖先之中受到尊敬的人物其實是個壞蛋，也沒必要感到那麼介意吧。不對喔，照這樣講的話，他和半兵衛就有血緣關係了。」

「然後靜也同學恐怕認為自己的血統繼承了那樣一段糟糕的恩怨。再加上體內如果流著妖怪的血，肯定無法感到平靜吧。畢竟就這狀況來講，雪女的血統進入白倉家並不是一件受到祝福的事情。」

人常說血濃於水，假如是不屬於人類的血，感受更是難以想像。

昌幸露出對靜也感到憂心的表情。

「就某種意義上來講，那感覺像是受到詛咒的血脈啊。而且既然說那血統在他身上出現的影響很明顯，他恐怕會更加認為自己不是個人類吧。想得糟一點，搞不好還會選擇自殺。就算要把雪女的血統想成是自己的個性，那段過去也太沉重了。即使不到自殺的程度，他將來的人生也可能一片黑暗啊。」

懂得為他人擔心的人總容易讓自己背負辛勞，而昌幸這個人一反凶惡的長相，內心也是個老好人。

岩永不禁嘆了一口氣。

「雖然對我而言，就算他一個人拋棄自己的人生，也不會對世界的秩序造成什麼影響，所以我大可以放著不管啦。然而他體內具備妖怪的力量，萬一他自暴自棄讓那力量失控，對我來說是最傷腦筋的事情。」

「他有那麼危險嗎？」

昌幸的態度似乎覺得那只是杞人憂天，但岩永卻無法想得太樂觀。

「他是個非常不安定的存在。不但對於自己身為人類的事情感到不對勁，又能感受到周圍的怪異現象，那麼他恐怕也會被吸引踏入妖魔的世界。而且他可能由於自己受到詛咒的血統而怨恨妖怪，變得對怪異存在表現出過度的對抗心。或者有邪魔利用他這樣的心靈破綻，慫恿他做出犯罪行為的可能性也很高。到時候就會擾亂到世界的秩序，因此我也無法放著不管。」

「假如事情變成那樣，妳就有必要將他排除嗎？」

昌幸表現出有點害怕的態度，因為理解岩永所扮演的工作而如此確認。

「如果沒有其他解決方法的話啦。但那樣一來，所有體內混有妖怪血統的人類都會被妖魔鬼怪們視為危險存在，搞不好就會出現必須將那些人盡可能排除之類的麻煩意見。屆時光是白倉家就不曉得要消除或監管多少人，那樣大量處分的行為再怎麼說造成的影響都太大了。」

岩永想像起那樣的事態就不禁嘆氣。雖然不是不可能辦到，但為了收拾局面將會非常耗時耗力。

「雖然我認為到了靜也同學的下一代，妖怪的血應該會變得更稀薄，然而也無法否定將來再次出現突變的可能性。實在是很令人頭大的問題。像這樣，跟妖怪之間生小孩會讓後代出現各種麻煩，所以你千千萬萬不要忘記避孕了。」

岩永一方面也是為了讓眼前這男人把這項警告銘記在心，才會把這次的案例詳細說明給他聽的。結果昌幸當場把頭壓低到幾乎貼在桌面上。

「我有好好注意啦，拜託妳饒了我吧。這裡有其他人啊。」

一個大人竟然被一個像岩永這樣的女孩子再三叮嚀要注意避孕，的確可能引起別人不必要的誤會。岩永也能理解他的心情。

昌幸接著抬起頭，提議解決方法：

「那位青年還沒有完全相信雪女的存在對吧？所以他才會想要從公主大人口中得到確證。那麼只要妳撒個謊否定雪女存在，他在精神上就能安定下來，不用擔心會失控了。然後對於周圍的怪異存在們也只要妳下令別靠近他，就不會引起麻煩啦。」

「就算我命令怪異存在們不要靠近，如果靜也同學本身做出接近妖魔鬼怪們的行動就沒有意義了。而且我從見面開始就不斷否定雪女的存在，但他一點也沒聽進去。在靜也同學心中，雪女存在似乎已經是相當確定的事情了。若要否定那想法，唯有對白倉半兵衛言行上的疑點與死亡之謎，做出以雪女不存在為條件的合理說明。但既然真正的雪女與白倉家有關係是一件事實，那樣解釋終究算撒謊就是了。」

到頭來，如果想讓靜也自我克制，岩永就必須絞盡腦汁扭曲事實才行。雖然狀況與意義上不同，但昌幸或許回想起岩永以前也對自己做過類似的事情，而對岩永懷抱期待似地說道：

「沒有人會想要對自己的人生感到悲觀，如果可以，我想他肯定也希望有誰為他否定雪女的存在，讓他能夠相信自己的血統並沒有受到詛咒吧。所以他才會那麼強烈期待妳給出一個現實性的解釋。那不就是妳的拿手好戲嗎？」

懷抱期待倒是輕鬆，但那段構築假說的過程可是非常辛苦的。

「謊言必須比事實更講求整合性，是相當麻煩的事情。而且就這次的狀況來說，萬一將來謊言被戳破可能會造成負面影響，因此內容不能過於隨便。只不過靜也同學這段推測也不一定就是事實，所以你家的雪女如果知道什麼完全不同的真相，可就萬萬歲啦。」

岩永由衷如此期望。遺憾的是就現況看起來，實在無法推想出那麼如意圓滿的真相，但老天爺偶爾安排一個讓大家都能幸福的真相應該也不為過吧。

昌幸聳聳肩膀。

「我明白了。那我今晚回去後會先幫妳把事情轉述給雪女聽。雖然說，最壞的狀況下，搞不好會得知什麼更糟糕的真相就是了。」

他最後這句話或許是想稍微報復一下岩永吧。

「說得也是。例如說你家的雪女其實和殺死半兵衛的雪女是同一個人物之類的。畢竟在剛才的假說中那位雪女最後並沒有死，所以可能性並不低喔。」

「我家那個才不會喜歡什麼美男子。」

「搞不好是因為以前有過被美男子背叛的經驗，讓她變得比較喜歡像你這種類型囉？」

「要是有過那種經驗，應該會憎恨所有人類的男性，根本不會在山上出手救我。」

昌幸即使眼神有點著急，但還是如此嘗試反駁。而岩永也乖乖退讓了。

「這麼說也對。那麼我明天大約下午兩點到府上打擾方便嗎？請不用擔心，只要談完話我就會馬上離開的。或者要不要我帶個十二打的避孕用品去給你們當伴手禮呢？」

昌幸立刻抓起桌上的結帳單，對岩永趴下磕頭。

「今天我請客，拜託妳真的別再講了。」

岩永只是認為這點很重要才會再三提醒而已。享用完漢堡排套餐後，岩永便戴上貝雷帽，拿起拐杖，從座位起身了。

隔天，十七日禮拜六。岩永按照約定在下午兩點過後，獨自來到距離了好幾個縣的室井昌幸自宅。雖然只要乘坐飛天怪物就能避開人們的目光高速移動，但畢竟現在是冬季。要是坐在怪物背上一路吹風，搞不好會當場凍死。因此岩永是利用鐵路來到距離昌幸家最近的車站，再轉乘計程車抵達目的地。

畢竟昌幸已經回歸職場，想必也有和附近鄰居或地區居民們嘗試積極交流，因此岩永判斷就算外觀容易引人注目的自己光明正大來訪，應該也不會讓周圍產生不好的評價才對。哪知道，昌幸竟然明顯露出不太高興的表情。

「公主大人，拜託妳至少跟男朋友一起過來啊。像妳這樣的女孩子獨自搭計程車到我家來，絕對會引起奇怪的謠言。我解釋起來很頭痛的。」

「我沒有和男友一起來是為了不要讓雪女害怕呀。畢竟他在妖怪們眼中看起來是個恐怖的存在，這樣沒辦法好好談話吧？至於你對周圍鄰居只要說是熟識公司家中的千金，順路過來打聲招呼而已就好啦。」

「誰是千金啦？」

「就是我呀。」

「確實有間實力雄厚的企業，是由一個叫『岩永』的古老家族在經營沒錯，但假冒人家的名字不太好吧？」

「我就是那個岩永家的千金呀。」

聽到岩永這麼說，昌幸真的嚇了一大跳。

明明初次見面時岩永就有報上自己的名字，對方也應該知道岩永是義眼義肢的事情。講到岩永家的單眼單足千金，在社交界應該是很出名的存在才對，但看起來昌幸並不曉得那個特徵的樣子。

總之岩永還是在昌幸的招待下進到客廳，結果一坐到沙發上，在屋內等待的雪女就立刻跑來跪到地毯上，對岩永磕頭。

「公主大人，讓您千里迢迢跑這一趟實在萬分抱歉。只要您吩咐一聲，我隨時都會過去見您的呀。」

雪女似乎對於岩永只是為了談話專程跑這一趟感到誠惶誠恐的樣子。不知是因為昌幸的興趣還是雪女的堅持，她即使在家中也是穿著一身純白和服，連和服腰帶都束得整整齊齊。這樣在屋內跪下問好的模樣，看起來活像是高級日式旅館的年輕女主人。

「我才感到不好意思，你們難得週末聚會卻跑來打擾。妳放輕鬆吧。」

岩永示意要雪女起身坐到沙發上。於是雪女再度表情愧疚地行了一禮後，坐到岩永對面的座位上。這時原本走到深處房間的昌幸用端盤端來三杯綠茶回到客廳，將茶擺到各自面前。

「昌幸，公主大人在這麼寒冷的天氣中遠道來訪，應該端更好的茶出來招待呀。」

雪女說著，慌慌張張想起身，卻被昌幸制止了。

「這公主大人上次不是喝寶特瓶裝的茶也喝得很正常嗎？那樣過度客氣反而會讓人家覺得不自在。就算她是妖怪們的神明大人，平常也是過得像個普通人啊。」

「公主大人在人類社會中聽說也是個名門千金呀。」

「講是名門千金，但她在家中絕對是個家人不知如何對待才好的存在啦。」

「真是的，而且你連茶點都沒準備，未免太失禮了。對啦，你上次不是買了一條裡面包有好幾顆大栗子的高級羊羹回來嗎？快去把那端出來。」

「那不是妳說很喜歡，連自己都不太捨得吃嗎？而且那可是限量商品，我可沒辦法再買新的回來囉。」

「是、是那樣沒錯啦，但現在也只能忍痛了呀。」

這兩人光為了如何招待客人就爭個沒完，不過那模樣看起來根本感情好得要命。對於這次不得不單獨行動的岩永來說，比起有沒有茶點招待，反而是眼前這景象更令人感到不悅。

岩永把茶杯端到口邊，並介入那對情侶間的鬥嘴：

「我今天不是來吃羊羹的，你們就別繼續吵啦。早點進入主題我反而會比較高興。」

昌幸與雪女立刻畏縮地在沙發上重新坐好，接著雪女便開口說道：

「關於公主大人今日要談的事情，我已經聽說了。雖然已經是很久遠之前的事情，但這或許也是一種緣吧，我和無偏流劍術的人們實際上有著不淺的關係。」

岩永本來要把茶杯放回桌上卻在途中停住。或許這反應讓人感到很嚴重吧，雪女趕緊補充說明：

「當然我並不是故事中提到的那位雪女。我從以前就不是很喜歡看起來嬌柔纖弱的美男子。不過那故事中的雪女其實就是我的姊姊。我和那個叫半兵衛的男人也見過幾次面。」

「那的確關係不淺呀，但這樣可省事多了。意思是說，妳也知道很多白倉靜也所描述的內容中沒有包含的事實嗎？」
看來這下可以樂得輕鬆，讓岩永的內心輕盈起來，而且應該也能懷抱一點希望。然而雪女卻表現出害怕會惹智慧之神不開心似的態度繼續說道：
「雖然有些事情之間的關聯性不是很明瞭，不過我的確知道當年的狀況。真相與公主大人所描述的內容其實相差甚遠。」
畢竟那段假說只是在推測靜也腦中的想像而已，因此就算遭到否定，岩永也覺得不痛不癢。而且岩永認為事實與假說相違反倒比較好，不過雪女接著又說出了教人意外的事情：
「最重要的是，我受姊姊之託曾經一度拜訪半兵衛的宅邸。結果就在我離去後，那男人就立刻自盡了。」
「什麼？」
岩永忍不住發出驚訝的聲音。沒想到竟然可以獲得最後與白倉半兵衛見面的存在提供證詞，遠遠超出了岩永原本的期待。
也許事前已經聽過詳細內容的昌幸這時補充：
「公主大人也有考慮過自殺的可能性吧？那假說其實已經相當接近真相了。當時將足以讓半兵衛起輕生之念的消息帶來告訴他的存在，就是我家這位雪女。」
岩永之前對靜也提過半兵衛是在指導弟子的途中離席時，意外產生了自殺動機的可能性，並舉例或許是外人帶來什麼消息令半兵衛感到絕望而衝動自殺。雖然當時靜也以沒有外來訪客等理由否定這項假說，但如果來傳達消息的是這位雪女，就能悄悄進出宅邸不被人發現，岩永提出的可能性也就趨近真相了。

這下事實變得如何？岩永在腦中將已知的情報重新組合。現在既然這點已經得到確定，那麼其他各種疑點與難解行動又能想出什麼樣的可能真相？有沒有遺漏什麼要素？

「原來如此。到頭來，半兵衛終究沒能靠自己的能力學會『垂雪』呀。」

停頓幾拍之後，岩永得出的這項結論，讓昌幸與雪女都睜大了眼睛。看來這句話有直搗核心部分。

雖然在昨天提出的假說中，也認為半兵衛沒能自己學得『垂雪』，但其實在完全不同的意義上，他沒能靠自己的力量練成最後的祕劍。

岩永為了進行確認與整理細節，望向眼前的雪女。

「那麼請妳詳細告訴我吧。在江戶時代，白倉半兵衛與雪女之間究竟發生過什麼事情？」

週末結束，來到十九日禮拜一。這天從上午就開始飄雪。雖然只是落到地面就馬上融化的程度，並沒有激烈到會遮蔽視線，不過遲遲沒有要停息的跡象。據氣象預報說會一直下到明天，也有積雪的可能性。

在那樣的日子中，岩永下午一點多來到某間飯店高樓層的咖啡廳，獨自與白倉靜也隔桌對坐。大衣、貝雷帽與拐杖都放在旁邊的空位，手機則是螢幕朝下蓋在桌面上。

上週在KTV見面時，岩永就向靜也問過電話號碼，以便於直接相約見面而不需要蓮幫忙聯絡。然後就在昨天，岩永打電話給靜也表示自己已經得出答案，而約到這個地方談話。由於內容可能牽涉到靜也個人的隱私問題，所以並沒有把蓮叫來。

兩人的座位靠在窗邊，可以眺望到底下的街景。由於這地方也會被拿來當成談生意的地點，因此座位之間都安排了足夠的距離，各處也擺設有觀葉植物遮蔽視線。

即使是下雪天也依然保持透明的窗玻璃外面，可以看見被烏雲籠罩天空，下面則有各種大樓與商業設施林立。道路上車輛來來往往，還有撐傘避雪的行人們。

「妳已經得出答案了嗎？」

表情緊張的靜也首先如此開口。他內心最期望的究竟是什麼答案？希望岩永告訴他體內流有雪女的血統嗎？還是想要得到雪女並不存在的證據？在靜也面前的桌上，還沒被動過的白色茶杯中裝著冒出熱氣的洋甘菊茶。等到談話結束的時候，那杯茶是依然保持原狀徹底涼掉，還是會稍微少掉一些呢？

岩永將沒有添加任何東西的大吉嶺紅茶含入口中，結果還是決定加入砂糖與牛奶，並語氣溫和地開始說明。

「這世界上不可能會有所謂妖怪或怪物之類愉快的東西，因此雪女也不可能存在。所以說，在江戶時代白倉半兵衛討伐了雪女的事情完全是一場騙局。」

「可是根據當時的紀錄，山上確實出現了許多犧牲者啊。」

「那是有人假扮成雪女，襲擊持刀路過的人。就只是這樣，並沒有妖怪存在的必要。」

假如要否定雪女存在，就不得不得出這樣的結論了。靜也在桌上十指交握，感到奇怪地表示：

「但也有證詞指出遭到雪女襲擊的時候，會有像白霧的東西包圍四周。這難道不是妖力造成的嗎？」

「那應該只是有集團剛好在山中起霧時遭遇襲擊，而他們的事情被誇大傳播，結果讓其他受害者也被加油添醋地形容成是在同樣的狀況下遇害。與其說是妖怪介入，這樣的解釋還比較合理。相傳雪女使用的冰刀，搞不好也是凶手把普通的刀著色成那個樣子而已吧。」

岩永徹底用現實角度進行解釋。所謂的邏輯就應該如此，在說明事物時基本上禁止使用存在沒有受到證明的東西。岩永雖然知道雪女確實存在，但一般狀況下這點並沒有受到證明。

靜也即使感到有些不滿，也依然點頭回應。接著又提出另一項疑問：

「也許妳說得沒錯。但究竟是什麼人、為了什麼目的假扮成雪女，在山中連續殺人？而且有好幾名實力高超的劍客都遭到斬殺。難道妳要說當時剛好有一名劍術如此非凡的女性嗎？」

如果雪女存在，這點也不算什麼謎團。但假如要主張雪女不存在，就必須準備相對應的凶手與動機。當然，岩永早有準備，只不過全都是謊言就是了。

「或許並沒有那樣的女性，但當時有個容易被誤認為女性的劍客吧？而且那人物還擁有被稱為天才的實力。」

靜也感到傻眼似地瞪大眼睛。

「妳的意思是說，白倉半兵衛本人扮成雪女做出了這檔事？」

「沒錯，半兵衛當時正在周遊各地進行修練。那麼他居留在山中，扮成女性襲擊路過山道的人也是有可能的。畢竟他膚色白皙又身材纖細，穿上女性的和服想必也很適合吧。只要再戴上長長的假髮，看起來就會更像女性了。」

或許由於岩永的語氣彷彿在說『你連這麼單純的事情都不知道嗎？』似的，講得一副理直氣壯模樣，讓靜也一時以為難道是自己的腦袋比較奇怪而困惑了一陣子後，總算開口反駁：

「可是為什麼半兵衛要做出那樣瘋狂的行徑？」

「就是為了學得祕劍『垂雪』呀。」

岩永雖然也有種自己好像太濫用『垂雪』的感覺，不過她還是把這招傳說中的祕劍融入自己的假說中。

「雖然在時代劇中經常出現使用真刀互砍的場面，但據說江戶時代到中期以後，其實武士們幾乎都沒有什麼拔出真刀的機會了。練習時使用竹刀或木刀，即便是在領主或將軍面前表演比武也不一定會用真刀。假如在私鬥時使用真刀，甚至可能遭受切腹處分。因此很難有機會用真刀交手，磨練劍技。」

雖然當時的武士有被賦予一種叫『斬捨御免』的特權，可以斬殺對自己失禮的人。然而也有實際做出那樣的行為被抓到奉行所，結果遭自己隸屬的藩府下令切腹的案例。即便擁有特權，但從統治的角度來看也不能放任武士在街上隨便斬人。要是那麼做只會使民心背離，累積人民對領主的不滿。因此除非有什麼重大理由，否則武士幾乎無法使用真刀。

靜也似乎也具備這個程度的知識。

「是的，當時拿真刀互砍的機會想必很少。雖然在維護治安時可能砍殺一些像是盜賊、無賴或失控浪人等存在，但少有堂堂正正地一對一交手的狀況，與具備實力的對手用真刀比試的機會就更不用說了。」

「然而劍術原本是用來砍人的技術，若不使用真刀也難以理解其本質吧？如果不是在生死關頭之中揮刀，或許也無法領會劍技的真理。感受到自己的才能已達瓶頸的半兵衛會不會為了進一步將自己逼向極限，而開始尋求使用真刀交鋒的機會呢？」

岩永說著，露出微笑。

百練的收穫不如一戰，實戰經驗是很重要的東西。在現代的運動競技中也有類似的講法。雖然要在實戰中獲得成果，必須先在風險較低的環境中充分練習，關於這點不能搞錯。但想必也有突破緊張感強烈而必須背負重大風險的實戰才能達到的境界。

靜也難受地表示認同。

「關於這點，傳承中也說明半兵衛是由於歷經和雪女的拚死一戰，才學得『垂雪』的奧義。」

「所以當時半兵衛為了追求不尋常的生死交鋒局面，決定在山上用真刀交手。然而攻擊無力抵抗的對象也累積不了什麼經驗。他為了與實力更高強、更能夠把自身逼到極限以上的劍客交手，才會只攻擊持刀的人物，透過血祭引來更加強大的劍客。」

對於岩永這套理論，靜也嘗試尋找破綻。

「但他為何要扮成雪女做那種事？」

「萬一身分曝光，劍術修行就結束了，因此他自然會想辦法隱瞞自己的真面目。如果只遮住臉部，也可能因為身材體格被人認出來。畢竟半兵衛不只是劍術實力，不像個劍客的外觀同樣也很出名吧。那麼乾脆假扮成女性，反而還不容易被發現身分。而他之所以扮成妖怪的雪女，可能是認為那種可疑的存在比較能夠讓謠言傳播得很廣，吸引更多對實力有自信的人來到山上。」

「的確，說有妖怪雪女在山上襲擊劍客，感覺較容易被人們流傳。」

「另外，穿著女性的和服會比較不方便活動，進而將自己逼入困境。當時半兵衛應該知道很少有劍客能夠和自己勢均力敵，所以故意讓自己背負不利的條件，挑戰真刀的性命交鋒。」

岩永毫不間斷地把假說中可能出現的疑點一一清除後，喝著加了糖變甜的紅茶，對緊閉雙唇不語的靜也繼續說明：

「就這樣，半兵衛砍出好幾十具的死屍，終於學得『垂雪』，掌握了其中的奧義。在短期間內與大量劍客拚上性命交手，即便是一般人肯定也會有所改變吧。更不用說是具備天賦且抱有覺悟的半兵衛，要達成夙願也是可能的事情。如此一來，山中雪女的角色便功成身退。為了拉下帷幕，半兵衛來到山腳的村落，假裝是聽聞雪女的傳聞而來的劍客之一，接著又回到山上一趟，再下山告訴村民們自己討伐了雪女。」

「畢竟雪女就是半兵衛自己假扮的，所以只要把那身服裝丟棄，雪女就會消失了是嗎？而且他還故意在自己的衣服與身體上砍出傷口，裝成精疲力竭的模樣出現在村民面前。」

靜也雖然應該還無法信任這套假說，但似乎還是認同在邏輯上可以講得通。

岩永感到心情爽快地豎起一根手指。

「另外，半兵衛遲早也會需要向其他人說明自己究竟是如何學得『垂雪』。內行人應該就能看出他的劍術是從非比尋常的經驗中修練出來的，假如只是普普通通地周遊各地修行，實在不可能辦到這點。他若沒能向其他人說明自己特殊的經驗，就可能招致懷疑。畢竟他做過的是萬一曝光就要被判死刑的行為，當然也不希望被人探究。因此必須設法搪塞敷衍過去才行。」

這下又有一項疑問能夠獲得解釋。靜也似乎也察覺了。

「所以半兵衛才捏造出『自己斬殺了雪女』的故事嗎？他三不五時就會向人提起雪女的事情，其實是為了隱瞞自己幹過的壞事，引開他人的注意焦點是吧？」

岩永點點頭。

「對於相信雪女存在的人，這招就管用了。雖然不相信的人可能會認為這是半兵衛為了隱瞞真相而捏造的故事，但如此一來，也會認為包含在山上發生的慘事在內全都是虛構的內容，而不會去追求其中的真相。再說，關於領會祕劍的過程本來就沒有詳細告訴別人的必要性。就算內容荒誕不經，就能滿足別人一定程度的好奇心。而且大部分的人比起無聊的事實更喜歡聽有趣的謊言，只要好奇心得到滿足，就不會再進一步探究了。」

岩永認為就算是江戶時代的人，應該也不會隨便相信靈異或妖怪的存在，但也不會貿然否定才對。

「對於半兵衛來說，不論其他人會對他做何感想，將雪女這面擋箭牌積極搬出來主張總是好事。這樣不但能宣揚無偏流的名聲，也能提升半兵衛的知名度。而且全部看似明瞭的流派之中，存在有這樣一部分神祕的成分也比較容易受一般人喜歡。既然他的實力貨真價實，只要秀出劍技水準，也就不用擔心被人嘲笑他胡說八道。他每年不忘供養那些自己假扮成雪女斬殺過的人或許同樣是演戲的一環，但搞不好他其實是內心恐懼那些人含恨化為怨鬼來找自己報復呢。」

靜也似乎感到火大地變換坐姿。

「那麼半兵衛為何堅持終身不娶？既然獲得名聲，應該會為了保留家名而娶妻生子才對。然而他卻始終拒絕了其他人為他介紹的親事。」

「在山中遊走於生死邊緣的那段日子中，半兵衛真的都毫髮無傷嗎？他應該也有遇過必須同時對付好幾名劍客的狀況。在反覆那樣生死交鋒的過程中，就算他傷到生殖器導致性無能也不值得奇怪。上次也講過了，這在劍客之中是有可能發生的事情。即便使用木刀都會毀掉命根子了，拿真刀就更不用說，因此半兵衛才沒有娶妻。而且那種傷畢竟不方面公開宣揚，就算親近的人知道這點也會為他保密，所以才沒有流傳給後代知道吧。」

「那麼他對待養子勇士郎令人不解的態度呢？」

「半兵衛靠劍術出了名，也完成了無偏流，想必會希望讓自己的小孩繼承家業吧。然而他現在沒辦法生小孩了。但半兵衛好歹也是個男人，而且又是個俊美男子。上次你也提過了，就算他在周遊各地修行的旅途中，與哪座村落或小鎮的姑娘發生關係也不是什麼奇怪的事情。而且在發生關係之後又不負責任地丟下那名女性，繼續自己的修行之旅同樣不值得奇怪。而就在那樣的女性之中，有人懷孕並生下了半兵衛的孩子。」

靜也看起來彷彿在忍耐不發出呻吟。而岩永繼續對他說道：

「假如是半兵衛進山展開凶行之前在周遊各地途中生的小孩，進入白倉家時就剛好五、六歲。計算上也沒問題。」

勇士郎是在半兵衛回鄉五年後進入白倉家。而半兵衛的修行之旅持續兩年，算起來剛剛好。

「那他大可以認勇士郎為親生兒子迎入家中吧？何必堅持否認是親生小孩，刻意當成養子？」

「對一個自己以前只建立肉體上的關係就始亂終棄的女性，過了幾年後忽然說想要帶走小孩，你覺得有可能圓滿收場嗎？雖然也要看對方地位立場如何，但人家搞不好已經跟其他忠厚老實的男人結婚養育小孩了。這樣對方肯定不會想要把孩子交給半兵衛吧。那麼半兵衛如果想要得到孩子，就只能透過相當強硬的手段了。」

岩永毫不客氣地讓半兵衛幹盡壞事。反正在靜也的推想中，半兵衛已經是個欺騙雪女而遭到報復的男人，就印象上來說應該不會有太大差異。

「那手段就是假扮成闖入家中搶劫的強盜，把勇士郎的家人全數殺光，再把唯一生存下來的小孩據為己有。勇士郎當時也五、六歲了，如果直接擄走帶回白倉家，再怎麼說應該都會明白狀況異常吧。因此半兵衛首先讓勇士郎變得舉目無親，當周圍的人都苦惱於無人能夠收養他的時候，再巧妙誘導到自己的地方來。只要肯花錢就能僱人去領養小孩，再帶到白倉家也是輕而易舉的事情。」

雖然岩永也不確定江戶時代是否有辦法做到這種地步，但只要描述得煞有其事就可以了。

由於靜也依然保持沉默，於是岩永繼續處理剩下的疑點。

「如果是這樣的經過，半兵衛當然不能跟人說勇士郎是自己的親生兒子。要是他那麼說，別人肯定會要求他說明是在哪裡跟誰生的小孩。若講真話，搞不好就會被查出那孩子的母親一家死於非命，小孩又很湊巧被半兵衛收養的事情，連帶地可能使自己做過的壞事曝光。因此就算受人懷疑，半兵衛也只能隱瞞自己和勇士郎的血緣關係。但同時畢竟是自己的親生兒子，又有遺傳到劍術才華，當然就會很疼愛他了。」

岩永說明到這邊停頓一下後，歪頭表示：

「這樣一來你的疑問就獲得解決了。半兵衛是為了一再掩飾自己的惡行，才會做出乍看之下令人不解的行動。」

雖然沒有證據，但合情合理。比起把事情認定為雪女所行要來得現實多了。

靜也或許放棄否定這些內容而稍微把身體往前挺出後，露出彷彿隨時要拔刀似的眼神問道：

「那麼半兵衛又是被誰殺害的？當時有誰能夠殺掉像他那樣高強的劍客？」

這可說是最大的謎團，但岩永早已完成解答問題的布局準備了。於是她舉起右手掌，將靜也逼人的魄力推回去。

「你還沒明白？不是正好有個人物抱有殺害半兵衛的動機，又具備優秀的劍術實力嗎？」

靜也霎時做出無法理解而準備抗議不滿的動作，但途中又忽然僵住，愣著表情說道：

「難道說，是白倉勇士郎！」

「沒錯，自己出生成長到五歲左右的家庭，有可能那麼輕易就忘記嗎？他肯定記得當時有個人殺害自己家族的事情，而等到長大後察覺出那個凶手就是半兵衛。或者他可能很早就注意到這件事，只是一直在等待機會到來，最後成功為家人報仇了。」

這可說是一段因果報應的故事。岩永接著用挑戰的態度問道：

「你覺得這不可能嗎？」

靜也彷彿對自己的動搖感到羞恥而讓白皙的臉頰泛紅起來，在椅子上重新坐好後喝了一口洋甘菊茶，又不太甘願地表示：

「這個嘛，也沒錯，就算是半兵衛應該也沒料到會被自己疼愛的勇士郎襲擊，結果或許就在大意之下從正面被砍傷了。勇士郎當時十五歲，據說已經會使用祕劍之中的『落花』與『張弓之月』。但就算這樣——」

他講到後半把手放到嘴前，看起來依然難以接受的樣子。就岩永的立場來說雖然覺得不需要強迫他接受也沒關係，但還是稍微補強自己的假說。

「勇士郎也很清楚自己父親有多強，若還特地準備一個場合或機會，也難以使對方鬆懈大意。因此他挑在白天半兵衛指導弟子途中回到宅邸時，這樣一個日常生活情景中，對父親說好像有貓溜進來並走進庭院，然後等半兵衛也跟著探頭一瞧的瞬間，拿出預先拿掉刀鞘藏在樹後的刀一口氣砍向父親。」

這毫無疑問是一樁計畫性殺人。在兵法之中不只有在雙方握劍交鋒的狀況下獲勝的方法，也存在一種不讓對手拔劍，甚至連準備都沒做好的狀況下取勝的想法。趁對手拿出本事之前就封鎖對方的實力。認為在賭上性命的交手中還講究什麼公平，根本是笑話的思考方式。

「很難想像半兵衛會沒有察覺勇士郎發出的殺氣。不過假如勇士郎從平常就費盡心思進行準備，也許還是有成功的可能性吧。」

靜也雖然感到火大也依然如此保留判斷後，向岩永提出最後一道謎題：

「但妳還沒解釋半兵衛臨死前的那句話。他為何要告訴弟子們凶手是『雪女』？雪女不是半兵衛自己捏造出來的虛構存在嗎？」

這是關於被害人最後的留言，也就是所謂死亡訊息該如何解讀的問題。然而由於那種東西要怎麼解釋都可以，堪稱是最為無法信賴的線索。

岩永有如詐騙犯籠絡一名樸質青年似的，試圖讓那樣一句話失去效用。

「那是在失血過多而瀕死的狀態下冒出的話語，不但聲音沙啞，肯定咬字也不清楚吧。假如是發音相近的話語，其他人也可能聽錯。其實半兵衛當時真的要指出真凶，準備說出『勇士郎是凶手』，但講到『勇士郎是（Yuushirou ga）』就斷氣了。由於聲音沙啞又斷斷續續，聽起來也像是『Yushirouga』。你聽，這和『雪女（Yukionna）』的母音只有一個差異呢。」

雖然這幾乎可說是放煙霧彈的三段論式，但基本上應該每個人都有把話聽錯過的經驗。假如發話者的聲音又不太清楚，就會聽成完全不同的話語了。

面對當場傻住的靜也，岩永毫不感到羞恥地繼續說道：

「無偏流的弟子們萬萬不會想到勇士郎是凶手。反倒是半兵衛斬殺雪女的故事大家都知道。若提到以『Yu』開頭而且可能仇恨半兵衛的存在，肯定首先會想到雪女吧。因此就把母音幾乎一樣的『Yushirouga』給聽成『Yukionna（雪女）』了。」

靜也一副難以理解岩永真意似地呻吟說道：

「那根本是詭辯了吧？」

「說得對。那麼其實弟子們有清楚聽到『勇士郎是（Yuushirou ga）』但由於實在無法相信，結果在腦中自動變換成『雪女（Yukionna）』了。這樣的解釋如何？」

岩永即使承認自己在詭辯，卻又繼續出招。

「另外還有一種可能。其實當時在場的人很快就知道凶手是勇士郎了，而勇士郎也告訴了他們自己殺人的動機。然而要是勇士郎遭到逮捕，讓真相公諸於世，無偏流就完蛋了。使無偏流劍術完成的半兵衛不但幹盡各種壞事，最後還慘死於自己兒子手中。這可是天大的醜聞呀。就算隱瞞真相，讓勇士郎在流派中保密下切腹負責，也會使無偏流失去優秀的繼承人。而且勇士郎真要講起來是為母報仇，就某種意義上來說也可判斷為無罪。因此當時在場的人統一口徑，隱瞞真相，並讓勇士郎繼承了家業。勇士郎本身也聲稱自己忘記了進入白倉家以前的過去，將一切真相都葬送了。」

就這樣，岩永向靜也主張從最後的遺言中尋求什麼重大意義，只是沒有意義的行為。

「由於半兵衛的慘死事件難以完全隱蔽，只能對外公開。但弟子們讓雪女又再度扯上關係，企圖藉此提升無偏流的知名度。斬殺雪女而聲名大噪的劍客，最後卻有如被雪女殺死般神祕喪命——這樣充滿故事性的魅力，想必容易成為話題。在這樣的假說中，就算半兵衛其實什麼話也沒講就喪命，也不會構成任何問題。」

不出岩永所料，靜也一臉不甘地皺著眉頭。如果無論怎麼反駁都會被對方提出合理現實的解釋，或許感覺就像刀還沒拔出鞘之前就被對手按住了握柄末段吧。

可能是風吹的緣故，不時會有雪粒打在窗玻璃上。岩永把茶杯端到嘴前，盡可能語氣開朗地說道：

「如你所願，我對全部疑問都做出了合理的解釋。雖然沒有證據，但畢竟那是發生在江戶時代的事情嘛。只不過就算沒有什麼雪女存在，關於半兵衛的所有疑問還是可以全部解決的。」

靜也挺直背脊坐在椅子上，好一段時間動也不動。最後臉上露出諷刺的微笑。

「秋場說得沒錯，妳真的是個可怕的人。竟然能夠把白倉半兵衛講成那樣的惡徒。」

只透過間接證據就對江戶時代的謎團與事件給予合理性的解釋卻被嫌可怕，讓岩永覺得有點奇怪。沒有任何證據就斷定妖怪或怪物存在的人反而應該更可怕才對。雖然說就算沒有證據，妖怪與怪物也確實存在，所以那些人其實講得沒錯就是了。

岩永聳聳肩膀表示：

「我上次就說過了，可能是因為真相過於殘酷，所以才會被隱瞞的呀。」

「妳確實說過。」

靜也應該也有做好覺悟才對，但畢竟人即便看到眼前鐵證如山，還是會難以接受自己不願意相信的說明。對於岩永這段合理性的解釋，靜也看起來一點也沒有接納的感覺。畢竟就根本上來講，這解釋全部都是建立於謊言之上，因此他不願相信的感受或許反而可以說比較健全。實在是很複雜的狀況。

岩永對於那樣的靜也並沒有要出言安慰的意思，而是開口說道：

「那麼假設真相其實是半兵衛和真的雪女之間生了小孩，後來又想殺掉那個雪女卻反被對方奪走了性命。你認為哪一種狀況會比較好呢？」

霎時，靜也把手撐在桌面上，彷彿要從椅子跳起來似地將身體往前傾。大概因為他原本幾乎相信的假說被岩永若無其事地講出口，讓他忍不住做出了反應吧。

「為什麼妳會那樣假設！果然那才是真相嗎！」

「別急著下結論。無論現在還是從前，雪女都不存在。這怎麼可能會是真相嘛。」

岩永舉起左手掌要靜也冷靜下來。人總會選擇相信自己希望相信的東西。靜也自己也有對從前的事情進行過推想，再加上他對自身有種異質的感覺。如果想要讓他相信跟那些內容不相符的假說，光靠邏輯可通是不夠的。

靜也看起來有一堆想問的事情，但由於岩永表現得從容不迫，使他反而感到猶豫了吧。

岩永接著用依舊悠哉輕鬆的態度開口表示：

「反正機會難得，我就以雪女存在為前提，也來講講看一套能夠解釋所有疑問的假說，當作是一種餘興吧。白倉半兵衛是如何與雪女邂逅，十五年後又是怎麼死的？」

雖然嘴上講是餘興，但岩永接下來要說的才是無偏流劍術與雪女之間的真相。

身穿配合修行之旅而準備的羽織袴和服，頭戴薹草斗笠的白倉半兵衛來到據傳有雪女出沒的山路半途時，四周忽然瀰漫起既似煙又像霧的現象。即便時刻已近黃昏也還有陽光，而且到剛才明明都沒感受到空氣潮溼，這樣的變化簡直有如突然闖入了什麼另一個場所。

半兵衛停下腳步，緩緩摘下頭上的斗笠，丟到地面上。

「來了嗎，雪女。」

他如此呢喃後，就在前方出現了一名髮色烏黑的女性，身上穿著有如殮衣般全白的和服。右手握有一把像是冰雕製品似的刀，沒有刀鞘而刀身外露。就外觀上看起來，那把冰刀的護手與握柄部分都與一般的太刀呈現同樣形狀。

女性肌膚白皙，散發的氣息與眼神都充滿冰冷的感覺。就連吐出的氣息也彷彿會凍結，看起來彷彿能夠理所當然地操縱風雪，將人凍死。

然而她的容貌極為美麗。半兵衛有生以來，第一次體驗到片刻都難以將視線從女性身上移開的感受。

女子把握在右手的冰刀一揮，妖豔地對半兵衛說道：

「好一個身材細瘦又容貌出眾的男人。你插在腰際的刀可是裝飾？若你要捨刀離去，我也可以放你一馬。」

半兵衛估算著雙方距離，並握住腰際的太刀握柄。

「雖不成熟，但我自認這雙細瘦的手臂還是有點本事。妳就是在這山中斬殺了無數劍客的雪女嗎？」

「正是，就讓我瞧瞧你的劍術有何等程度吧。」

雪女點頭後，有如呼吸般自然地把冰刀舉到中段的架勢。半兵衛也拔刀出鞘，同樣擺出中段動作。

兩人之間還相隔很遠，只靠一步砍不到對手。中間有十步以上的距離。

在半兵衛的觀察中，雪女擺出的動作非常出色。刀尖靜止，架勢不亂，然而看不出有任何一處緊繃。彷彿全身都在使力，又好像全身放鬆。換言之，那是準備好進行任何變化，無論從任何角度受到攻擊都能夠以相同速度對應的狀態。

（簡直沒有破綻。這妖怪好厲害！）

半兵衛雖然完全不害怕對手是妖魔鬼怪，但見到那架勢卻頓時不寒而慄。並非由於從對方身上感受到什麼古怪力量，而是因為感受到的力量合乎道理才覺得恐怖。

相對於那樣的半兵衛，雪女則是讓刀尖朝著對手毫不僵硬地說道：

「這把用冰製的刀，長二尺四寸，與你手中那把相差無幾。論硬度與形狀都和常見的太刀相同。在交手過程中也不會突然改變長度，你放心吧。這是一場堂堂正正，只靠劍術的較勁。」

「妖怪為何要堅持用劍術殺死武士？只要用上妳的妖力，不是能夠隨心所欲地攻擊人嗎？難道妳那麼痛恨武士？」

若非抱著用象徵武士的刀擊敗武士以傷害對方自尊的想法，妖怪根本沒有這麼做的理由。而且這雪女還斬殺過幾十人的武士。

然而雪女卻一臉無趣地回應：

「我根本不懷任何怨恨。好了，剩下的疑問就用刀對話吧。」

她說罷，便快速縮短與半兵衛之間的距離。那同樣不是靠什麼妖力移動，也非什麼幻覺之術，而是藉由揮刀時極為合理的腳步移動逼近半兵衛。明明她身上穿著稱不上便於活動的女性和服，但她的動作毫無多餘之處，非常合乎理想。

（這動作、好犀利！）

半兵衛高舉的刀與雪女揮落的冰刀相碰，一瞬間敲出聲響。雙方接著順勢刀鋒相抵較力。半兵衛明明感到片刻不得鬆懈而額頭冒汗，但雪女卻從容不迫地說道：

「你挺有本事的，竟能清楚看見我的刀路。」

雙方較力中是雪女占有優勢。這不是因為她的臂力較強，而是她巧妙保持著易於施力的角度、姿勢與位置，讓半兵衛處於被動的狀態。

半兵衛稍吐一口氣後，故意放鬆力氣，結果刀鋒一閃，把雪女的冰刀往旁邊架開，同時從側面砍向對手的身軀。然而雪女彷彿早有預料似地往後退開，閃過攻擊後重新擺出中段的架勢。

雪女閃開攻擊雖然也在半兵衛的預料之中，但半兵衛對於雪女懷抱的恐懼又變得更深了。

（我本來做好與怪異妖力交手的覺悟，也期待那樣的狀況。可是這妖怪的劍術中非但不存在任何古怪之處，反而可說非常正統而完美。而且這劍術根本就是……！）

半兵衛同樣擺回中段架勢，忍不住對退到遠處的雪女問道：

「妖怪，妳的劍術是哪裡學來的？那該不會是無偏流劍術吧？」

即便難以置信，但半兵衛從雪女身上感受到的正是自己再熟悉不過的那套劍術。刀路完全符合。

雪女臉上露出開心的笑容。

「你果然學過無偏流。那麼你可有辦法接下這招？」

眨眼間，雪女的身影消失。不，半兵衛憑著長年來的修行與劍術天賦，勉強捕捉到了雪女的動作與刀路。對手從十步之遠的距離轉瞬間逼近，冰刀從左方朝著半兵衛的頸部橫向揮來。

（不會錯，這正是無偏流祕劍之一——『落花』！）

沒有往後閃躲的餘地。這一刀早已把對手稍微往後退開的距離也計算在內。半兵衛立刻用微妙的角度舉起自己的刀，驚險之中把毫不留情揮來的冰刀朝外偏移軌跡。對付練至爐火純青的『落花』，假如光是把刀架在前方阻擋，只會讓自己的身體連同刀身一起被斬斷。要是沒有精準卸開對手的力道，只有死路一條。

即使冰刀被架開，雪女也依然保持著身體平衡，沒有出現任何讓對手反擊的破綻，但也沒有做出進一步揮刀的動作。半兵衛立刻重新拉開與雪女之間的距離，擺出架勢。剛才反倒是架開對手攻擊的半兵衛失去平衡，若沒遠離對手就太危險了。

雪女呈現只用左手握住冰刀握柄末端的狀態。那正是單手揮刀施展過『落花』的證明。

她同樣重新用雙手握刀後，更加開心地對半兵衛表示：

「漂亮！看來你有學得『落花』對吧？那麼這招如何？」

雪女說罷，便讓冰刀擺出下段的架勢。這讓半兵衛又不禁戰慄。

（這妖怪，竟然連另一招祕劍『張弓之月』都會嗎！）

那肯定不是虛張聲勢。對手既然能夠完美施展『落花』，而且在用招之後也不露出任何破綻，那麼應該判斷她也學得了第二招祕劍才對。

半兵衛忍不住感到自愧。

（我原本在內心某個角落還瞧不起對方，覺得妖怪用的劍術怎麼可能高明到哪裡去。但這雪女以無偏流的劍客來講，實力搞不好在我之上啊。）

這不是人類與妖怪之間的能力差異，而純粹是劍術實力上的差距。這就是至今斬殺過幾十名劍客所累積的經驗差距嗎？既然如此，半兵衛也做好覺悟了。心中的迷惘或恐懼都在呼吸三口氣內全部消散。無論對手是什麼存在，既然要使用無偏流劍術，那麼自己同樣身為無偏流的修練者就絕不能輸。只要將斬殺過幾十名劍客的對手擊敗，就等同於自己也吸收那些經驗了。

半兵衛有如鏡像般，和雪女一樣擺出下段的架勢。

雪女頓時動了一下眉梢。

「唔。」

如此發出聲音的她表情變得嚴肅起來。大概是看出了半兵衛的企圖吧。

半兵衛接著提高自己的注意力。

（面對像這雪女般高超的劍客所施展的『張弓之月』，想要後發制人極為困難。那麼就只能由我方搶先施展『張弓之月』了。）

話雖如此，但也不是搶先往前踏就可以。對手的呼吸、氣的流向、自身的專注力，只要有任何一點沒抓準，招式施展出來就不完整。雪女同樣保持著下段的架勢，沒有貿然移動腳步。

現場瀰漫著緊繃的氣氛。四周雖然被白霧圍繞，卻完全沒有影響到半兵衛與雪女之間的視野。簡直就像被帶到什麼與世隔絕的異界進行決鬥。

（看招！）

半兵衛的腳往前飛出。原本指向下方的刀尖畫出半月軌跡朝上彈起，如箭矢般直指雪女而去。姿勢在這時已經改為右臂單手握刀，右肩往前伸出，使得攻擊距離遠比雙手持刀時更長。祕劍『張弓之月』順利施展。

雪女也比半兵衛稍遲一拍使出了『張弓之月』，同樣是右臂單手持刀。冰與鐵，不同材質的兩把刀沿著與地面平行的軌跡在空中交錯。半兵衛與雪女同樣互相擦身而過。

眨眼間，兩人不偏不倚地互換了位置。雖然變成彼此背對的狀態，不過雙方又再度相隔十步左右的距離。

半兵衛沒有倒下，還活著。於是重新雙手握刀，轉身面朝雪女。對方也用同樣的動作轉過來朝向半兵衛。

雪女只用嘴角露出笑容。

「你剛才這招『張弓之月』，在這世上能夠閃避的人肯定不到五名。我的劍技也是一樣。」

這句話聽起來似乎在誇獎，但半兵衛一點也高興不起來。雖說閃避，然而半兵衛身上那件羽織的右肩部分還是被砍出一道裂縫。即便深度不及身體，毫髮無傷，但也不算是完全閃過對方的刀。相對地，半兵衛剛才那一刀倒是沒有傳來任何手感，雪女身上的純白和服一處裂縫都沒有。

（明明是我先出招，刀速卻是對方較快！這不是由於臂力差異，而是那傢伙的動作更加合理，才會比我快的！）

無偏流的劍技清楚說明了讓人體以最快速度做出動作的術理。然而要隨時隨地都精準按照術理做出動作是很困難的事情，現實中只能盡可能讓動作接近理想。半兵衛透過不斷修練辦到了這點，而雪女的動作同樣沒有完全符合術理，只是比半兵衛更加接近理想。

雪女擺出中段架勢，瞇起眼睛。

「在至今交手過的劍客中，你是前途最有望的。」

面對絲毫也看不出疲憊神色的雪女，半兵衛緊接著思考自己還有什麼手法可行。雖然半兵衛還沒施展過祕劍『落花』，但貿然使用肯定也沒意義。現在應該先專注於防禦，稍微再觀察一下雪女的刀路嗎？

一方面也為了拖延時間，半兵衛保持著架勢向雪女問道：

「雪女，妳為何要如此攻擊劍客？妳的目的是什麼？」

然而對方似乎看出了半兵衛的意圖，沒有上鉤。

「你若能接下這招，我就告訴你。」

雪女說著，從中段架勢改為側身持刀。左半身朝前，把刀握在腰際，刀尖指向右斜下方。刀柄末端朝著半兵衛的方向，刀身有一半都被雪女的腳遮掩。

半兵衛當場有種宛如懷中被人丟入一塊冰的感覺。

（怎麼可能！還有更強的招式嗎？難道說，這傢伙已經學得了？）

雖然只是直覺，但半兵衛身為劍客的第六感讓他知道了這點。

雪女的黑髮末梢搖曳，看起來彷彿輕微飛舞。

「這招你可有辦法看清楚？祕劍──『垂雪』。」

半兵衛一次也沒眨動眼皮。視線也好，注意力也好，都沒有從雪女身上、從那把刀上移開。一步一刀的距離，在這段出招必殺的距離間就算只是一隻螞蟻經過，半兵衛也有自信能夠做出反應。

然而卻動不了。明明有看見雪女做出動作，自己的身體卻動彈不得。身體察覺到危險而準備做出對應，但腦袋卻為了應付另一項危險而下達指示，兩者相互衝突著。

雪女逼近的速度比起剛才那兩招祕劍都慢得多。然而半兵衛卻難以看出她究竟在做什麼動作，無法做出反應。

（那動作簡直像是準備同時施展各種不同的攻擊。不，應該說有如大量的分身各自準備做出不一樣的攻擊！從側身持刀的架勢能夠施展的刀路明明有限，但是她的劍氣！她的腳步！卻彷彿從前後左右甚至上下都會砍來！）

半兵衛面對逼近眼前的雪女，雖然身體保持握刀架勢僵硬不動，腦袋卻高速運轉分析狀況。這是由於他長年來為了窮盡無偏流的術理進行鍛鍊才能夠辦到的技巧。

面臨著生死關頭，半兵衛卻感到無比欣喜。得以親眼見識到自己夢寐以求的東西，讓他內心充滿喜悅。

（原來如此，這就是『垂雪』！由於那動作看起來彷彿從任何角度、任何瞬間都有可能砍過來，所以對劍術越是熟練的人，就越容易陷入混亂！因為無法判斷該如何反應、如何接招，反而導致身體無法動彈了！）

半兵衛並沒有掌握到奧義，並沒有徹底理解其中的術理，更是不曉得該怎麼做才能辦到那樣的動作。即便如此，他還是看出了一點影子。至今完全看不見的東西，此刻被他看出來了。只要具備如他這般等級的劍術才能與精神力，光是如此就打開了原本阻礙學習『垂雪』的那道門。即便後續還有難以想像的嚴峻之路要走，至少現在那道門打開了。

緊接喜悅之後，半兵衛手中的刀伴隨尖銳的聲響當場飛走。他本身則是倒在地面激烈滾動，最後仰天躺地。衣服從腹部到胸口被筆直切開，滲出鮮血。

然而他還活著。非但如此，那道從腹部直達胸口的傷也只有被刀尖劃過皮肉而已，可謂輕傷。半兵衛剛才只憑藉直覺就配合雪女的刀路做出防禦動作，雖然刀被彈開，但他也趕緊扭轉身體，倒地翻滾躲過了『垂雪』。

然而他依然徹底輸了。仰天倒地的半兵衛上氣不接下氣地張著嘴，全身肌肉顫抖得難以立刻站起來。他只是逃過一刀，卻沒有餘力再應付對手的追擊。光是躲開『垂雪』就讓他精疲力竭了。

雪女靜靜走到躺在地面的半兵衛旁邊，將冰刀的刀尖抵在他頸部。

「竟然只受輕傷就躲開剛才這招，想必憑藉的不只是直覺而已。但你的姿勢可真難看呢。」

雪女愉快地在半兵衛頭上這麼說著。她似乎並沒有要立刻補上最後一刀的打算，大概是因為看穿半兵衛已經無力抵抗了吧。

半兵衛仰望著雪女美麗的容貌，喘息回應：

「是我輸了。這顆頭，妳想要就拿去吧。但假如妳有那麼一絲身為劍客的情理，可以給我兩個月，不，一個月的時間。到時候妳要殺要斬我都心甘情願。」

「這求饒可真奇妙。你這一個月要做什麼？」
雪女真心感到奇怪，然而半兵衛毫不猶豫地回答：
「我要學得祕劍『垂雪』！我雖然尚未理解其中的奧義，也不曉得能否把這身體鍛鍊到能夠施展的程度，但我已經聽見了一直以來所追尋的那聲刀響！如果沒能學得就讓這條命結束，我死也不會瞑目！」
半兵衛好不容易撐起身體後，併攏膝蓋跪坐在地，對雪女伏首磕頭。
「我求妳！一個月就好。屆時就算我沒能學得『垂雪』，妳要砍死我也不會有怨言。即便有幸學得，我也會乖乖把這條命給妳。拜託了！」
身為一名武士，身為一名劍客竟然向對手求饒，而且對象還是個妖怪而非人類，肯定會遭人責備厚顏無恥吧。然而對半兵衛來說，沒能學得『垂雪』，明明見到希望卻無緣挑戰的遺憾更勝於恥辱。
雪女深深嘆氣。半兵衛感覺到那似乎是仰望著天空，忍耐不讓淚水落下似的一口氣。緊接著，雪女把冰刀刺到地面，在半兵衛面前蹲下身子，將手放到他肩上。
「抬起頭吧。要伏首拜託的人應該是我呀。」
雪女的聲音嚴肅，聽起來比半兵衛更充滿懇求之意。抬起頭的半兵衛對於雪女甚至看似溫順的態度不禁感到困惑，只能提出平凡無奇的問題：
「拜託我什麼？」
「我已練就了祕劍『垂雪』的技術與理論，就讓我把那一切都傳授給你。然後靠你這雙手，將完成的無偏流劍術發揚光大吧。」

這請求完全出乎半兵衛的預料。不過對於雪女來說，這似乎才是她一連串行動的真正理由。

「身為妖物的我，無法在人世發揚完成的無偏流。因此我一直以來都在尋找能夠傳授『垂雪』的人才。這劍技的術理明瞭，所有動作也都能透過言語詳盡說明。然而具備足夠的劍術才華與骨氣能夠理解並重現這招的人卻少之又少。不過現在總算讓我遇到了。憑你的才能與毅力，絕對能夠辦到。而且你又是無偏流的修練者，可謂無上的幸運呀。」

雖然半兵衛自己開口問過多次，但他還是對於妖怪的行動之中竟然帶有如此合理的動機不禁感到驚訝。

「妳是為了挑選出能夠傳授劍技的人，才會把劍客們引誘到這山中較量的嗎！」

「沒錯，雖然比原本預期的花了更多時間，不過這下終於值得了。大部分的人就連『落花』都無法招架，對『垂雪』及時做出反應的更是只有你呀。」

修練劍術，將刀插在腰際的人便應當同時抱有被斬殺的覺悟。在這雪女面前拔刀的人們被殺害，也可說是無可奈何的事情。雪女並沒有連棄刀逃跑的人都殺掉，身上沒有持刀的人也是。在較量的時候想必也都堂堂正正，有時甚至必須同時對付多名劍客。

過去成名的劍豪們也多在沙場上、比武中斬殺過無數的對手。上泉信綱如是，塚原卜傳如是，宮本武藏如是。

即便如此，半兵衛對於雪女堆出來的屍體數量以及她的執著還是不禁感到戰慄。然而半兵衛沒有選擇拒絕的念頭。重要的是達成足以匹配這些犧牲的成就，而且他同樣也抱有對劍術的執著。

「反正我已死過一次。無論對方是什麼存在，只要願意傳授『垂雪』，我都求之不得。」

雪女感到放心似地拍了一下大腿。

「我才求之不得呢。話說回來，你名叫什麼？」

「半兵衛。敝人名叫白倉半兵衛。」

既然要傳授祕劍，雪女就相當於師父的立場，因此半兵衛改正自己的態度。然而雪女卻表現得有點為難。

「你不用那麼拘束。將來要使無偏流發揚光大的男人竟然對一個妖怪卑躬屈膝，可難以示人呀。」

不知是客氣還是基於自身的信條，雪女如此說著並站直身子扶起半兵衛。

「半兵衛，修行可是會很艱難的。你真的有辦法在一個月內學會嗎？」

既然是雪女主動說要傳授劍技，其實大可不必把期限定在一個月內。但畢竟半兵衛剛才自己這麼講過，就必須努力辦到才行。更何況現在不是要他自己摸索出術理，而是雪女會把已經明瞭的奧義傳授給他，那麼就必須抱著比當初預估的期間更快學得的骨氣。

「當然，我會拚上性命把它學會。」

聽到這回應，雪女當場破顏一笑，接著為了消除疲勞似地轉動肩膀。

「不過也沒必要急著馬上修行。你也讓身體休息休息，下山去準備閉關修練用的東西吧。同時，你可以跟山腳的人們說自己斬殺了雪女。我在這裡的目的已經達成，當作被討伐掉也免得事後麻煩。而且想必在世上也找不到其他斬殺過雪女的人，你就藉此提升無偏流的名聲吧。」

半兵衛也站起身子，發現自己的確疲憊到無法立刻開始修行的程度。既然雪女會提議休息，可能代表這妖怪跟半兵衛比武也沒感到輕鬆吧。這點讓半兵衛心中稍微鬆了口氣。

如此冷靜下來後，半兵衛這才想到一項最大的疑點，忍不住開口問道：

「那我是無所謂啦，但話說回來，身為妖怪的妳到底是從哪裡學到無偏流劍術的？而且竟然還練就了被稱為傳說的『垂雪』，簡直讓人無法理解啊。」

結果雪女一臉驕傲地表示：

「理由很簡單。因為我就是無偏流開宗祖師——井上又右衛門的最後一名弟子呀。」

窗外飄著雪的咖啡廳中，靜也聽到岩永發表的真相，當場發出驚愕的聲音：

「妳說山中的雪女竟是又右衛門的弟子？這怎麼可能！」

然而岩永從容不迫地回應：

「又右衛門為了完成祕劍『垂雪』，五十五歲時銷聲匿跡，從此行蹤不明。假設他在那段時期與雪女邂逅，有了傳授劍技的機會，又有什麼值得奇怪的呢？」

關於井上又右衛門這位開宗祖師的存在，岩永一開始也沒有充分考慮到。其實只要將這人物加入思考，就能適切解釋不明的疑點了。

由於靜也沒再提出反駁，於是岩永繼續描述起從前的真相：

「就這樣，半兵衛獲得了身為又右衛門直傳弟子的雪女親自傳授『垂雪』的機會。」

半兵衛回到山腳村落報告自己討伐了雪女後，隔天就被雪女帶到不知位於何處的深山中，開始修練『垂雪』。這處深山裡有一間完善的小屋能夠遮風蔽雨，寢具與日常生活用品也一應俱全。附近也有一條溪流，不用擔心無水可用。

雪女似乎另有住處，每天日出時會來到小屋叫醒半兵衛，準備早飯一同用餐後，指導劍技直到日落，再準備晚飯又一同用完餐才離去。

修行過程一如雪女所言極為艱辛，有時候甚至到了日落後，半兵衛光是呼吸都感到疲憊。然而多虧雪女每天示範好幾次『垂雪』給半兵衛看，又會循序漸進地詳細說明其中的理論，這樣想不理解都難，也易於修正動作。另外，半兵衛除了練劍以外完全不需要顧慮生活上的各種瑣事。雪女不但會為他準備餐食，甚至總是在不知不覺間幫忙從溪流打水過來。

這樣根本搞不清楚誰才是師父，誰才是弟子，不過雪女的想法大概認為將『垂雪』傳授給半兵衛是優先於一切的目標吧。換個角度也可以說，她這樣是逼得半兵衛只能一心一意磨練劍技了。

開始修行十天之後，半兵衛才總算習慣這樣的生活，到了日落修行結束後還有餘力思考事情，開口交談。於是他這才終於向雪女問起成為又右衛門弟子的原因，以及事情至此的經過。

「也就是說，又右衛門大人失蹤之後，就是在這地方跟我現在一樣進行修練嗎？」

這天日落後，半兵衛在小屋中端著雪女為他舀到碗中的豬肉鍋，對雪女的回答感到驚訝。

雪女則是點點頭，從掛在地爐上的鍋中也為自己舀了一碗。

「是呀，那是很久以前的事情了。我當時發現有個人類的男性獨自住在這樣的深山中，還想說究竟在幹什麼，結果只見他握著刀又揮又轉，甚至一下跳起一下翻滾，不時還會坐到地上唸著『不對不對』或者『太慢太慢』，越瞧越是不懂他在做什麼了。」

又右衛門在半兵衛出生以前就已經失蹤，流派內傳承下來的故事又莫名將他神格化，然而那位開宗祖師其實也是個會為劍術而苦惱的人。

「就算我現身在那人面前，他也完全不會驚訝，還說著『不管妳是什麼人但來得正好，把這握著，保持這個姿勢。』並遞給我一把木刀，讓我擺出奇怪的姿勢後，彷彿要確認什麼事情似地又自顧自地修行起來。就這樣過了半個月，才終於搞清楚我是妖怪的雪女呢。」

如此描述過去的雪女雖然看起來有些火大，但並不感到憎恨。

「他是個很有趣的人。為了自身劍術的不完整而感到苦惱，一心一意只想要完成那招叫做『垂雪』的祕劍。要是放著不管，他甚至連吃飯都會忘記，害我花了不少心思照料呀。」

看來她在這段修行中對半兵衛無微不至的照顧，是從前對待又右衛門時學會的。

「那麼妳又是為什麼向又右衛門大人學習了無偏流劍術？那對妖怪來說應該沒有必要吧？」

「因為那人對於自己的劍技實在太過鑽牛角尖，所以我想說為了讓他分散一下注意力，就提議要他教我那個所謂的無偏流，說我是妖怪或許能夠發現什麼人類注意不到的地方。又右衛門雖然看起來沒什麼意願，但他自己的修行也明顯沒有進展，於是抱著姑且一試的想法開始教我劍術了。」

雪女這麼說著，但看起來還是有點火大的樣子。

「可是那人竟然一下罵我記性不好，一下又大吼說無偏流的劍技理論明瞭，只要照做就行，為何我辦不到什麼的。妖怪就算學不好人類的劍術也沒什麼關係的說。」

雖然當初是自己提議，但看來雪女對於又右衛門在劍術上毫不妥協的性情似乎也有怨言。她接著停下從碗中拿起的筷子。

「不過，人類的壽命終究虛渺。那人在這裡只生活了三年左右。明明也沒生什麼病，卻有一天忽然倒下，不消一個時辰便斷氣了。或許是領悟到自己命不久矣吧，又右衛門由於自己終究沒能解開『垂雪』的真諦，無法完成劍技的遺憾而含淚離世了。」

就算又右衛門從弟子們面前消失蹤影後便立刻來到這座山中，應該也有五十八歲左右。因此算起來享年六十歲上下。

「原來又右衛門大人最終還是沒能練就『垂雪』啊。」

「沒錯，因此我身為他最後的弟子，下定決心要學得『垂雪』的奧義。」

既然這位雪女直到又右衛門死前都陪伴在身邊，而且接受過劍術指導，那麼就算她是妖怪，也毫無疑問是又右衛門最後的弟子，也是比任何人都繼承了其遺志的劍客。

「後來我不斷揮刀三十年以上，終於在最近領會出『垂雪』的奧義，使又右衛門的無偏流總算完成了。」

雪女感慨無限地對半兵衛一笑。不只是對於她的執著，半兵衛更是對她所耗費歲月之沉重而感到震驚。

「妳一路來都堅持不懈地修練劍技嗎？」

「畢竟又右衛門的指導內容清楚明瞭。而且妖怪不像人類，即便不眠不休也能活下去。因此就算是缺乏劍術才能的我，只要一心不亂地持續揮刀，也能僥倖學會呢。」

能夠持續三十年以上一心不亂地修練劍技，本身就是一種劍術才能，也是許多劍客難以具備的天賦了。

（她如此努力終於學得的劍技，這麼輕易就傳授給我真的好嗎？）

雪女或許看出半兵衛心中這樣的疑念，為了要他斷卻雜念似地搖搖頭。

「我是個妖怪，無法在人世宣揚無偏流。會想要向妖怪學習劍術的人肯定也少之又少。更別說可能會被輕蔑是妖物創造出來的劍技。難得完成的『垂雪』，這樣下去又會再度失傳。因此我必須尋找一位能夠繼承又右衛門劍術的人，然後你就出現了。要是沒有你，又右衛門的遺願也難以實現呀。」

雪女接著用命令之中帶有深切期望的語氣說道：

「半兵衛，你一定要練就『垂雪』，讓無偏流的名聲與又右衛門所追求的劍技流傳後世。」

「當然，我對自己的刀發誓。」

半兵衛學得『垂雪』已不只是滿足他個人的欲求，同時也是又右衛門的遺志與這位雪女的心願。無論如何都要實現才行。

接著，半兵衛雖然感到有些猶豫，還是決定問問看另一件讓他在意的事情。

「話說，從前幾天開始到了吃飯時就會出現的這個人究竟是誰？」

有個容貌與雪女酷似、但看起來好像比較年輕的女性，坐在雪女旁邊默默吃著豬肉鍋。她從剛才就不斷自己舀菜，已經吃到三碗以上了。

應該是雪女同伴的這位女性，從大約五天前就一副理所當然樣子地同席用餐，讓半兵衛錯過了發問的時機。

雪女一臉不耐煩地看向那位同伴。

「她是我妹妹，是個貪吃的傢伙。以前又右衛門的時候也是，只要我煮飯她就會跑來一起吃。雖然說，她會幫忙準備野菜獸肉等食材，所以我也不會不讓她來就是了。」

雪女妹妹一邊動著筷子一邊抗議：

「我以前不是還會陪姊姊大人修行劍術嗎？有時候甚至拿木刀給妳當練習對手呢。」

「但妳一下子就膩了不是？」

原來妖怪也有兄弟姊妹——半兵衛如此感到意外的同時，問了一下對他而言比較重要的部分：

「令妹的劍術實力如何？」

「算不上什麼。雖然我教過她基礎，但她八成已經忘了。」

看來雪女就算對親人也評價毫不客氣的樣子。妹妹雪女倒是不以為意。

「我們妖怪就算不會劍術，也多得是打倒對手的方法呀。」

結果雪女一副懶得再跟她計較似地說道：

「妳不明白又右衛門的劍術精妙之處呀。」

雖然半兵衛自認也不算明白，不過這位雪女毫無疑問理解得非常清楚吧。

後來又過了幾天，半兵衛在雪女的指示下用右手握著木刀，獨自反覆練習著祕劍之一『落花』的動作。雪女嚴格命令他反覆一百遍後，接著換成左手再反覆一百遍。

在這段期間，雪女似乎有事外出，不過她妹妹倒是飄飄然地從空中現身，坐到近處的樹梢上問道：

「劍術那麼有趣嗎？」

這問題不只是妖怪，半兵衛也被人問過好幾次，但他自己也答不出一個明確的回應。結果他只能苦笑回答：

「這很難講。如果要說無趣或許也沒錯，不過對我來說，我也無法想像沒有劍術的人生。」

半兵衛並不期望對方能夠理解，而妹妹雪女確實也表現出感到無趣的樣子。然而她接著忽然講出一件事：

「姊姊大人呀，其實跟又右衛門之間生了個孩子。」

半兵衛施展『落花』差點失手，不合理的施力方向讓肌肉彷彿發出軋響，但幸好只是順勢亂踏幾步就停住了。雖然半兵衛早有隱約察覺那兩人之間的關係，可是沒想到竟然還生了小孩。

「她和又右衛門大人果然是那種關係啊。」

「嗯，姊姊大人是在又右衛門去世後才發現自己懷孕的。姊姊大人雖然把那孩子生下來，但為了不要妨礙自己修行劍術，就把孩子給了一對不孕的夫婦，自己則是專心領會那招叫什麼『垂雪』的劍技。」

半兵衛又更加對那位雪女的執著心感到震驚了。結果他停下揮刀的手，專注聽著樹梢上的妹妹雪女講話。

「所幸那孩子在人類雙親的養育下健康成長，雖然膚色異常白皙，不過如今已是個三十多歲的男子漢了。姊姊大人偶爾也會從遠處觀望，但從不去跟他見面。」
妹妹雪女低頭看向半兵衛。
「雖然說獨自在深山中養育一個妖物與人類生下的小孩對那孩子也不是好事，但我實在感到奇怪，不惜拋棄自己的小孩也要練就的劍術究竟是什麼？」
關於這點，半兵衛也不是完全沒有感到奇怪的想法，然而同時能痛切理解做出那種選擇的心情。
「假如是又右衛門大人，想必也會選擇劍術而非孩子吧。令姊可能只是繼承了那樣的想法。而且如果身為妖怪對於養育自己與人類之間的小孩抱有猶豫，那麼她與又右衛門大人之間的聯繫就只剩下劍術了。」
「只剩下劍術嗎？這麼說來，姊姊大人至今依然很寶貝地保留著又右衛門遺留下來的刀，偶爾還會拿在手中瞧上好一段時間呢。」
妹妹雪女或許對此感到憂心，深深嘆了一口氣。又右衛門當年想必是帶著刀進入山中閉關修行，因此會留下來成為遺物也是很自然的事情。雪女恐怕是透過那把刀，還看著又右衛門的身影，掛心著又右衛門的遺願吧。
「既然如此，我要快點練就『垂雪』才行啊。」
對於雪女那樣的過去，半兵衛除此之外也沒有其他可做的事情，於是他重新握起木刀，準備再度開始修練。妹妹雪女則是表現出一副無論對半兵衛或對自己姊姊都無法理解似的態度。

「你也是個無可救藥的傢伙呢。所以我就說不應該跟什麼人類親近。」

她丟下這句話之後，便飛向空中消失了。半兵衛目送那樣的妖怪離開後，架起木刀，但揮刀前還是忍不住呢喃：

「原來如此。那雪女不只是又右衛門大人最後的弟子，也是他最後的妻子啊。」

這算值得慶幸的事情嗎？總覺得這種問題問起來也愚蠢。畢竟不管是什麼答案，總會有人受傷的。

靜也感到難以置信地說道：

「妳說和雪女之間生了小孩的不是半兵衛，而是又右衛門嗎？」

岩永拿起蓋在桌面上的手機稍微確認時間，並輕輕點頭。

「是的，這樣考慮起來，之後的事情也就說得通了。」

靜也大概聽出她這句話的意思，眼神大為震驚。

「那麼，被接到白倉家成為養子的勇士郎呢？」

岩永再度舉手讓靜也冷靜下來，按照先後順序繼續說明：

「就這樣，半兵衛努力修練，好不容易用一個月的時間學得了『垂雪』。畢竟術理已經透過雪女之手解析明瞭，而且雪女的指導也適切而仔細。只要肯努力，就有充分練就的可能性。」

話雖如此，但想必也因為是半兵衛才能辦到這點吧。

「半兵衛下山回鄉後，遵守與雪女的約定，將學得『垂雪』而完成的無偏流發揚光大。而他之所以同時不忘宣揚『斬殺雪女』的軼事，恐怕是雪女指示他這麼比較容易出名。不過我想半兵衛本身也希望這麼做吧。」

又有一項疑問獲得解決。這是由於雪女存在所以才合理的動機。

「無偏流完成的過程中，雪女功不可沒。因此就算要描述為遭到斬殺的存在，半兵衛也希望將雪女形容成對於無偏流來說不可或缺的大恩人。」

「所以他就算被其他人再三勸說，也依然堅持提起雪女的事情嗎？」

靜也這句話雖然是疑問句，不過流露出對這樣的動機感到理解的態度。

「半兵衛心中肯定很難受吧。畢竟他終究不是靠自己的力量練就『垂雪』，卻藉由雪女讓給他的功勞受盡讚賞。除非是什麼大壞蛋，否則對於這樣的狀況肯定會感到很不舒服。因此他一直主張功在雪女既非謙遜也非韜晦，而是把這麼做當成最起碼的贖罪吧。另外他之所以不忘供養那些在山中遭雪女殺害的人，應該也是認為那些人為了成就雪女與他自己的劍術而犧牲，所以自己必須祭拜才行。」

岩永一邊注意著時間，一邊開始說明關於勇士郎的疑點。

「然後回鄉五年後，無偏流處於聲望隆盛之時，依然未婚的半兵衛為白倉家收了一名養子。」

半兵衛與雪女告別後過了五年，順利提升、宣揚了無偏流的名聲。不但在藩主面前表演過比武，還因為犀利的劍技受到讚揚而獲賜名刀。半兵衛依舊心無旁騖地磨練自己的劍技，也有日益精進的自覺。即便如此，他還是認為自己的劍術遠遠比不過雪女，內心的空虛同樣與日俱增。

就在有一天，當他深夜獨自來到宅邸的緣廊仰望秋月時，有道影子從空中倏地降落到庭院，安靜得讓半兵衛遲了一拍才察覺那個氣息。

飛來的影子在月光下看見緣廊上的半兵衛，發出感到安心的聲音：

「哦，半兵衛。我剛好要找你。」

那影子正是雪女。自從修行結束下山後，這是兩人初次重逢。半兵衛趕緊也來到庭院中，走近雪女。

「妳這時間過來是怎麼啦？闊別五年，妳一點都沒變啊。」

半兵衛忍不住語氣開心，但同時反過來發現自己老了五年，改變許多。接著，他注意到雪女用雙手抱著一個五、六歲左右的男孩，不知是在睡覺或者失去意識，閉著眼睛動也不動。

雪女抱著那小孩對半兵衛低頭懇求。

「抱歉，半兵衛，可以請你收養這孩子嗎？他是又右衛門的孫子。」

「又右衛門大人的孫子，那也是妳的孫子了？」

半兵衛目不轉睛地觀察男孩。這麼一說，這男孩的確和雪女一樣眉清目秀、膚色白皙，可見繼承了她的血脈。

雪女讓男孩躺到緣廊上。

「這孩子居住的村落遭逢洪災，當我發現時他的父母已經被洪水沖走喪命。只有這孩子被我好不容易救出來，但我除了你以外，想不出可以安心託付的人。」

「妳說洪災嗎？那麼妳的兒子……」

「別說了。光是能救出這孩子就已算萬幸呀。」

就算是生下來就交給人類，自己沒有撫養過的兒子，但死了怎麼可能不心疼？半兵衛對於這點比較感到在意，然而雪女卻不願多說。的確，與其去想已經失去的存在，更應該想想獲救的小孩今後該如何養育吧。

雪女表情難受地對半兵衛低下頭。

「雖然我想你也已經結婚生子了，但可以拜託你照顧這孩子嗎？」

半兵衛聽到這句話稍微愣了一下，但馬上故作開朗地回答：

「放心吧，我現在依然是個逍遙的單身漢。周圍的人總是勸我生個繼承人，為我介紹了好幾位姑娘，讓我頭痛得很呢。不過現在只要收養這孩子，剛好可以成為我的繼承人啊。」

「你竟然還未婚？連孩子都沒生，將來是打算如何發揚無偏流！」

雪女對於奇怪的部分莫名生氣起來，不過很快又尷尬地垂下眉梢。

「不，抱歉。你的盡心盡力我也有所聽聞了。無偏流如今聲名大噪，連遠方都能聽到你的傳聞呢。」

半兵衛笑了一下，輕輕撫摸男孩的頭。

「過於重視血緣反而只會縮小流派的可能性。因此我本來認為讓優秀的弟子繼承流派比較有助於發展。不過既然這孩子繼承了妳和又右衛門大人的血脈，想必也有劍術才能。將來肯定會成為比我更出色的劍客吧。」

雪女驚訝屏息。

「真的好嗎？希望讓自己的親生孩子繼承才是人之常情吧？」

「妳說什麼呢，如今的無偏流是經由妳的手完成的啊。我現在只不過是暫時接管而已，本來應該要交還給繼承妳血脈的孩子才合乎道理。」

半兵衛是真心如此認為。此刻有種幾年來累積的鬱悶與空虛，總算消解了一半的感覺。

雪女一瞬間差點面露喜色，但又馬上變得表情嚴肅，握起半兵衛的手。

「對不起你了。假如這孩子真有天賦，就拜託你將又右衛門的劍術傳授給他吧。他似乎名叫『Yuushirou』，但無奈我並不曉得是什麼字。」

「Yuushirou 嗎，那就為他取個『勇（Yuu）』字吧。我會將妳的劍技也傳授給他。」

半兵衛反過來緊握雪女的手，然而雪女很快又鬆手，再度走近男孩身邊輕撫他的臉頰後，飄浮到空中。

「那麼，勇士郎和無偏流就拜託你了。」

半兵衛趕緊回應：

「這點妳儘管放心吧。話說我一直都沒機會問妳，妳叫什麼名字？我想最起碼應該讓這孩子知道自己的親人叫什麼。」

雪女搖搖頭。

「我的名字對那孩子只是累贅。你千萬不可告訴他身上繼承了雪女之血的事情。一個拋棄孩子的妖怪留下的名字與血統只會帶來壞處，沒有讓他知道的意義。」

雪女如此表示後，便消失在月影之中。正似妖怪給人的印象，突然出現又突然消失。

半兵衛仰望著夜空中白色和服的殘影，只能苦笑。

「久別重逢，多聊個幾句也好啊。」

從雪女剛才的口氣聽起來，她對於這五年中無偏流劍術的風評雖有興趣，但對於半兵衛的私生活倒是毫不關心的樣子。

半兵衛接著走回緣廊坐到正在睡覺的勇士郎旁邊，交抱起胳膊歪頭思考。

「好啦，這下關於我要收他為養子的事情，該如何說服其他人才好？」

勇士郎的白皙膚色與端整容貌，很巧地和半兵衛也有幾分神似。雖然可能被人猜想是什麼私生子，但半兵衛已經不想再對周圍說更多謊言了。

靜也全身虛脫似地說道：

「也就是說，勇士郎其實是又右衛門和雪女的孫子？」

這聽起來似乎沒什麼差別，但其實是很大的變化。

岩永喝了一口大吉嶺。

「由於半兵衛膚色白皙又容貌俊美，特徵和雪女非常像，才會讓人產生勇士郎是他親生兒子的誤解。然而對半兵衛來說因為真的不是他兒子，所以被人問起的時候當然會否定。畢竟他在關於『垂雪』的事情上已經撒謊，不願意再增加更多謊言，因此才堅持主張事實。而且勇士郎是大恩人雪女託付給他的孫子，他當然會疼愛有加了。」

為了尋求肯定，岩永接著問道：

「如此一來，關於勇士郎的疑問都獲得解決了嗎？」

靜也應該還沒理解這個真相對於自己會有什麼影響，還不曉得究竟是好事還是壞事。只不過當人碰上事情超乎自己原本所支持的構圖時，總難免無法立刻接受。

「那麼關於半兵衛的死呢？他最後說出那句『雪女』是什麼意思？假設事情如妳所說，那雪女應該不會殺掉半兵衛才對吧？」

靜也試圖藉由其他疑點否定岩永提出的真相，然而都是白費力氣。即便是陳述謊言，大部分的漏洞也都有辦法填補。更不用說如果講的是真相，就連填補漏洞的力氣都可以省了。

「半兵衛是自殺的。你應該也隱約察覺到動機了吧？」

岩永先提出結論後，開始進入詳細說明。

雪女將勇士郎託付給半兵衛後過了十年，也就是傳授『垂雪』後過了十五年。半兵衛年至四十，身為劍客的名聲越來越響亮。雖然依舊未婚，但由於養子勇士郎的表現出類拔萃，如今已沒有人再要求他娶妻生子了。或許大家都以為勇士郎就是半兵衛的親生兒子吧。

（勇士郎雖然尚未學得『垂雪』，不過已經掌握要領。就算沒有我為他示範，他遲早也能練就。今後我的指導對他來說頂多只會礙事，不會再帶給他任何益處了。）

半兵衛在指導弟子劍術的途中離開道場如廁後，不經意來到宅邸的緣廊。

（無偏流的弟子們也遍布各地，還有許多人開設了自己的道場。甚至有其他流派將無偏流的指導內容納入自己的劍術。如今可說已經別無所求了吧。）

這十年來，湧上半兵衛內心的空虛感不但沒有消滅，隨著白倉半兵衛成為無偏流的代名詞使得名聲越響亮，他心中就感到越是沉重。

（我該做的事情應該全都做到，算得上達成了和那位雪女的約定吧。）

就在這時，雖然此刻還是白天，卻有如從前那天的夜晚般，有個影子從天上翩翩降落到庭院。那人影左手提著一把刀，有著烏黑的長髮與白皙的肌膚，身穿全白的和服。是雪女沒錯，卻不是半兵衛心中期待的那位雪女。

「你出來得正好，半兵衛。」

「妳是那雪女的妹妹。」

那正是被姊姊評為貪吃的妹妹雪女。不過即使不同人，還是讓半兵衛懷念得不禁微笑。妹妹雪女接著用嚴肅的表情走向緣廊。
「很高興看到你健康無恙。」
見到她那樣一反過往的態度，半兵衛頓時有種不好的預感，走下庭院。
「令姊怎麼了？」
「姊姊大人在不久前離世了。」
妹妹雪女用哀悼的眼神告知的這句話，讓半兵衛啞口無言好一段時間，最後帶著喘不過氣的感覺問道：
「是被什麼人討伐了嗎？」
妹妹雪女搖搖頭。
「姊姊大人只是對人生感到滿足了而已。當又右衛門過世的時候，我就已經在擔心她會不會馬上跟著走，沒想到她又活了這麼久。現在回想起來，姊姊大人想必是覺得自己必須達成又右衛門的遺願，那時候才沒死的。」
半兵衛好不容易才撐住身體沒讓自己跪下。對方是壽命與人類不同的妖怪，明明幾十年前接受過又右衛門親自指導卻依然看起來很年輕，因此半兵衛絲毫都沒想過那雪女會比自己先離開。
妹妹雪女走到半兵衛面前停下腳步。
「姊姊大人交代我務必要來向你傳達謝意。感謝你讓又右衛門的無偏流名揚遠近，又將他們的孫子養育得如此出色。姊姊大人說她如今已了無遺憾，便化為白霧消失了。」

「妖怪的死都是這樣嗎？」

「各自不同。有的是遭人討伐而消失，也有的是對自身的存在感到無常而擅自消失。姊姊大人的狀況有一半類似自盡。雖然晚了幾年，不過終究是隨著丈夫離世的。」

半兵衛腦中回想起那位雪女的各種景象。無論何時，她眼中總是只有劍術與又右衛門。而劍術同樣是又右衛門傳授給她，因此可說又右衛門是那雪女的一切。那麼當又右衛門的遺願達成之後，那雪女自然會追隨他離世了。

半兵衛簡短回應：

「這樣啊。」

妹妹雪女接著將帶來的刀遞到半兵衛眼前。

「另外，這把刀你拿去。這是又右衛門的遺物。雖然姊姊大人一直珍惜保存，但如今她也不在了。即使不忍心丟棄，我也不曉得該怎麼辦。就任你處理吧。」

半兵衛茫然伸手收下刀，又茫然呢喃：

「最後至少來見我一面也好啊。」

妹妹雪女聽到他這樣吐露心聲，忍不住驚訝。

「原來你心中迷戀著姊姊大人嗎？」

半兵衛一時感到火大，不自覺大聲回應：

「她揮舞的劍技是那麼美麗，怎麼可能不迷戀！我這輩子愛慕的對象就只有她一個。雖然我老早就知道這心意無法實現了。畢竟她連名字都不曾告訴過我啊。」

妹妹雪女表現出感到抱歉的樣子。

「對不起，我姊姊不明白男人心。除非是極為交心的對象，否則我們雪女通常不會把名字告訴別人。我想姊姊大人應該也只有告訴過又右衛門吧。」

無論半兵衛對她發飆，或者她對半兵衛道歉都是不合理的事情。到最後半兵衛也道歉了。

「我才應該說對不起。我早猜想到可能是那樣了。」

「嗯，我也沒資格講姊姊大人就是了。」

妹妹雪女似乎又感到抱歉起來。或許因為有種不管如何用言語掩飾，都只會傷害到半兵衛的自覺吧。

半兵衛吐一口氣後，對妹妹雪女低下頭。

「今天謝謝妳特地來告訴我這件事。」

「你也別太沮喪了。多保重。」

妹妹雪女似乎還有點擔心半兵衛，但可能認為自己不應該再介入過多，於是如風吹般飛向空中，消失了蹤影。能夠轉眼間入侵到圍牆環繞的宅邸中，又轉眼間離開，不留下任何痕跡。妖怪這種存在真是難以捉摸。

半兵衛看向手中的太刀。既然是又右衛門的遺物，少說也有五十年的歷史，但外觀上一點歲月痕跡都沒有。拿掉握柄也能看到裡面的刀身毫無鏽蝕，清楚映出半兵衛年過四十依然白皙的肌膚與端整的容貌，可見一直都有受到細心保養。

（既然那雪女感到滿足離世，就代表我該做的事情果然已經達成了。這十五年來，宣揚著不屬於自己的功績，背負著虛名，總算是實現了承諾。）

半兵衛將沒有絲毫汙點的刀刃舉到陽光下照耀。

（著實有些累了。那麼我也追隨離世應該無妨吧。）

握著刀柄的手心一點汗水也沒流，毫不猶豫地將刀刃放到自己頸部。半兵衛雖然也想過切腹，但那樣在死之前太花時間了。他巴不得能快點追隨在雪女之後。

「我不會打擾妳和又右衛門大人重逢的，但妳能不能至少瞧我一眼呢？」

利刃一口氣劃破頸部。鮮血激烈噴出，刀與鞘都脫手落到地上，身體也隨後倒在庭院中。

只要脖子的血管被切斷，就沒有得救的可能，應該很快就會斷氣才對。然而半兵衛的意識還是保持了一段時間。門下弟子們察覺異狀，紛紛聚到周圍不知在詢問什麼。但一心尋死的半兵衛眼中只有看到自己想要追隨的身影，伸手呼喚。

「雪女。」

在眾多弟子圍繞中，白倉半兵衛就這麼與世長辭了。這時從空中一片、兩片地飄落下這年冬季第一場雪，卻沒有幾個人注意到。

窗外的雪不斷下著。岩永漫長的說明終於結束。關於白倉半兵衛這個為劍術而活，卻沒能靠自己的力量獲得渴求的劍技，又不得愛慕的女性一顧的男人，其生涯的真相總算述說完了。

「因虛名而疲憊，認為已經達成使命的半兵衛會選擇自殺，應該不算太奇怪的事情吧？再加上他得知自己愛慕卻無法在一起的雪女早一步離世，手中又有一把刀。周圍如果沒有可以制止的人，會在衝動之下自刎也是難免。」

手機螢幕上顯示時間過了下午兩點半，一如預定。於是岩永把紅茶一飲而盡。

「他最後那句話其實也只是呼喚思念的對象而已。假如他知道對方名字也許就會那麼叫，但由於半兵衛沒能得知雪女的名字，只能夠那麼稱呼了。」

靜也用冷靜進行確認的口吻提出剩下的疑問與解答：

「他之所以終身未娶，是因為心中一直想念著那位雪女嗎？」

「肯定是那樣吧。雖然也不能排除他在哪一場比武中受傷而變得性無能，所以即使想結婚也無法結婚的可能性就是了。」

對於岩永的補充，靜也笑也不笑，嚴肅地繼續追問：

「有證據可以證明這假說是真的嗎？」

結果岩永感到無奈地笑了一下。

「我剛才就說過了，這只是餘興，並非真相，所以不會有什麼證據。就算它真的是事實好了，江戶時代發生過的妖怪故事又要怎麼找證據？相關人物們全都已經往生了呀。」

靜也不甘心地顫動著嘴脣，緊接著想到一點又立刻表示：

「對了，有個人物可能還活著，就是那位雪女的妹妹啊。既然是妖怪，那位妹妹搞不好現在依然存在，而且知道所有事情。其實妳就是向那位妹妹問出真相的吧？」

難道隨著劍術精進，直覺也會變得敏銳嗎？靜也拔出的刀完全砍到了真相。

岩永用說服幼童般的口氣回應：

「有件事非常重要，我再說一次。這世界上沒有什麼雪女。我不可能向誰問出什麼話的。」

靜也有如真的要朝岩永拔刀似地看起來有一堆怨言要說，但就在這時，窗戶傳來彷彿被誰從外面輕敲玻璃的聲響。是飛來的鳥不小心撞到嘴喙嗎？或者隨風吹來的什麼東西敲到窗戶了？靜也感到奇怪地轉頭，看向窗戶外面。岩永則是裝作沒注意到聲音，並瞥眼觀察。

靜也當場瞪大眼睛，全身僵硬。或許是看到窗外正常來想不可能出現的存在吧。在下著雪的屋外，飄浮著一道黑頭髮、白皮膚，身穿純白和服的年輕身影，正有如傳說中的雪女。

雪女和靜也對上視線後，有如為他祝福般露出微笑，緊接著就飛向遠方，消失在雪景中。這間咖啡廳位於能夠眺望街景的高樓層，窗外沒有可以讓人站立的空間，也沒有能夠懸掛的場所。

整整僵硬了三十秒的靜也總算把頭轉回來看向岩永。

「剛才那個，妳看到了吧？」
「看到什麼？外面下著雪，視野變得好差呢。」
岩永故意如此裝傻。靜也似乎想反駁卻又不知道該怎麼說才好，混亂地不斷動著雙手，額頭滲出汗水。
岩永則是抓起放在一旁的大衣，進入總結。
「這是發生在江戶時代的事情，就算想要問出真相肯定也得不到正確答案。我剛才提出兩項假說，剩下就看你想要相信哪一邊了。」
她說著，把手穿過大衣袖口。
「如果相信第一個假說，半兵衛就是個惡徒。然而去在意一個古早以前的老祖宗是很愚蠢的想法。你只要引以為戒，讓自己活得正正當當就行。」
接著扣上大衣前方的釦子，將手機放進口袋，用手指勾起貝雷帽。
「假如相信第二個假說，那麼你體內就繼承了妖怪雪女的血脈。不過那並不是受到詛咒的血統。雖然半兵衛的死是一場悲劇，另外也死了許多人，但其中難道沒有愛嗎？即便有罪，他們各自也都已經償還代價了吧？」
戴上貝雷帽後，岩永用眼神對靜也輕輕行禮。
「不論是那種假說，你的血統中都沒有什麼不好的恩怨，沒有必要感到厭世。雪女想必也不會想要讓你跟怪異的世界扯上關係，希望你能過著普普通通的生活吧。」
岩永接著拿起拐杖，將末端放到地板上。

「你現在心中描繪出的雪女，看起來像在詛咒白倉家嗎？」

靜也剛才在窗外見到的那位雪女看起來很幸福，想必不會對靜也的前途帶來不好的預感。今後靜也只要想到雪女，腦中應該首先會浮現那個身影才對。

他總算理解一切似地放鬆了力氣。

「果然妳剛才也有看到窗外對吧？」

岩永則是用空出來的手拿起結帳單，同樣感到傻眼地回應：

「人基於立場上，有些話就算扯破嘴也不能講出來呀。」

世事複雜，有時候表面話也是必要的。因此岩永才會提出另一個假設雪女不存在的假說。

岩永晃著手上的結帳單，往前走出。

「那麼，你保重。也代我向秋場同學問個好。另外記得告訴他，不要認為我每次都會接受商量。」

雖然靜也似乎從座位起身向岩永深深鞠躬，但岩永沒有回頭確認，直朝結帳臺走去。

搭乘電梯下樓後，岩永穿過飯店的自動門撐傘來到下雪的屋外，走進一條無人小巷。結果室井昌幸家的雪女，也就是故事中的妹妹雪女從空中輕飄飄地降落到她身旁。

雪女恭敬地詢問岩永：

「公主大人，請問這樣就可以了嗎？」

「感謝妳的協助。我想這樣一來，他應該也不會討厭自己體內的雪女血統，今後能活得正正當當吧。」

岩永告訴雪女事情已經順利收場了。她其實事先就和雪女講好，指示對方等時間一到就出現在窗外吸引靜也的注意，並對著靜也微笑。

這是為了將靜也心目中對雪女的想法更新為良好的形象，而演了一場視覺上印象強烈的目擊戲碼。

雪女也鬆了一口氣。

「畢竟那人和我也有親戚關係，希望他能活得幸福。」

「雖然已經很淺，不過你們之間的確有關係。」

即便如此，但雪女或許對於姊姊的遺願站在稍微反對的立場，感覺心中還有些疙瘩的樣子。

「我認為盡量別跟那個家的人扯上關係對他們比較好，所以一直都和他們保持距離。然而這次的狀況算是不得已吧。」

「今後也要稍微注意一下那個家族，搞不好又會出現抱持相同煩惱的人了。不過難得我這次提出了另一個假設雪女不存在的假說，但願今後白倉靜也能夠巧妙處理自己家族的問題呀。」

雖然對於白倉家的煩惱並沒有完全結束，不過這次算是順利收場了吧。江戶時代離世的雪女、白倉半兵衛與井上又右衛門就算覺得有不滿的地方，應該也沒怨言才對。

岩永抬頭看向雪女。

「妳也同樣比人活得久了。可別輕易追隨室井先生離開呀。」

她姑且如此提出警告。雖然就算雪女想那麼做也沒理由制止，但總是會讓人覺得不太舒暢。

然而雪女彷彿要岩永不用擔心似地撥了一下頭髮。

「那樣做昌幸也不會高興的。像姊姊以前既然都已經盡到對又右衛門的道義，她大可以接著和半兵衛在一起的說。反正又右衛門去世後都已經過了好幾十年呀。」

專情固然是好事，但適時看開與人的邂逅與離別同樣也很重要。

岩永認為這個雪女應該用不著擔心了，於是開口提議：

「室井先生的公司就在這附近，妳要不要去露個臉？你們下次又要等到週末才能見面吧？我只要去一趟就能幫你們空出一些時間喔。」

岩永認為讓他們稍微見個面應該也無妨，但雪女卻乾脆拒絕。

「那樣會礙到他工作的。不可以那樣公私不分，我會直接回去。」

身為妖怪沒必要想法那麼死板吧？岩永雖然想這麼說，但對於兩人之間的規矩插嘴也很不識趣。只不過身為智慧之神以及戀愛方面的前輩，岩永還是提出忠告：

「話說室井先生感嘆過妳最近變重了，妳要多注意。雖然體型如何是個人的自由，但妖怪要是得了生活習慣病又是個問題呀。」

總覺得事後可能會被昌幸抱怨別多嘴告狀，不過岩永才不管那麼多。

然而雪女卻忽然捧腹笑了起來。

「公主大人又在捏造那種壞心眼的謊話了。不能因為自己的感情不順就那樣撒謊喔？」

看來她非常信任昌幸的樣子，或者說身在幸福之中的人聽不見苦話嗎？

「不，我講的是真的。而且我的感情並沒有不順好嗎？」

「可是像這次的事情，公主大人從頭到尾都自己一個人行動不是？」

這句話也不是完全沒有戳到痛處，讓岩永一時講不出話，但還是姑且對雪女的錯誤認知提出訂正：

「我就說那是因為妳會害怕九郎學長，而且白倉靜也同樣有繼承到雪女的血脈，不曉得見到學長會有什麼反應，我才會刻意單獨行動呀。」

岩永自己行動是有理由的。絕對不是因為拜託九郎幫忙卻遭到拒絕或不理不睬。絕對不是。

雪女用溫柔的表情聽完岩永辯解後，對她一鞠躬並飄到空中。

「那麼，下次如果有什麼事，請儘管吩咐吧。」

在不斷飄落的白雪中，雪女就像融入其中般朝天上飛去。

岩永對壓在雨傘上的積雪重量不禁沉默，拄著拐杖走到大街上。

或許氣溫下降得比預期還要快，指尖冷到令人受不了。今天忘記把手套帶出來了。岩永由於必須撐傘又要拄拐杖，連一隻手都沒辦法伸進口袋取暖。必須快點移動到沒風沒雪的空間才行。

就在這時，一名身穿羽絨外套，撐著大傘的男人從正面快步走來，在岩永面前停下腳步。

「明明指定時間地點叫人來接，不要自己隨便亂走到其他地方去啊。」

那人正是九郎。這次雖然在很多場面中岩永不得不單獨行動，但事情結束後就沒有關係了。畢竟今天下雪，所以岩永事先就有拜託九郎開車來接她。

「我沒有隨便亂走，現在正要過去指定地點呀。」

就算有事先拜託，岩永其實也多少擔心過九郎可能臨時不甩她，不過看來對方比指定的時間還早到了。然而就算這樣，責備岩永來得慢也不太講理吧？

九郎嘆了一口氣後，從口袋拿出手套遞給岩永。

「拿去，妳今天忘記帶手套對吧？快點戴起來。」

總覺得莫名有種被指出自己失誤的感覺，讓岩永不太高興，但無法伸進口袋的手已經冷得要命也是事實。於是岩永請九郎幫忙拿拐杖，乖乖把手套戴起來了。

九郎接著把拐杖還給岩永，並走在她旁邊。

「看起來地面很快就會積雪了。我們馬上回去，別再亂逛。也要注意腳下喔。」

「好啦好啦，九郎學長才應該多小心呢。」

比起岩永，九郎不小心跌倒的次數應該比較多才對。像兩人初次邂逅的契機也是由於九郎跌倒的關係。

總之，既然事情已經辦完，岩永決定今天別再煩惱什麼問題，剩下的時間要和九郎一起度過了。

本書內容為月刊少年 Magazine Comics 連載作品《虛構推理》的原作劇本。

逆思流

虛構推理短篇集　岩永琴子的純真

（原名：虛構推理短編集　岩永琴子の純真）

作者／城平京　封面圖／片瀨茶柴　譯者／陳梵帆
執行長／陳君平　榮譽發行人／黃鎮隆
協理／洪琇菁　國際版權／黃令歡
執行編輯／呂尚燁　美術編輯／李政儀
企劃宣傳／楊國治
發行／英屬蓋曼群島商家庭傳媒股份有限公司城邦分公司　尖端出版
台北市中山區民生東路二段一四一號十樓
電話：（〇二）二五〇〇－七六〇〇（代表號）
傳真：（〇二）二五〇〇－一九七九
中彰投以北經銷（含宜花東）／楨彥有限公司
電話：（〇二）八九一九－三三六九
傳真：（〇二）八九一四－五五二四
雲嘉經銷／威信圖書有限公司　嘉義公司
電話：（〇五）二三三－三八五二
傳真：（〇五）二三三－三八六三
客服專線：〇八〇〇－〇二八－〇二八
南部經銷／威信圖書有限公司　高雄公司
電話：（〇七）三七三－〇〇七九
傳真：（〇七）三七三－〇〇八七
香港總經銷／城邦（香港）出版集團有限公司
香港灣仔駱克道193號東超商業中心1樓
電話：（八五二）二五〇八－六二三一
傳真：（八五二）二五七八－九三三七
E-mail：hkcite@biznetvigator.com
馬新經銷／城邦（馬新）出版集團　Cite(M)Sdn.Bhd.
E-mail：Cite@cite.com.my
法律顧問／王子文律師　元禾法律事務所
台北市羅斯福路三段三十七號十五樓
二〇二三年二月一版一刷

■中文版■

郵購注意事項：
1. 填妥劃撥單資料：帳號：50003021戶名：英屬蓋曼群島商家庭傳媒(股)公司城邦分公司。2. 通信欄內註明訂購書名與冊數。3. 劃撥金額低於500元，請加附掛號郵資50元。如劃撥日起 10～14日，仍未收到書時，請洽劃撥組。劃撥專線TEL：(03) 312-4212 ・ FAX：(03) 322-4621。E-mail：marketing@spp.com.tw

國家圖書館出版品預行編目資料

虛構推理短篇集　岩永琴子的純真 /
城平京 著 ; 陳梵帆譯 . --初版.
--臺北市：尖端出版, 2023.02　面 ; 公分.--(逆思流)
譯自: 虛構推理短編集 : 岩永琴子の純真
ISBN 978-626-356-040-6(平裝)

861.57　　111020063